CARAMBAIA

26

J.-K. Huysmans

Nas profundezas

Tradução
Mauro Pinheiro

Posfácio
Pedro Paulo Catharina

I

— Você acredita tanto nessas ideias, meu caro, que acabou abandonando o adultério, o amor, a ambição, todos os temas domesticados pelo romance moderno, para escrever a história de Gilles de Rais – e, após uma pausa, acrescentou: — Não censuro o naturalismo nem seus termos chulos, seu vocabulário de latrinas e hospitais, pois isso seria injusto e absurdo; primeiro porque certos assuntos os requerem; depois porque, com o rebotalho de expressões e borra de palavras, é possível erigir obras imensas e poderosas; *A taberna*, de Zola, é prova disso; mas a questão é outra; o que eu critico no naturalismo não é a pesada têmpera de seu estilo tosco, é a imundice das suas ideias; o que critico é ter ele encarnado o materialismo na literatura, ter enaltecido a democracia da arte!

"Pois, diga você o que quiser, meu amigo, ainda assim, que teoria de cérebros famigerados, que sistema medíocre e estreito! Querer confinar-se às cafuas da carne, rejeitar o suprassensível, renegar o sonho, não compreender que a curiosidade da arte começa onde os sentidos deixam de servir!

"Você dá de ombros, mas, vejamos, o que o seu naturalismo viu em todos esses desanimadores mistérios que nos cercam? Nada. Quando se tratou de explicar uma paixão qualquer, quando foi preciso sondar feridas, detergir até mesmo o mais benigno dos dodóis da alma, ele atribuiu tudo aos apetites e aos instintos. Cio e desatino são suas únicas diáteses. Resumindo, ele só vasculhou abaixo do umbigo e divagou de modo banal à medida que se aproximava das virilhas; é um herniário de sentimentos, um emplastrador da alma, nada mais!

"E depois, Durtal, entenda, ele não é somente inábil e obtuso, ele é fétido, pois enalteceu esta vida moderna atroz, louvou o americanismo recente dos costumes, chegando a elogiar a força bruta, a fazer a apoteose da caixa-forte. Através de um prodígio de humildade, ele reverenciou o gosto nauseabundo das massas e, da mesma forma, repudiou o estilo, rejeitou todo pensamento altaneiro, todo impulso na direção do sobrenatural e do além. Representou tão bem as ideias burguesas que parece – palavra de honra – fruto do acasalamento de Lisa, a salsicheira de *O ventre de Paris*, e de Homais, de *Madame Bovary*!"

— Com os diabos, você está exagerando – respondeu Durtal, ofendido.

E, reacendendo o cigarro, acrescentou:

— O materialismo é tão repugnante para mim quanto para você, mas não é motivo para negar os inesquecíveis serviços que os naturalistas prestaram à arte; pois, afinal, foram eles que nos livraram dos fantoches inumanos do romantismo e que desvencilharam a literatura do idealismo apalermado e da inanição de solteirona exaltada pelo celibato! Em resumo, depois de Balzac, eles criaram seres visíveis e palpáveis e os puseram em conformidade com seu ambiente; ajudaram o desenvolvimento da língua, iniciado pelos românticos; conheceram o riso verdadeiro e demonstraram, algumas vezes, até mesmo o dom das lágrimas; enfim, nem sempre foram movidos por esse fanatismo de vileza de que você fala!

— Foram, sim, pois adoram o século em que vivem e isso os condena!

— Mas que diabo! Nem Flaubert nem Goncourt amavam seu século!

— Eu admito; esses aí são os íntegros, os subversivos, os artistas altivos também, por isso os ponho totalmente à parte. E até confesso, sem me fazer de rogado, que Zola é um grande paisagista e um prodigioso manobrador das massas e intérprete do povo. E depois, graças a Deus, em seus romances ele não se ateve inteiramente às teorias de seus artigos, que adulam a intrusão do positivismo na arte. Mas, quanto ao seu melhor discípulo, me refiro a Rosny, o único romancista de talento que se deixou impregnar pelas ideias do mestre, com um jargão químico malsão, isso se tornou um laborioso exibicionismo de erudição leiga, ciência de contramestre! Não, não há argumento, toda a escola naturalista, que continua vegetando, reflete os apetites de um tempo abominável. Com ela, chegamos a uma arte tão rasteira e rasa que de bom grado eu a chamaria de crustacismo. Ora, releia então seus últimos livros e o que encontrará? Num estilo de vidraria ordinária, simples anedotas, notícias populares recortadas de jornais, nada além de contos desbotados e histórias duvidosas, sem sequer o esteio de alguma ideia sobre a vida e a alma que as sustente. Após terminar de ler um desses volumes, acontece-me de nem mesmo me lembrar das descrições descomedidas, do palavrório insípido que contém; resta-me somente a surpresa de pensar que um homem foi capaz de escrever trezentas ou quatrocentas páginas sem ter absolutamente nada para revelar, nada para nos dizer.

— Pois bem, Des Hermies, se não se importar, mudemos de assunto, pois jamais vamos concordar sobre esse naturalismo, que, só de ouvir falar, deixa-o nervoso. Vejamos, e esse tratamento médico Mattei, deu no quê? Seus frascos de eletricidade e seus glóbulos conseguem pelo menos confortar alguns doentes?

— Que nada! São um pouco mais eficazes do que as panaceias do Códice, o que não significa que seus efeitos sejam contínuos e garantidos; aliás, isso ou outra coisa qualquer... E agora vou embora, meu caro, pois são quase dez horas e o zelador do prédio vai apagar o gás da escada; boa noite e até breve, certo?

Quando a porta foi fechada, Durtal jogou um punhado de carvão no aquecedor e se pôs a refletir.

Aquela discussão com o amigo irritava-o sobretudo porque já fazia alguns meses que ele mesmo se questionava, e as teorias que acreditara inabaláveis agora se corroíam, se desintegravam pouco a pouco, atulhando seu espírito como escombros.

Apesar da virulência, as opiniões de Des Hermies o inquietavam.

Sem dúvida, o naturalismo confinado aos estudos monótonos de seres medíocres, evoluindo em meio a intermináveis inventários urbanos e rurais, conduzia diretamente à mais completa esterilidade, para quem fosse honesto e perspicaz, e, no caso contrário, às mais exaustivas lenga-lengas, às mais cansativas repetições; mas, fora do naturalismo, Durtal não via um romance possível, a não ser que se voltasse para as frivolidades efusivas dos românticos, as obras lanuginosas de Cherbuliez e Feuillet, ou então para as historietas lacrimejantes de Theuriet e Sand!

E agora? Posto contra a parede, Durtal se batia desesperadamente contra teorias confusas, postulações incertas, difíceis de imaginar e delimitar, impossíveis de concluir. Ele não conseguia definir o que sentia, ou então havia chegado a um beco sem saída no qual temia penetrar.

Seria necessário, dizia a si mesmo, ficar com a veracidade do documento, com a precisão do detalhe, com a língua consistente e nervosa do realismo, mas também seria necessário fazer-se poceiro da alma, e não pretender explicar o mistério por meio das enfermidades dos sentidos; o romance, se fosse possível, deveria dividir-se em duas partes que, no entanto, ficassem fundidas, ou antes, confundidas, como o são na própria vida – a parte da alma e a do corpo –, e lidar com suas forças reagentes, seus conflitos e suas consonâncias. Em resumo, seria necessário seguir a grande via tão profundamente sulcada por Zola, mas seria também preciso traçar no ar um caminho paralelo, outra estrada, alcançar o aquém e o além e, resumindo, criar um naturalismo espiritualista que seria diversamente audacioso, completo e forte!

O fato é que, por ora, ninguém é capaz de fazê-lo. No máximo, poderíamos citar, como próximo desse conceito, Dostoiévski. Ainda assim, esse russo exorável é antes um socialista evangélico que um realista elevado! Na França, no atual momento, no descrédito em que soçobra a receita puramente corpórea, restam dois clãs: o liberal, que põe o naturalismo ao alcance dos salões, podando-o de assuntos atrevidos e de linguagens novas, e o clã decadente, mais intransigente, que rejeita molduras, ambientes e até corpos, e, sob o pretexto de um diálogo entre almas, divaga na algaravia ininteligível dos telegramas. Na verdade, aquele se limita a esconder sua incomparável penúria de ideias sob um aturdimento propositional do estilo. Quanto aos orleanistas da verdade, Durtal não conseguia evitar o riso ao pensar na mixórdia pueril e coriácea dos autodenominados psicólogos, que jamais exploraram uma região incógnita do espírito, que jamais revelaram o menor desvão esquecido de uma paixão qualquer. Limitavam-se a adicionar às poções de Feuillet os sais secos de Stendhal; eram pastilhas meio doces, meio salgadas, uma literatura insípida!

Em resumo, repetiam em seus romances as lições de filosofia, as dissertações colegiais, sem se darem conta de que uma simples réplica de Balzac – esta, por exemplo, que ele empresta ao velho Hulot em *A prima Bette*: "Eu poderia levar a menina?" – é capaz de revelar mais as profundezas da alma do que todas essas teses acadêmicas! Além disso, inútil esperar deles qualquer arrebatamento, qualquer impulso na direção de outros horizontes. O verdadeiro psicólogo do século, dizia consigo mesmo Durtal, não é o Stendhal deles, mas aquele surpreendente Ernest Hello, cujo inexpugnável insucesso tem algo de prodigioso.

Assim, ele acabava acreditando que Des Hermies tinha razão. Era verdade, nada mais se mantinha em pé no estado desordenado das letras; nada, senão uma necessidade do sobrenatural que, na falta de ideias mais elevadas, tropeçava em toda parte, como podia, no espiritismo e no ocultismo.

Encurralando-se assim nesses pensamentos, a fim de se aproximar do ideal que de qualquer maneira queria alcançar, ele acabava bordejando, mudando de rumo e chegando a outra arte, a pintura. Ali, seu ideal se achava plenamente realizado pelos primitivistas.

Estes tinham, sobretudo na Itália, na Alemanha e em Flandres, aclamado as imaculadas amplidões das almas santas; em seus cenários autênticos, pacientemente verazes, surgiam alguns seres em posturas naturais, com uma realidade fascinante e segura; e daquela gente, muitas vezes de rosto comum, daquelas fisionomias às vezes feias, mas poderosamente evocadas em seu conjunto, emanavam alegrias celestiais, aflições agudas, bonanças espirituais, ciclones da alma. Havia, de alguma maneira, uma transformação da matéria distendida ou comprimida, uma fuga para fora dos sentidos, lançando-se sobre longínquos infinitos.

A revelação desse naturalismo Durtal tivera no ano anterior, quando se sentia menos farto que agora do ignominioso espetáculo daquele fim de século. Ocorrera-lhe na Alemanha, diante de uma crucificação de Matthias Grünewald.

Ele se arrepiou na poltrona e fechou os olhos quase dolorosamente. Com extraordinária lucidez, podia rever o quadro, ali à sua frente, agora que o evocava; e o mesmo grito de admiração que soltara ao entrar na exígua sala do museu de Cassel ainda urrava no interior da sua mente, enquanto, naquele quarto, Cristo se erguia, formidável, na cruz, cujo tronco era atravessado, à guisa de braços, por um galho de árvore que se curvava, qual um arco, sob o peso do corpo.

Aquele galho parecia pronto a aprumar-se e, por piedade, arremessar para longe desta terra de ultrajes e crimes as pobres carnes presas ao chão pelos enormes pregos que lhe atravessavam os pés.

Deslocados, quase arrancados dos ombros, os braços do Cristo pareciam amarrados em toda a extensão pelas cintas retorcidas dos músculos. A axila fraturada cedia; as mãos, inteiramente abertas, brandiam dedos desvairados que ainda assim abençoavam, num gesto confuso de prece e exprobração; os músculos do peito tremiam, untados de suor; o torso estava raiado pelos arcos das costelas expostas; as carnes estavam inchadas, cobertas de erupções e azuladas, salpicadas de picadas de pulgas, marcadas como por furos de agulhas pelas pontas das varas que, fendidas sob a pele, ainda as rasgavam com suas farpas.

O pus começava a escorrer; a chaga fluvial do flanco jorrava mais espessa, inundando o quadril com um sangue semelhante ao sumo escuro das amoras; do peito ressudavam serosidades rosáceas, secreções leitosas, líquidos que lembravam o vinho âmbar do Mosela, encharcando o ventre, sob o qual ondulava a superfície bufante de um pano; em seguida, nos joelhos unidos à força, colidiam as rótulas, e as pernas, tortas, afilavam-se até os pés, que, sobrepostos, se estendiam, crescendo em meio à putrefação, esverdeados sob o rio de sangue. Aqueles pés esponjosos e coalhados eram horríveis; a carne brotava, envolvendo a cabeça do prego, e os dedos crispados contradiziam o gesto suplicante das mãos, amaldiçoavam, quase arranhando com a ponta córnea, azulada, das unhas o ocre do solo, impregnado de ferro, semelhante às terras púrpuras da Turíngia.

No alto daquele cadáver em erupção, a cabeça atormentada e enorme; envolvida por uma coroa irregular de espinhos, ela pendia, extenuada, entreabrindo apenas um olho lívido no qual estremecia ainda uma expressão de dor e assombro; a face escarpada, a testa desmantelada, as bochechas exauridas; todo o semblante, tombado, chorava, enquanto a boca descerrada ria com a mandíbula contraída por espasmos tetânicos, atrozes.

O suplício havia sido medonho, a agonia aterrorizara a alegria dos carrascos, levando-os a fugir.

Agora, contra o céu de um azul noturno, a cruz parecia encolher-se, baixa, quase ao rés do chão, velada por duas figuras paradas, cada qual de um lado do Cristo: uma, a Virgem, coberta por um capuz de um rosa sanguíneo e seroso que caía em ondas cerradas sobre um vestido azul desbotado e de longas pregas, Virgem rígida e pálida que, deformada pelas lágrimas, soluça com os olhos fixos, cravando as unhas nos dedos das mãos; a outra, São João, uma espécie de andarilho, de camponês moreno da Suábia, alto, com a barba encrespada em pequenos cachos, vestido com roupas largas, como que talhadas em cortiça, coberto por uma túnica escarlate e um manto amarelo acamurçado cujo forro, arregaçado na altura das mangas, ganhava o tom esverdeado e febril dos limões imaturos. Esgotado pelas lágrimas porém mais resistente que Maria – esta, apesar de aniquilada e derreada, mantém-se em pé –, ele une as mãos num impulso e se ergue na direção daquele cadáver e o contempla com olhos vermelhos e turvos, sufocando e gritando, em silêncio, no desassossego de sua garganta surda.

Ah! Diante desse Calvário ensanguentado e embaçado de lágrimas, estava-se bem longe dos complacentes Gólgotas que a Igreja adota desde a Renascença! Aquele Cristo tetânico não era o Cristo dos Ricos, o Adônis da Galileia, o dândi saudável, o belo rapaz de mechas ruivas, barba repartida, traços equinos e inexpressivos que, há quatrocentos anos, os fiéis adoram. Aquele ali era o Cristo de São Justino, São Basílio, São Cirilo, Tertuliano, o Cristo dos primeiros séculos da Igreja, o Cristo vulgar, feio, por ter assumido toda a soma dos pecados e ter-se coberto, por humildade, com as formas mais abjetas.

Era o Cristo dos Pobres, aquele que se assimilou aos mais miseráveis entre os que veio resgatar, aos desgraçados e aos mendigos, a todos aqueles contra cuja feiura ou indigência se encarniça a covardia do homem; e era também o mais humano dos Cristos, um Cristo de carnes tristes e fracas, abandonado pelo Pai, que só interviera quando mais nenhuma dor era possível, o Cristo assistido apenas pela Mãe, que ele, como todos os torturados, deve ter chamado com gritos de criança, Mãe agora impotente e inútil.

Num derradeiro gesto de humildade, sem dúvida, ele suportara que a Paixão não ultrapassasse a envergadura permitida aos sentidos; e, obedecendo a ordens incompreensíveis, aceitou que sua Divindade fosse por assim dizer interrompida após os tapas e as varadas, os insultos e as cusparadas, após todas aquelas pilhagens do sofrimento, até as dores horríveis de uma agonia sem fim. Assim, pôde sofrer mais, estertorar, morrer, tal qual um bandido, tal qual um cão, de maneira imunda, vil, até as raias da ignominiosa degradação, até a última humilhação das pústulas!

É verdade que o naturalismo jamais se desviara para temas semelhantes; pintor algum jamais conseguira remexer dessa maneira a vala divina e encharcar tão brutalmente o pincel nas poças de humores e nos vasos sanguinolentos das perfurações. Era excessivo e terrível. Grünewald foi o mais furioso dos realistas. Contudo, observando-se aquele Redentor de prostíbulo, aquele Deus de necrotério, tudo mudava. Daquela cabeça ulcerada filtravam-se clarões; uma expressão sobre-humana iluminava a efervescência das carnes, a eclampsia dos traços fisionômicos. Aquela carcaça de asas pandas foi um Deus e, sem auréola, sem nimbo, no simples atavio daquela coroa desgrenhada, semeada dos grãos vermelhos das gotas de sangue, Jesus aparecia, em sua celeste supraessência, entre a Virgem, aniquilada, ébria de tanto chorar, e São João, cujos olhos calcinados já não eram capazes de verter lágrimas.

Aqueles rostos, inicialmente tão vulgares, resplandeciam, transfigurados pelos excessos daquelas almas extraordinárias. Já não havia bandidos, pobreza ou gente rústica, apenas seres supraterrenos aos pés de um Deus.

Grünewald foi o mais furioso dos idealistas. Jamais pintor algum havia exaltado a elevação de modo tão magnífico, nem saltado tão resolutamente do cume da alma ao orbe insano de um céu. Ele tinha alcançado os dois extremos e conseguido extrair de um lixo triunfal o aroma das mais delicadas afeições, as essências dos mais pungentes prantos. Naquele quadro, revelava-se a obra-prima da arte coagida, intimada a traduzir o invisível e o tangível, a representar a imundice lamentável do corpo, a sublimar a infinita angústia da alma.

Não, aquilo não tinha equivalente em língua alguma. Na literatura, algumas páginas de Anne Emmerich sobre a Paixão chegavam perto – porém atenuadas – do ideal de realismo sobrenatural e de vida verídica e exsurgida. Talvez também algumas efusões de Ruysbrœck, lançadas em jatos geminados de chamas brancas e negras, lembrassem, em certos detalhes, a divina abjeção de Grünewald; ainda assim, não, esta continuava sendo única, pois estava a um só tempo fora de alcance e no nível do chão.

Mas então..., pensou Durtal, despertando de seu devaneio, mas então, se me atenho à lógica, sou conduzido ao catolicismo da Idade Média, ao naturalismo místico; ah, não, isso não, ou sim, quem sabe!

Ele se achava diante daquele beco sem saída, do qual se esquivava no momento em que percebia sua entrada, pois, por mais que se examinasse, não se sentia exaltado por nenhuma fé. Decididamente, não havia premonição alguma da parte de Deus e lhe faltava a vontade necessária a entregar-se e deslizar, sem se conter, para as trevas dos dogmas imutáveis.

Por instantes, após certas leituras, quando se acentuava a repugnância à vida que o cercava, ele ansiava por horas lenitivas no fundo de um claustro, pelas sonolências das preces esparsas na fumaça de incensos, pelos esgotamentos de ideias vogando à deriva nos cantos dos salmos. Mas para degustar a alegria da entrega era preciso uma alma simples, livre de detritos, uma alma nua, e a sua estava atolada nas lamas, macerada no sumo concentrado dos estercos. Ele era capaz de admitir que aquele desejo momentâneo de crer para se refugiar fora dos tempos muitas vezes emergia do estrume de pensamentos mesquinhos, do cansaço de detalhes ínfimos porém repetidos, do esmorecimento de uma alma transida pela quarentena, pelas discussões com a lavadeira e nas tascas, pelos aborrecimentos com dinheiro, pelos dissabores dos prazos. Chegava a pensar em se esconder num convento, assim como as moças que entram num prostíbulo para se livrar dos perigos, das perseguições, das preocupações com a alimentação e o aluguel, das obrigações de lavar roupa.

Solteiro e sem fortuna, pouco preocupado agora com os prazeres carnais, certos dias ele amaldiçoava aquela existência que criara para si mesmo. Inevitavelmente, nas horas em que se cansava de lutar contra as frases e largava a pena, olhava para frente e não enxergava no futuro senão motivos de amargura e de pânico; então, procurava consolo, apaziguamento, e só lhe restava admitir que apenas a religião era capaz de tratar, com o mais aveludado dos unguentos, as mais impetuosas chagas; porém ela exige em troca tal abandono do senso comum, tamanha vontade de não mais se espantar com coisa alguma, que ele acabava por se afastar, sem contudo perdê-la de vista.

E, de fato, rondava constantemente à sua volta, pois ela, embora não repouse sobre nenhuma base sólida, ao menos irrompe em tantas eflorescências que a alma jamais conseguiria aderir a caules mais ardentes, ascender com eles, entregando-se ao arrebatamento, além das distâncias, além dos mundos, até alturas tão extraordinárias; além disso, ela influenciava Durtal com sua arte extática e íntima, com o esplendor de suas lendas, com a radiante ingenuidade das vidas dos Santos.

Embora não acreditasse, ele admitia o sobrenatural, pois, aqui na terra, como negar o mistério que surge, em nós, ao nosso lado, na rua, em todo lugar, quando paramos para pensar? Era deveras muito fácil rejeitar as relações invisíveis, extra-humanas, lançar à conta do acaso – por sinal, também indecifrável – os eventos imprevistos, os azares e as sortes. Porventura certos encontros não decidiam frequentemente toda a vida de um homem? O que eram o amor, as influências incompreensíveis, ainda que formais? Por fim, o mais desconcertante dos enigmas não seria também o do dinheiro?

Pois, afinal de contas, nesse ponto deparávamos com uma lei primordial, uma lei orgânica atroz, decretada e aplicada desde que o mundo existe.

Suas regras são contínuas e sempre nítidas. Dinheiro atrai dinheiro, procura aglomerar-se nos mesmos lugares, indo de preferência para os facínoras e para os medíocres; ademais, quando, por alguma inescrutável exceção, ele se acumula nas mãos de um homem rico cuja alma não seja assassina nem abjeta, ele se torna estéril, incapaz de se converter em algum bem inteligente, inapto, mesmo em mãos caridosas, a atingir um objetivo que seja elevado. Parece até que assim se vinga de seu falso destino, que se paralisa voluntariamente, quando não pertence aos últimos dos velhacos nem aos mais repugnantes dos boçais.

É ainda mais singular quando, excepcionalmente, se extravia e vai parar na casa de um pobre; então o suja imediatamente, se for alguém limpo; torna lúbrico o mais casto indigente, age ao mesmo tempo sobre o corpo e a alma, logo sugere a seu dono um egoísmo vil, um orgulho ignóbil, insinua-lhe que deve gastar o dinheiro só para si mesmo, faz do homem mais humilde um lacaio insolente, do mais generoso, um avarento. Num instante, muda todos os hábitos, subverte todas as ideias, metamorfoseia as paixões mais obstinadas num piscar de olhos.

Ele é o alimento mais nutritivo dos maiores pecados e, de certa forma, é também seu contador vigilante. Se permite que seu possuidor se esqueça de si mesmo, dê esmolas, obsequie um pobre, imediatamente suscita nesse pobre o ódio ao favor prestado; substitui avareza por ingratidão; restabelece o equilíbrio, de modo que consegue fechar a conta, e que não fique faltando sequer um pecado cometido.

Mas o momento em que se torna realmente monstruoso é quando, ocultando o brilho de seu nome sob o véu negro de uma palavra, ele se intitula capital. E aí sua ação já não se limita a incitações individuais, aconselhando roubos e assassinatos, mas se estende a toda a humanidade. Com uma palavra, o capital decide monopólios, edifica bancos, apodera-se de substâncias, dispõe da vida e, se quiser, pode matar de fome milhares de seres.

Enquanto isso, alimenta-se, engorda, prolifera sozinho dentro de um cofre; e os Dois Mundos o adoram de joelhos, morrem de desejos diante dele, como diante de um Deus.

Pois bem, ou o dinheiro, senhor das almas, é diabólico, ou é impossível explicá-lo. E quantos outros mistérios há, ininteligíveis como este, quantas ocorrências há, diante das quais quem reflete deveria tremer!

Mas, pensava Durtal, posto que chafurdamos no desconhecido, por que não crer na Trindade, por que repelir a divindade de Cristo? Podemos também simplesmente admitir o *credo quia absurdum*[1] de Santo Agostinho e repetir, com Tertuliano, que, se o sobrenatural fosse compreensível, não seria sobrenatural, e é justamente por ultrapassar as faculdades do homem que ele é divino.

E, no fim das contas, dane-se! É mais simples parar de pensar em tudo isso. E, novamente, ele recuou, incapaz de convencer sua alma a dar o salto quando ela, à beira da razão, estava no vazio.

No fundo, tinha divagado para longe de seu ponto de partida, daquele naturalismo tão atacado por Des Hermies. Agora, voltava ao meio do caminho, a Grünewald, e dizia a si mesmo que aquele quadro era o protótipo exasperado da arte. Era completamente inútil ir tão longe e, pretextando o além, acabar no mais fervoroso catolicismo. Talvez lhe bastasse ser espiritualista para conceber o supranaturalismo, única fórmula que lhe era conveniente.

Levantou-se, deu alguns passos pelo pequeno cômodo; os manuscritos que se empilhavam na mesa, suas anotações sobre o marechal Rais, o Barba Azul, fizeram-no sorrir.

Assim mesmo, exclamou, quase alegre: só existe felicidade em nossa casa e acima do nosso tempo. Ah, encerrar-se no passado, reviver ao longe, sem sequer ler um jornal, ignorar a existência de teatros, que sonho! E esse Barba Azul me interessa mais do que o vendeiro da esquina, do que todos esses figurantes de uma época tão perfeitamente alegorizada pelo garçom do café que, para dar o golpe do baú, viola a filha do patrão, a palerma, como a chama!

---

[1] Literalmente, *creio porque (é) absurdo*. [TODAS AS NOTAS SÃO DESTA EDIÇÃO]

Isso e a cama, acrescentou ele, sorrindo, pois via seu gato, bicho muito bem informado das horas, observá-lo com preocupação, convocá-lo para as conveniências mútuas, censurá-lo por não ter preparado o leito. Depois de ter ajeitado os travesseiros, ele abriu o cobertor, e o gato pulou para os pés da cama, mas ficou sentado, com o rabo sobre as duas patas, aguardando que o dono se deitasse para pisotear um espaço e fazer seu ninho.

II

Fazia quase dois anos que Durtal deixara de frequentar o mundo das letras; para começar, os livros, e depois os mexericos dos jornais, as recordações de uns, as memórias de outros se empenhavam em representar esse mundo como a diocese da inteligência, como o mais espirituoso dos patriciados. A crer-se no que diziam, em tais reuniões o espírito brilhava como fogos de artifício e crepitavam as réplicas mais estimulantes. Custava a Durtal compreender a persistência dessa ladainha, pois considerava, por experiência, que os literatos se dividiam em dois grupos: o primeiro composto de burgueses gananciosos; o segundo, de abomináveis canalhas.

Uns eram pessoas estimadas pelo público, consequentemente corrompidas, mas bem-sucedidas; famintos de consideração, macaqueavam a elite, deleitando-se em jantares de gala, organizando saraus aos quais se ia de preto, falando sobre direitos autorais e edições, divertiam-se com peças de teatro e exibiam suas riquezas pessoais.

Os outros chafurdavam em bandos nos guetos. Eram a escória dos botequins, o detrito das cervejarias. Execrando a si mesmos, berravam suas obras, divulgavam sua genialidade, derramando-se nos bancos de bares e, empanturrados de cerveja, vomitando fel.

Não havia outro ambiente. Tornava-se raríssimo o recanto íntimo onde se podia, entre artistas, conversar à vontade, sem a promiscuidade dos cabarés e dos salões, sem segundas intenções de traições e fraudes, onde fosse possível dedicar-se unicamente à arte, a salvo das mulheres!

Enfim, nesse mundo das letras não existia uma aristocracia da alma; tampouco opinião que fosse espantosa, nenhum pendor intelectual ao mesmo tempo rápido e secreto. Apenas a conversa habitual da Rue du Sentier ou da Rue Cujas.

Sabendo, também por experiência, que nenhuma amizade é possível com os corvos, sempre à espreita de uma presa para estraçalhar, ele rompera relações que o obrigassem a tornar-se um pulha ou um parvo.

Além disso, para falar a verdade, nada mais havia que o ligasse a seus confrades; outrora, quando aceitava as deficiências do naturalismo, seus contos calafetados e seus romances sem portas nem janelas, ele ainda podia discutir estética com eles, mas agora!

No fundo, conforme afirmava Des Hermies, "sempre existiu entre você e os outros realistas uma tamanha diferença de ideias que nenhum acordo peremptório poderia durar; você execra seu tempo e eles o adoram, só isso. Fatalmente, um dia você precisaria fugir desse território americanizado da arte e procurar, longe, uma região mais arejada e menos plana.

"Em todos os seus livros, você constantemente ataca com violência esse fim de século; mas, com os diabos, acaba sendo cansativo bater em algo mole que verga e volta a se erguer; você deveria recuperar o fôlego e se instalar em outra época, esperando lá descobrir um tema que seja de seu agrado. Isso explica muito bem seu estado de perturbação espiritual durante alguns meses e essa saúde que você recuperou subitamente, no momento em que se entusiasmou com Gilles de Rais."

E era verdade, Des Hermies notara com exatidão. No dia em que Durtal mergulhou no assustador e delicioso fim da Idade Média, ele se sentiu renascer. Começou então a viver com um desprezo pacífico por aquilo que o cercava, organizou uma existência distante da algazarra das letras, enclausurou-se mentalmente, em suma, no castelo de Tiffauges, ao lado de Barba Azul, e viveu em perfeita concórdia, quase afetuosamente, com aquele monstro.

A história tomou o lugar de seu romance, cujas fabulações, amarradas em capítulos, embrulhadas toscamente, por conseguinte banais e convencionais, o martirizavam. Entretanto, a História parecia não passar de um tapa-buraco, pois ele não acreditava na realidade dessa ciência; os acontecimentos, pensava ele, para um homem talentoso são apenas um trampolim de ideias e estilo, pois todos são abrandados ou agravados, segundo as necessidades de uma causa ou de acordo com o temperamento do escritor que os maneja.

Quanto aos documentos que os sustentam, é pior ainda! Pois nenhum deles é irredutível e todos são passíveis de revisão. Quando não são apócrifos, mais tarde se desenterram outros não menos certos, que os desmentem, enquanto eles mesmos não são desacreditados pela exumação de arquivos não menos garantidos.

Atualmente, sendo raspada obstinadamente no fundo dos baús, a história serve apenas para estancar as sedes literárias dos rústicos fidalgos que preparam essas charcutarias de gaveta às quais o Institut de France, salivando, outorga medalhas de honra e seus grandes prêmios.

Consequentemente, para Durtal, a história era a mais solene das mentiras, o mais infantil dos artifícios. A Clio, da Antiguidade, só podia ser representada, na sua opinião, com um barrete de criança sobre a cabeça de esfinge, adornada de suíças em forma de barbatanas. A verdade é que a exatidão é impossível, dizia ele a si mesmo; como penetrar nos acontecimentos da Idade Média quando ninguém é capaz de explicar sequer os episódios mais recentes, o avesso da Revolução Francesa, os pilares da Comuna, por exemplo? Só resta a cada um fabricar a própria visão, imaginar sozinho as criaturas de outro tempo, encarnar-se nelas, vestir, se possível, seus trajes velhos, forjar, enfim, com detalhes engenhosamente selecionados, sistemas falaciosos. Em resumo, é o que fez Michelet; e ainda que esse velhote loquaz e nervoso tenha se distraído singularmente com os petiscos, detendo-se em insignificâncias, delirando levemente em anedotas que ele inflava e declarava imensas sempre que seus acessos de sentimentalismo e suas crises de chauvinismo turvavam a possibilidade de suas presunções e minavam a saúde de suas conjecturas, foi ele o único, na França, que planou acima dos séculos e mergulhou do alto no obscuro desfile das velhas narrativas.

Histérica e prolixa, despudorada e íntima, em certos pontos sua história da França era, contudo, animada pelo vento de alto-mar; seus personagens eram vivos, saindo dos limbos em que são inumados pelas antologias cinerárias de seus confrades; portanto, pouco importava então que Michelet tivesse sido o menos verídico dos historiadores, visto que foi o mais pessoal e o mais artístico. Quanto aos outros, agora bisbilhotavam a papelada, limitando-se a espetar notícias de jornais em seus quadros de cortiça. Seguindo o exemplo de Hippolyte Taine, eles recortavam anotações, colavam umas após as outras, conservando apenas, é claro, aquelas que podiam sustentar a fantasia de suas fábulas. Essa gente evitava toda imaginação ou entusiasmo, fingindo nada inventar, o que é verdade, mas maquiavam a história assim mesmo, através da seleção de seus documentos. Além disso, como era simples seu sistema! Descobria-se que tal evento havia se passado na França, em alguns municípios, e logo se chegava à conclusão de que todo o país pensava e vivia de tal maneira, em certo dia de certo ano e em certa hora.

Como Michelet, eles foram valorosos falsários, mas careciam de sua envergadura e de sua visão; eles eram os mascates da história, camelôs, meros comentaristas que tergiversavam sem produzir um conjunto, como fazem hoje os pintores que enchem as cores de tachas, como os decadentes que cozinham picadinhos de palavras! A coisa é bem diferente quando se trata de biógrafos, dizia Durtal a si mesmo. Estes procuram pelo em ovo. Houve quem escrevesse livros para demonstrar que Teodora era casta, e que Jan Steen não bebia. Outro despiolhou Villon, esforçando-se por demonstrar que a gorda Margot da balada não era uma mulher, mas o nome de um cabaré; por pouco, representava o poeta como homem pudico e moderado, judicioso e probo. Poder-se-ia dizer que, escrevendo suas monografias, tais historiadores temiam a desonra ao abordar escritores ou pintores cujas vidas haviam sido atormentadas pelas tempestades. Sem dúvida, gostariam que fossem burgueses como eles; tudo isso, aliás, equipado com o auxílio desses famosos trechos, descascados, deturpados e selecionados.

A escola de reabilitação histórica, hoje onipotente, exasperava Durtal; dessa forma, ele estava seguro de não soçobrar com seu livro sobre Gilles de Rais na monomania desses esfaimados da conveniência, desses fanáticos da honestidade. Tanto quanto qualquer outro, com suas ideias sobre história, ele não podia pretender traçar um retrato exato de Barba Azul, mas estava certo de pelo menos não o edulcorar, não o amaciar em banhos de linguagem tépida, que não faria dele o medíocre no bem e no mal que agrada as multidões. Para tomar impulso, ele tinha como trampolim uma cópia do comunicado ao rei por parte dos herdeiros de Gilles de Rais, as anotações que fizera sobre o processo criminal de Nantes, do qual vários exemplares se encontram em Paris, trechos da história de Carlos VII, de Vallet de Viriville, bem como a exposição de Armand Guéraut e a biografia do abade Bossard. E isso lhe bastava para erguer a figura formidável daquele satânico que, no século XV, foi o mais artista e mais requintado, o mais cruel e o mais perverso dos homens.

Uma única pessoa estava a par do seu projeto, Des Hermies, com quem agora se encontrava quase todos os dias.

Ele o conhecera numa estranhíssima residência, a casa de Chantelouve, historiador católico que se gabava de acolher todo mundo à sua mesa. E, de fato, isso ocorria uma vez por semana, no inverno, em seu salão da Rue Bagneux, onde se reunia um bando dos mais bizarros: sacristãos pedantes e poetas de cabaré, jornalistas e atrizes, partidários da causa de Naundorff e mercadores de ciências duvidosas.

A casa, em suma, situava-se na orla do mundo clerical, que a frequentava mais ou menos como se fosse um antro libertino; lá, o jantar era ao mesmo tempo extravagante e refinado; Chantelouve mostrava-se cordial, de caráter rechonchudo e uma vivacidade premente. É verdade que inquietava um pouco os observadores seu olhar de prisioneiro desconfiado, que por vezes atravessava os vidros opacos de seus óculos, mas sua bonomia eclesiástica desarmava qualquer prevenção; além disso, a mulher, quase bonita, se bem que estranha, estava sempre rodeada; contudo, permanecia silenciosa, sem encorajar a conversação assídua dos visitantes, mas, tal como o marido, era desprovida de falsa pudicícia; impassível, quase arrogante, ela escutava sem reagir os paradoxos mais monstruosos, sorrindo com expressão desatenta, o olhar perdido ao longe.

Num daqueles saraus, fumando um cigarro enquanto Rosalie Rousseil, recentemente convertida, berrava estrofes ao Cristo, Durtal surpreendeu-se com a fisionomia e a postura de Des Hermies, que se destacava de forma impressionante do desleixo dos despadrados e dos poetas amontoados no salão e na biblioteca de Chantelouve.

Em meio àqueles rostos dissimulados ou reservados, ele fazia figura de homem singularmente distinto, porém desconfiado e refratário. Alto, esbelto, muito pálido, franzia os olhos, aproximando-os de um nariz bisbilhoteiro e pequeno, olhos estes que tinham o azul denso e o brilho seco da pedra divina. Seus cabelos eram louros; a barba, bem escanhoada nas faces e terminada em ponta sob o queixo, era de uma cor próxima à da cortiça. Havia nele algo de um norueguês doentio e de um inglês rude. Vestido com trajes fabricados em Londres, parecia apertado no terno xadrez, de um tom triste, justo na cintura e abotoado até o alto, quase escondendo o colarinho e a gravata. Cuidadoso com a própria aparência, ele tinha uma maneira pessoal de tirar as luvas e fazê-las estalar imperceptivelmente ao enrolá-las; em seguida, sentava-se, cruzava as pernas longas, inclinando-se para a direita, retirava do bolso esquerdo, ajustado ao corpo, uma tabaqueirinha japonesa, plana e estampada, contendo seus papéis para enrolar os cigarros e seu tabaco.

Era metódico, atento, rígido como corda de poço diante de desconhecidos; sua atitude superior e, ainda assim, constrangida combinava com suas risadas sem graça e descontínuas; suscitava sérias antipatias à primeira vista e podia justificá-las com palavras venenosas, mutismos desdenhosos e sorrisos ora rigorosos ora maliciosos. Era respeitado na residência dos Chantelouve e, sobretudo, temido, mas quem o conhecesse percebia que, sob o semblante gelado, ele incubava uma verdadeira bondade, uma amizade pouco expansiva, mas capaz de certo heroísmo, em todo caso, infalível.

Como vivia? Era rico ou só remediado? Ninguém sabia; e ele mesmo, de extrema discrição para com os outros, jamais falava de seus negócios; era médico formado na Faculdade de Paris, pois Durtal vira, por acaso, seu diploma, mas ele falava da medicina com enorme desprezo, admitindo que, pela aversão a uma terapêutica vã, lançara-se à homeopatia, que por sua vez também abandonou, em prol de uma medicina bolonhesa que ele também maldizia.

Em certos momentos, Durtal não tinha a menor dúvida de que Des Hermies praticara a literatura, pois seus julgamentos traziam a segurança de um profissional, desmontando a estratégia dos procedimentos, decifrando os estilos mais obscuros com a habilidade de um especialista que, nessa arte, conhece os truques mais complicados. A Durtal, que, rindo, o criticara certa vez por esconder suas obras, ele respondia com certa melancolia: "Eu castrei a tempo de minha alma um instinto baixo, o do plágio. Eu poderia fazer um Flaubert tão bom ou melhor do que todos esses papagaios que o imitam; mas para quê? Preferi redigir remédios ocultos em doses rarefeitas; talvez não seja muito necessário, mas é menos abjeto!".

Sua erudição era especialmente surpreendente; ele se revelava prodigioso, sabia tudo, estava informado sobre os alfarrábios mais antigos, os mais seculares dos costumes e as mais novas descobertas. À força de mancomunar-se com a extraordinária malta de Paris, ele se aprofundou em ciências diversas e hostis; pois, tão correto e frio, estava sempre acompanhado de astrólogos e cabalistas, demonógrafos e alquimistas, teólogos e inventores.

Farto dos progressos simplórios e das improváveis bonomias dos artistas, Durtal foi seduzido por aquele homem de abordagem difícil, raramente descontraído. O excesso de amizades superficiais que experimentara justificava essa atração; menos explicável era o fato de que Des Hermies, com seu gosto pelas relações excêntricas, viesse a se afeiçoar a Durtal, que, em resumo, era homem de espírito sóbrio, sereno e sem exageros; mas, sem dúvida, ele sentira a necessidade de se refrescar, em certos momentos, numa atmosfera mais respirável e menos aquecida; além disso, nenhuma daquelas discussões literárias de que ele gostava era possível com aquela gente agitada que debatia incansavelmente, pensando apenas na própria genialidade, só interessada em suas próprias descobertas, sua própria ciência!

Enfim, tal como Durtal, isolado entre confrades, Des Hermies não podia esperar nada, nem dos médicos, que ele desdenhava, nem de todos aqueles especialistas que ele frequentava.

Em suma, ocorrera um encontro de dois seres cuja situação era quase a mesma; mas essa relação, de início constrangida e por muito tempo na defensiva, viera por fim a estreitar-se, com um tratamento recíproco menos formal, e a fortalecer-se, sendo sobretudo mais vantajosa para Durtal. Isso porque sua família havia muito falecera e seus amigos da juventude estavam casados ou perdidos de vista; desde que se afastara do mundo das letras, ele ficara reduzido à mais completa solidão. Des Hermies veio destravar sua existência, que, concentrada em si mesma, estagnava no isolamento. Renovou sua provisão de sensações, mudou sua opinião sobre a amizade e levou-o a visitar um de seus amigos, de quem Durtal viria a gostar.

Des Hermies, que falava frequentemente desse amigo, um dia acabou dizendo: "Mas é preciso que vocês se conheçam. Ele gostou dos seus livros, que lhe emprestei, e aguarda essa oportunidade; você, que me critica por só me sentir bem com seres de naturezas cômicas ou obscuras, verá que Carhaix é um homem quase único. É o católico inteligente e sem carolice, o pobre sem inveja e sem ódio".

III

Durtal encontrava-se na situação de grande número de solteiros que dependem do zelador para limpar seu apartamento. Só eles sabem a quantidade de vasilhas de querosene que as lâmpadas de fraca potência absorvem e como uma garrafa de conhaque empalidece e perde o gosto, sem que seu conteúdo diminua. Sabem também que a cama, inicialmente hospitaleira, torna-se intratável, tal o respeito que o zelador tem por suas mínimas pregas; por fim, descobrem que é preciso resignar-se a sempre lavar o copo quando se tem sede, a sempre reativar o fogo se sentem frio.

O zelador de Durtal era um velho de bigode cujo hálito carregado exalava um aroma poderoso de aguardente. Era um homem indolente e plácido que opunha uma inércia incontinente às repreensões de Durtal, o qual afirmava que sua limpeza devia terminar todas as manhãs à mesma hora.

Ameaças, supressão das gorjetas, injúrias e preces haviam fracassado; o velho Rateau levantava seu boné, coçava a cabeça, prometia em tom comovido se endireitar e, no dia seguinte, chegava mais tarde.

Que animal!, queixava-se Durtal certo dia. Ele verificava seu relógio no momento em que a chave girou na fechadura e, mais uma vez, constatou que o zelador estava chegando depois das três da tarde.

Seria preciso submeter-se à agitação desse homem que, sonolento e pacífico dentro do seu cubículo de zelador, tornava-se terrível com uma vassoura na mão. Posturas marciais, instintos guerreiros se revelavam subitamente nesse sedentário modorrento, desde o alvorecer imerso no vapor tépido de carne sendo cozida. Ele se transformava num insurreto que se lançava ao assalto da cama, deslocava cadeiras, fazia malabarismos com quadros, desarrumava as mesas, batia com o jarro na bacia, arrastava as botas de Durtal pelos cadarços, como se puxasse adversários derrotados pelos cabelos, erguia uma barricada em seu domicílio, hasteava, à guisa de bandeira, seu pano de chão numa nuvem de poeira, sobre os cadáveres dos móveis.

Nessas horas, Durtal buscava refúgio num dos cômodos ainda não atacados; naquele dia, precisou abandonar seu gabinete de trabalho, onde Rateau iniciara a investida, e fugir para o quarto. Dali, ainda avistava pela porta entreaberta as costas do inimigo, que, com um espanador erguido acima da cabeça, qual uma coroa de moicano, começava a dança do escalpo em volta de uma mesa.

Se eu ao menos soubesse a que horas esse idiota pretende chegar, daria um jeito de sair!, pensava ele rangendo os dentes, pois naquele momento Rateau empunhava suas ferramentas de esfregador e se preparava para friccionar o soalho, saltando com uma perna só, rugindo e patinando sobre uma escova.

Vitorioso, banhado de suor, ele surgiu à porta e avançou, pronto para devastar o quarto onde se encontrava Durtal. Este precisou voltar para o gabinete, agora pacificado, no que foi seguido pelo gato, que, crispado pelo ruído, acompanhava o dono passo a passo, indo e voltando, roçando-se em suas pernas pelos cômodos, à medida que estes eram liberados.

Des Hermies tocou a campainha nesse instante.

— Calço as botinas e saímos daqui – exclamou Durtal. Então, passando a mão sobre a mesa, ele a mostrou coberta de pó. — Veja, esse imbecil sacode tudo, lutando contra não sei quê, e aqui está o resultado: depois que vai embora, há ainda mais poeira do que antes.

— Ora – disse Des Hermies –, mas a poeira é uma coisa boa. Além de ter gosto de biscoito velho e um ligeiro odor de livro antigo, ela é o veludo efêmero das coisas, a chuva fina mas seca que amortece as nuances excessivas das cores cruas. É também a pele do abandono, o véu do esquecimento. Quem pode então detestá-la senão algumas pessoas de destino lamentável nas quais você deveria às vezes pensar?

"Você imagina a vida das pessoas que vivem em Paris, numa passagem? Por exemplo, imagine um tísico que cospe sangue e se asfixia num quarto situado ao primeiro andar, sob os vidros abaulados de uma passagem de pedestres, a de Panoramas, digamos. A janela está aberta, a poeira sobe saturada de tabaco frio e suor morno. O infeliz sufoca, suplica que lhe deem ar; alguém se precipita até a janela... e a fecha, pois como ajudá-lo a respirar sem o proteger da pulverulência da passagem, isolando-o?

"Então, essa poeira que estimula hemoptises e tosses por acaso é menos benigna do que esta da qual você se queixa? Está pronto? Podemos descer?"

— E que rua tomaremos? – indagou Durtal.

Des Hermies não respondeu. Saíram da Rue du Regard, onde residia Durtal, desceram pela Rue du Cherche-Midi até a Croix-Rouge.

— Vamos até a praça Saint-Sulpice – disse Des Hermies. E, após uma pausa: — E, por falar em poeira, considerada aqui como recordação das origens e lembrança dos fins, você sabia que, após a morte, nossa carcaça é desmembrada por vermes diferentes, conforme seja obesa ou magra? Nos cadáveres dos gordos, encontramos uma espécie de larva, os rizófagos; nos cadáveres dos magros, os *phoras*. Estes últimos são, evidentemente, os aristocratas dos parasitas, vermes ascéticos que desprezam a refeição copiosa, desdenham a carnagem de mamas fartas, o guisado de barrigas abundantes. E pensar que não há igualdade perfeita nem mesmo na maneira como as larvas preparam o pó mortuário de cada um de nós! A propósito, ficamos por aqui, meu caro.

Tinham alcançado a esquina da Rue Férou com a praça. Durtal ergueu a cabeça e, sobre um pórtico aberto no costado da igreja de Saint-Sulpice, leu num cartaz: "Torres abertas à visitação".

— Vamos subir – disse Des Hermies.

— Para quê? Com o tempo que faz!

E Durtal apontou para as nuvens negras que, como a fumaça das fábricas, atravessavam um firmamento lodoso, tão baixo que as colunas de zinco das chaminés pareciam penetrá-lo e chanfrá-lo com incisões precisas, acima dos telhados.

— Além do fato de eu não estar com vontade de tentar escalar uma série desordenada de degraus, o que você quer ver lá em cima? Está chuviscando e a noite cai; não, mas que ideia!

— Que diferença faz passear aqui ou em outro lugar? Venha, eu garanto que verá coisas que nem pode imaginar.

— Então você tem um objetivo?

— Tenho.

— Por que não disse antes?

E, seguindo Des Hermies, enfiou-se pórtico adentro; uma pequena lamparina de querosene, pendurada num prego, clareava uma porta no fundo do corredor escuro. Era a entrada para as torres.

Durante um bom tempo, subiram em meio às trevas de uma escada espiral. Durtal se perguntava se não teria o vigia abandonado seu posto quando uma luminosidade avermelhou a curva da parede, e eles depararam com um candeeiro à frente de uma porta.

Des Hermies puxou o cordão de uma campainha; a porta sumiu e, agora, tinham diante de si, num degrau à altura da cabeça, os pés iluminados de uma pessoa que se perdia na sombra.

— Ora, é o sr. Des Hermies. – E um corpo de mulher

idosa descreveu um arco, curvando-se ao foco da luz. — Louis vai ficar contente em vê-lo.

— Ele está? – perguntou Des Hermies, apertando a mão da mulher.

— Está na torre; mas descansem um pouco.

— Não. Quando descermos, se não se importar.

— Pois então subam até encontrar uma porta com claraboia... Ah, como sou boba, o senhor a conhece tão bem quanto eu.

— É verdade, é verdade... Até já; deixe-me apresentar meu amigo Durtal.

Durtal se inclinou, aturdido, na sombra.

— Mas veja só! Louis queria tanto conhecê-lo, isso vem a calhar!

Para onde estará me levando?, pensava Durtal, voltando a tatear as paredes no escuro atrás do amigo, seguindo os breves clarões que atravessavam as frestas do muro, retornando ao breu para reencontrar, quando já se julgava perdido, outras réstias de luz.

Essa escalada não acabava mais. Enfim, chegaram à porta gradeada e a empurraram. Ao entrarem, viram-se em cima de um rebordo de madeira, sobre o vazio, na prancha do parapeito de dois poços: um abaixo dos pés e outro acima da cabeça.

Des Hermies, que parecia se sentir em casa naquele lugar, mostrou com um gesto os dois abismos.

Durtal observou.

Ele se achava na metade de uma torre, escorada por vigas enormes em forma de um X, traves montadas, presas por braçadeiras de ferro, fixadas com rebites e unidas por parafusos do tamanho de um punho. Durtal não via ninguém. Virou-se para a consola, ao longo da parede, e dirigiu-se para a luz que penetrava pelos anteparos inclinados das palhetas acústicas.

Debruçado sobre o precipício, agora era possível distinguir, sob suas pernas, os formidáveis sinos que pendiam de traves de carvalho blindadas de ferro, sinos com bojo de metal escuro, sinos de um bronze oleoso, como que lubrificados, que absorviam sem refratar os raios do sol.

E sobre sua cabeça, no abismo superior, recuando, ele percebeu que podia avistar outras baterias de sinos; estes, com uma efígie de bispo cunhada em relevo sobre o ferro fundido, eram iluminados interiormente por um fulgor dourado na parte gasta pelo badalo.

Nada se movia; mas o vento estalava nas lâminas alongadas das palhetas acústicas, rodopiava dentro da armação de madeira, uivava na espiral da escada, engolfava-se na cuba invertida dos sinos. Bruscamente, um cicio do ar, um sopro silencioso de vento menos aguçado açoitou-lhe o rosto. Ele olhou para o alto, um sino reagia ao vento, começando a oscilar. E, de repente, ressoou, tomou impulso, e o badalo, semelhante a um pilão gigantesco, triturou sons terríveis contra o bronze do almofariz. A torre estremecia, o rebordo sobre o qual ele estava trepidava como chão de trem; rufava um estrondo imenso e contínuo, entrecortado pelo ensurdecedor fragor das pancadas.

Apesar de ter explorado o teto da torre, não avistou ninguém; por fim, acabou entrevendo uma perna estendida sobre o vazio que acionava um dos dois pedais de madeira atados embaixo de cada sino; e, quase deitado sobre as vigas, distinguiu finalmente o sineiro, que, segurando-se com as mãos em dois ganchos de ferro, balançava-se em cima do abismo, com os olhos fixos no céu.

Durtal ficou pasmo, pois jamais vira tanta palidez nem rosto tão desconcertante. Aquele homem não tinha a cor de vela dos convalescentes nem o tom fosco das perfumistas cuja derme os odores desbotaram; tampouco chegava a ser a pele empoeirada, acinzentada, dos pulverizadores de rapé que tanto prezamos; era a tez lívida e exangue dos prisioneiros da Idade Média, a tez agora desconhecida do homem encarcerado até a morte num calabouço úmido, no breu de uma masmorra sem ventilação.

Os olhos eram azuis, salientes, arregalados, olhos de lágrimas místicas, mas desmentidos pelo bigode eriçado e seco, imperial; um homem ao mesmo tempo dolente e militar, quase indefinível.

Ele acionou novamente o pedal do sino e, com um movimento das costas, recuperou o equilíbrio. Depois de ter enxugado a testa, sorriu para Des Hermies.

— Ora, ora, o senhor estava aí!

Quando desceu, ao escutar o nome de Durtal, seu rosto se iluminou; segurou-lhe a mão.

— Saiba que o senhor era há muito esperado. Há muito nosso amigo o esconde e, ao mesmo tempo, fala do senhor constantemente. Venha – prosseguiu num tom alegre –, venha visitar meu pequeno patrimônio; li seus livros, não é possível que também não aprecie os sinos; mas, para vê-los bem, é preciso subir um pouco mais.

E saltou para uma escada, enquanto Des Hermies punha Durtal à sua frente, ficando no fim da fila.

Conforme retomavam a subida na escada em espiral:

— Por que você não me disse que seu amigo Carhaix era sineiro? É ele mesmo, não é? – perguntou Durtal.

Des Hermies não pôde responder, pois naquele momento chegavam sob a abóbada de pedra da torre, e Carhaix, pondo-se de lado, dava-lhes passagem. Encontravam-se num aposento circular cujo centro, sob os pés deles, se abria num grande buraco protegido por uma balaustrada de ferro, já corroída pela cinza alaranjada da ferrugem.

Ao aproximar-se, o olhar mergulhava no fundo do abismo, era o verdadeiro parapeito de pedra de um poço autêntico; e esse poço parecia estar sendo reformado, pois o andaime transversal de vigas que sustentava os sinos parecia montado, de cima abaixo do tubo, para escorar os muros.

— Podem se aproximar sem medo – disse Carhaix. — E digam-me, por favor, se não são lindos os meus afilhados!

Mas Durtal mal o escutava; sentia-se pouco à vontade diante daquele vazio, atraído pelo buraco escancarado de onde escapava, em lufadas remotas, a badalada moribunda do sino que certamente ainda oscilava antes de se imobilizar completamente.

Recuou.

— Não querem visitar o alto das torres? – perguntou Carhaix, apontando para uma escada de ferro, chumbada diretamente sobre a muralha.

— Não, isso ficará para outro dia.

Retomaram a descida e Carhaix, agora silencioso, abriu uma nova porta. Entraram num imenso depósito que continha estátuas colossais e avariadas de santos e apóstolos combalidos e escalavrados, como São Mateus de perna amputada e braço aleijado, São Lucas escoltado pela metade de um boi, São Marcos coxo e privado de uma parte da barba, São Pedro erguendo os membros mutilados e sem chaves.

— Antigamente – disse Carhaix –, havia aqui um balanço; ficava cheio de meninas. Houve abuso, como sempre... ao cair da noite; por algumas moedas, fazia-se um bocado de coisas! O pároco acabou removendo o balanço e fechando o local.

— E isso? – indagou Durtal, percebendo num canto um enorme fragmento redondo de metal, uma espécie de meia calota gigante, aveludada pela poeira, recoberta pela treliça de teias salpicadas de corpos encolhidos de aranhas pretas, como se fossem tarrafas granuladas com bolinhas de chumbo.

— Isso? Ah, meus amigos! – e o olhar extraviado de Carhaix se recuperou, inflamando-se. — Isso é o cérebro de um sino velhíssimo que produzia sons que não se escutam mais; esse aí, meus amigos, parecia soar no céu!

E, subitamente, animou-se:

— Está vendo? Des Hermies deve ter-lhe dito que os sinos acabaram; ou melhor, são os sineiros que não existem mais! Hoje em dia, quem faz esse trabalho são carvoeiros, telheiros, pedreiros, bombeiros, arranjados na rua por 1 franco a hora! Ah, precisa ver! Mas é pior ainda; se eu lhes contasse que há párocos que não têm vergonha de dizer: "Recrutem soldados nas ruas por 10 soldos, e eles farão o trabalho". Resultado: houve um, em Notre Dame, creio eu, que não retirou a perna a tempo; o sino voltou com toda força e lhe arrancou fora, feito uma navalha.

"E essa gente gasta 30 mil francos em baldaquinos, arruínam-se por causa de música, precisam de bicos de gás para as igrejas, um tal de bibelô de luxo e não sei mais o quê. Quanto aos sinos, eles dão de ombros quando falamos deles. Está sabendo, sr. Durtal, que em Paris só restam dois sineiros profissionais, eu e o velho Michel, que é solteiro e não se pode, por conta de seus hábitos, contar sempre com ele nas igrejas? Esse homem é um sineiro sem igual; mas até ele anda desinteressado; bebe e, bêbado ou não, trabalha e, depois, volta a beber e vai dormir.

"Pois sim, está tudo acabado! Veja só, esta manhã o monsenhor fez sua visita pastoral lá embaixo. Às oito horas, era necessário soar a chegada dele; os seis sinos que o senhor viu ali badalavam. Éramos dezesseis a trabalhar aqui em cima. Pois bem, foi lamentável; aquela gente é incapaz de tanger um sino, eles tocavam fora do tempo, não é assim que dobramos os sinos!"

Continuaram descendo e Carhaix silenciou por um instante.

— Sinos! – recomeçou ele, virando-se e encarando Durtal com seus olhos azuis em ebulição. — Essa é a verdadeira música da Igreja!

Haviam chegado a um nível acima do átrio, na grande galeria coberta que servia de base para as torres. Carhaix então sorriu e mostrou um conjunto de sinetes minúsculos, instalado entre dois pilares, sobre uma prancha. Puxando os cordões, ele agitava o frágil tilintar de cobre e, com os olhos esbugalhados e o bigode arrepiado por um movimento do lábio, ouvia com atenção e satisfeito o salto ligeiro das notas que a bruma absorvia.

De repente, largou os cordões.

— Foi meu desejo por um tempo – disse. — Eu queria formar alunos aqui, mas ninguém quer aprender um ofício em que se ganha cada vez menos, pois já não soamos mais nos casamentos e agora ninguém mais sobe às torres!

"No fundo – prosseguiu, descendo os degraus –, eu mesmo não tenho do que me queixar. As ruas lá fora me entediam, fico confuso quando saio daqui; só deixo meu campanário pela manhã, para buscar um balde de água do outro lado da praça, mas minha mulher se aborrece lá no alto; e é mesmo terrível. A neve penetra por todas as seteiras, acumula-se e, às vezes, ficamos bloqueados quando o vento sopra com fúria!"

Estavam agora diante da porta do alojamento de Carhaix.

— Entrem, por favor – disse a mulher, que os aguardava na soleira. — Os senhores merecem um pouco de descanso – acrescentou, apontando para quatro copos que tinha posto sobre a mesa.

O sineiro acendeu um pequeno cachimbo de madeira, enquanto Des Hermies e Durtal enrolavam seus cigarros.

— Estão bem instalados aqui – disse Durtal, procurando assunto.

Eles estavam num amplo cômodo esculpido dentro da pedra, sob as abóbadas, clareado, perto do teto, por uma janela semicircular. O cômodo, lajeado, parcamente revestido por um tapete ordinário, era mobiliado com simplicidade por uma mesa de jantar redonda, velhas poltronas de veludo de Utrecht azul-ardósia, um pequeno armário no qual se amontoavam louças de faiança bretã, jarras e pratos, e, na frente desse armário de nogueira envernizado, uma modesta estante de madeira que mal acomodava uns cinquenta livros.

— Está olhando meus livros – disse Carhaix, que acompanhara o olhar de Durtal. — Ah, há de ser indulgente, os que tenho são apenas ferramentas de trabalho!

Durtal se aproximou; a biblioteca parecia composta principalmente de obras sobre sinos; percorreu os títulos.

Num volume fino de pergaminho antiquíssimo, decifrou algo escrito à mão, com cor de ferrugem: *De tintinnabulis*, de Girolamo Maggi (1664), depois, *Recueil curieux et édifiant sur les cloches de l'Eglise*, de Rémi Carré. Outro *Recueil édifiant*, anônimo; um *Traité des cloches*, de Jean-Baptiste Thiers, pároco de Champrond e de Vibraye, um pesado volume de um arquiteto chamado Blavignac, outro menos espesso, intitulado *Essai sur le symbolisme de la cloche*, de um padre do clero paroquial, em Poitiers; uma *Notice* do abade Barraud e, finalmente, toda uma série de opúsculos cobertos de papel cinzento, brochados sem capa, impressos e desprovidos de títulos.

— Isso não é nada – exclamou Carhaix com um suspiro. — Faltam-me os melhores: o *De campanis commentarius*, de Angelo Rocca, e o *Tintinnabulo*, de Perichellius; que se há de fazer? São raros e, depois, quando os achamos, são caríssimos!

Durtal percorreu de relance os outros livros; na maioria, eram obras religiosas: bíblias latinas e francesas,

Imitations de Jesus-Christ, a *Mystique* de Görres em cinco tomos, a história e a teoria do simbolismo religioso do abade Aubert, o dicionário das heresias de Pluquet e as vidas dos Santos.

— Como pode ver, não há nada de literatura aqui, mas Des Hermies costuma me emprestar as obras que despertam o interesse dele.

— Seu tagarela – interrompeu-o a mulher. — Deixe que ele se sente um pouco – disse, estendendo um copo cheio para Durtal, que saboreou o borbulhar perfumado de uma verdadeira sidra.

Em resposta aos seus elogios sobre a qualidade da bebida, ela lhe contou que aquela sidra vinha da Bretanha, que era fabricada por parentes em Landévennec, a terra natal deles.

E ficou contente ao ouvir Durtal dizer que, tempos atrás, passara um dia nessa aldeia.

— Ora pois, então é como se já nos conhecêssemos – concluiu ela, apertando sua mão.

Sentindo-se entorpecido pelo calor de um aquecedor cujo tubo fazia um zigue-zague e sumia por uma abertura numa placa de metal que substituía um dos vidros da janela, de certa forma relaxado pela atmosfera lenitiva que emanava de Carhaix e de sua boa mulher, de rosto débil mas cordial, olhos piedosos e sinceros, Durtal se deixou levar pelos devaneios, longe da cidade. Observando aquele cômodo íntimo e aquela gente amável, pensava se, ajeitando aquele aposento, não seria possível instalar ali, acima de Paris, uma morada balsâmica e aconchegante, um refúgio tépido. Assim, poderia levar, sozinho, em meio às nuvens, lá no alto, a vida revigorante das solidões e escrever, ao longo dos anos, seu livro. Depois, que fabulosa felicidade seria viver, finalmente, afastado daqueles tempos, e, quando a maré da estupidez viesse se desfraldar aos pés das torres, que prazer poder folhear livros bem antigos sob a luz ardente de um candeeiro!

A ingenuidade dos seus sonhos o fez sorrir.

— Assim mesmo, vocês estão muito bem aqui – disse ele, resumindo suas reflexões.

— Nem tão bem assim – exclamou a mulher. — A habitação é espaçosa, pois temos dois quartos do tamanho desta sala e alguns cômodos menores, mas é tão desconfortável e tão fria! E não há cozinha! – acrescentou, mostrando no canto um fogão que precisara instalar sob a escada. — Além disso, estou ficando velha e começo a sentir dores quando vou às compras e tenho que subir tantos degraus!

— Não há sequer meios de enfiar um prego neste antro – disse o marido. — A pedra de cantaria os entorta, quando tentamos pregá-los, e os rejeita; enfim, pessoalmente, estou acostumado aqui, mas ela não; ela sonha em terminar seus dias em Landévennec!

Des Hermies levantou-se. Todos apertaram as mãos, e o casal Carhaix fez com que Durtal prometesse voltar outro dia.

— Pessoas excelentes! – exclamou Durtal, quando já estavam na praça.

— Sem mencionar que Carhaix é uma preciosa fonte de consulta, pois possui muitas coisas documentadas.

— Mas, enfim, diga-me como pode um homem instruído, experiente exercer um ofício braçal reservado aos operários?

— Se ele ouvisse isso! Mas não se engane, meu amigo, os sineiros da Idade Média não eram uns pobres-diabos miseráveis. Verdade que os atuais estão bem degradados. Quanto à razão de Carhaix ter-se afeiçoado aos sinos, ignoro. Só sei que na Bretanha estudou no seminário, que teve escrúpulos de consciência, não acreditando ser digno do sacerdócio, e que, em Paris, para onde veio, foi aluno de um mestre sineiro muito inteligente e letrado, o padre Gilbert, que tinha, em sua cela na Notre Dame, velhos mapas de Paris, raríssimos. Este tampouco foi um artesão, mas um colecionador alucinado de documentos relativos à velha Paris. De Notre Dame, Carhaix passou para Saint--Sulpice, onde está instalado há mais de quinze anos!

— E você, como o conheceu?

— Primeiro, como médico; depois, me tornei seu amigo; faz dez anos.

— É curioso, ele não tem a aparência de um jardineiro sonso, comum aos ex-seminaristas.

— Carhaix ainda tem alguns anos pela frente – disse Des Hermies, como se falasse consigo mesmo. — Depois, será a hora de sua morte. A Igreja, que já permitiu a introdução do bico de gás nas capelas, acabará substituindo os sinos por potentes campanas sem badalo. E, então, vai ser divertido; os mecanismos serão interligados por fios elétricos; um som tipicamente protestante, toques breves, ordens rígidas.

— Se assim for, será uma oportunidade para a sra. Carhaix retornar à sua Finistère natal!

— Isso não seria possível, pois são pobres demais; além disso, Carhaix definharia se perdesse seus sinos! É de fato curiosa essa afeição do homem pelo objeto que ele anima; é o amor do mecânico pela máquina; nós acabamos amando, tanto quanto a um ser vivo, a coisa que nos obedece e da qual cuidamos. É verdade que o sino é um utensílio à parte. É batizado como gente e ungido pelos santos óleos que o consagram; segundo a bula papal, ele é também santificado, no interior de seu cálice, por um bispo com sete unções feitas em forma de cruz, usando o óleo dos enfermos; dessa forma, ele poderá levar aos moribundos a voz consoladora que os ajudará em seus derradeiros tormentos.

"Ademais, ele é o arauto da Igreja; a voz do exterior, assim como o padre é a voz do interior; portanto, não se trata de um simples pedaço de bronze, de um morteiro invertido que balança. Acrescente-se que, tal como os vinhos antigos, os sinos se afinam com a idade; seu canto torna-se mais amplo e mais maleável, eles perdem o buquê azedo e suas ressonâncias ácidas. Isso explica um pouco o apego de certas pessoas!"

— Com os diabos! Você sabe tudo sobre sinos!

— Eu? – respondeu Des Hermies, rindo. — Mas não sei coisa alguma; repito o que ouvi Carhaix dizer. De mais a mais, se o assunto for do seu interesse, você pode lhe pedir explicações; ele ensinará o simbolismo do sino; é um poço de conhecimentos, sabe do assunto como ninguém.

— O certo é que – disse Durtal, pensativo – eu, que moro num bairro repleto de conventos, numa rua onde o ar ondula, desde o amanhecer, sob a vaga dos carrilhões, eu, quando estava doente, à noite aguardava o toque dos sinos da manhã como uma libertação. De manhãzinha, então, eu me sentia embalado por uma espécie de ritmo bem suave, acalentado por uma carícia longínqua e secreta; era como um bálsamo, tão fluido e tão fresco! Isso me assegurava que havia pessoas que se levantavam e rezavam por todos e, consequentemente, por mim; e eu me sentia menos só. É verdade, no fundo, esses sons são feitos sobretudo para os doentes acometidos de insônia!

— Não unicamente para os doentes, os sinos são também o brometo das almas belicosas. Um deles trazia a seguinte inscrição: *Paco cruentos* – "apaziguo os amargurados" –, que é singularmente precisa, se pensarmos bem!

Essa conversa impressionou tanto Durtal que, à noite, quando estava sozinho em casa, surpreendeu-se a elucubrar na cama. Aquela frase do sineiro, de que a verdadeira música da Igreja era a dos sinos, lhe ressoava obsessivamente. E seu devaneio, de repente, o fez recuar vários séculos, evocando, em meio às lentas procissões dos monges da Idade Média, o rebanho ajoelhado a atender aos chamados dos ângelus e a sorver, como se fosse o sumo do vinho sagrado, as gotas flautadas de seus sons puros.

Todos os detalhes do que conhecera outrora sobre as liturgias seculares se precipitaram: invitatórios das matinas, carrilhões a desfiar-se como rosários de contas harmônicas pelas ruas tortuosas e estreitas, torreões coniformes, os coruchéus de telhados cônicos, os muros perfurados de escoadouros e armados de dentes, carrilhões cantando as horas canônicas – primas e térreas, sextas e nonas, vésperas e completas –, celebrando a felicidade de uma cidade com o riso delicado de pequenos sinos, ou sua aflição, com as lágrimas espessas dos dolorosos bordões!

E eram na época mestres sineiros, verdadeiros carrilhadores, que repercutiam o estado de espírito de uma cidade com suas alegrias ou seus lutos! E o sino que eles dobravam, como filhos submissos, como fiéis diáconos, era feito, à imagem da Igreja, bem popular e humilde. Em certos momentos, se despia, como um padre se despoja de seus paramentos, de seus sons misericordiosos. Conversava com a arraia-miúda nos dias de feira ou de festa, convidando-a em tempo chuvoso a debater sobre o que lhes interessava dentro da nave da igreja, impondo, pela santidade do local, às inevitáveis discussões dos negócios inflexíveis, uma probidade que se perdeu para sempre!

Agora, os sinos falavam uma língua abolida, uma algaravia de sons ocos e destituídos de sentidos. Carhaix não estava enganado. Aquele homem que vivia fora da humanidade, numa tumba aérea, acreditava na sua arte e não tinha mais razão de ser. Vegetava, supérfluo e obsoleto, numa sociedade que se diverte com *rigaudons* em concertos. Tal como uma criatura caduca e retrógrada, tal qual um escombro de uma embarcação lançado à margem dos tempos, principalmente, um escombro indiferente aos miseráveis eclesiásticos deste fim de século, que, para atrair multidões bem-vestidas ao salão de suas igrejas, não temem entoar cavatinas e valsas nos imensos órgãos que, num último sacrilégio, são manipulados por industriais da música profana, negociantes de bailados, fabricantes de óperas bufas.

Pobre Carhaix, pensou Durtal apagando a vela, mais um que ama sua época tanto quanto Des Hermies, tanto quanto eu! Enfim, ele é o tutor de seus sinos e, certamente, entre seus pupilos terá seu preferido; em resumo, não há motivo de lastimar sua sorte, pois ele também tem seus caprichos, o que provavelmente lhe torna possível a vida, assim como a nós!

IV

— E o livro está avançando, Durtal?

— Está, terminei a primeira parte da existência de Gilles de Rais; assinalei o mais rapidamente possível suas façanhas e suas virtudes.

— O que carece de interesse – comentou Des Hermies.

— Obviamente, levando em conta que o nome de Gilles só sobreviveu, depois de quatro séculos, graças à enormidade dos vícios que ele simboliza; agora, estou chegando aos crimes. A grande dificuldade – entende? – é explicar como esse homem, que foi bravo capitão e bom cristão, se tornou subitamente sacrílego e sádico, cruel e covarde.

— O fato é que nunca se viu, que eu saiba, uma reviravolta tão brusca da alma!

— É exatamente por isso que seus biógrafos se surpreendem com essa feitiçaria espiritual, essa transmutação da alma realizada como por um passe de mágica, como no teatro; houve certamente influências de vícios cujas pistas se perderam, o entranhamento de pecados invisíveis que foram ignorados pelas crônicas. Em resumo, recapitulando as peças que chegaram até nós, temos o seguinte: "Gilles de Rais, cuja infância é desconhecida, nasceu por volta de 1404 nos confins da Bretanha e de Anjou, no castelo de Machecoul. Seu pai morre no fim de outubro de 1415; a mãe casa-se outra vez, quase imediatamente, com certo senhor de Estouville e o abandona, a ele e a René de Rais, seu outro irmão; Gilles é posto sob a tutela do avô, Jean de Craon, senhor de Champtocé e de La Suze, 'homem velho e antiquado e de idade deveras avançada', dizem os textos. Ele não é vigiado nem orientado por esse velho bonachão e distraído, que se livra dele casando-o com Catherine de Thouars, no dia 30 do mês de novembro de 1420.

"Constata-se sua presença na corte do delfim, cinco anos mais tarde; seus contemporâneos o descrevem como um homem ativo e robusto, de beleza inebriante e rara elegância. Faltam informações sobre o papel que ele desempenha nessa corte, mas pode-se facilmente supri-las, imaginando a chegada de Gilles, que era o mais rico dos barões da França, à casa de um rei pobre.

"De fato, nesse momento, Carlos VII está em apuros; não tem dinheiro, perdeu o prestígio e a autoridade; mesmo as cidades ao longo do Loire mal lhe obedecem; a situação da França, extenuada pelos massacres, já devastada poucos anos antes pela peste, é horrível. Está sendo sacrificada até sangrar, sugada até a medula pela Inglaterra, que, tal como aquele polvo fabuloso, o Kraken, emerge do mar e, galgando o estreito, lança seus tentáculos sobre a Bretanha, a Normandia, uma parte da Picardia, a Île-de-France, toda a região setentrional e central, até Orléans. E, quando eles se erguem, suas ventosas deixam apenas cidades estéreis e campos mortos.

"São inúteis os apelos de Carlos VII reclamando subsídios, inventando exações, arrancando impostos. As cidades saqueadas, os campos abandonados e invadidos por lobos não podem socorrer um rei cuja legitimidade é duvidosa. Ele se lamenta, mendiga tostões, mas em vão. Em Chinon, sua pequena corte é uma rede de intrigas, que às vezes terminam em assassinatos. Cansado de ser acossado, vagamente protegido do outro lado do Loire, Carlos e seus partidários acabam se consolando da tragédia que se aproxima em exuberantes devassidões; naquela realeza efêmera, quando os vandalismos e os empréstimos tornam opulenta a mesa e grande a embriaguez, acabam sendo esquecidos essas tensões ininterruptas e esses sobressaltos, e escarnece-se do amanhã, esvaziando copos e acariciando as moças.

"Ademais, o que se podia esperar de um rei sonolento e já sem viço, filho de uma mãe infame e de um pai louco?"

— Ora, nada do que você disser sobre Carlos VII há de se comparar ao seu retrato pintado por Fouquet, que está no Louvre. Diversas vezes, parei diante daquele rosto vergonhoso no qual eu distinguia um focinho de leitão, olhos de agiota provinciano, lábios dolentes e hipócritas, num semblante de chantre. Parece que Fouquet representou um padre ordinário, gripado e de ressaca! E logo adivinhamos que é esse tipo magro e escaldado, menos lascivo e mais prudentemente cruel, mais teimoso e mais bisbilhoteiro, que engendrará seu filho e sucessor, Luís XI. Aliás, foi ele que mandou assassinar João Sem Medo e abandonou Joana d'Arc; é o suficiente para julgá-lo.

— Decerto. Pois bem, Gilles de Rais, que arregimentou tropas às próprias expensas, foi, com certeza, recebido de braços abertos naquela corte. Sem dúvida, financiou torneios e banquetes, foi vigilantemente assediado pelos cortesões, emprestou somas importantes ao rei. Mas, apesar do sucesso que obteve, não parece ter soçobrado, como Carlos VII, no egoísmo inquieto das luxúrias; logo o reencontramos defendendo Anjou e o Maine dos ingleses. Foi um "bom e arrojado capitão!", afirmam as crônicas, o que não impede que, subjugado pela superioridade numérica do adversário, tenha precisado fugir. Os exércitos ingleses se uniram, inundaram o país, expandindo-se cada vez mais, invadindo a região central. O rei pensava em se refugiar no sul e abrir mão do país; foi nesse momento que surgiu Joana d'Arc.

"Gilles então volta a se aproximar de Carlos, que lhe confia a proteção da Donzela. Ele a segue sem cessar, assiste-a nas batalhas, até mesmo sob as muralhas de Paris, continua ao seu lado em Reims, no dia da sagração, onde, em vista de seu valor, conforme diz Monstrelet, o rei o nomeia 'marechal de França', com 25 anos!"

— Com os diabos – interrompeu-o Des Hermies. — Eles eram rápidos naquela época; mas talvez fossem menos obtusos e menos tolos do que esses fósseis agaloados de nossos dias!

— Mas não se deve fazer confusão. O título de marechal de França não era então o que viria a ser sob o reinado de Francisco I e, sobretudo, o que veio a ser a partir do imperador Napoleão.

"Qual foi a conduta de Gilles de Rais para com Joana d'Arc? As informações são escassas. O senhor Vallet de Viriville o acusa de traição, sem a menor prova. O abade Bossard afirma, ao contrário, que ele foi dedicado e cuidou lealmente dela, sustentando sua opinião com razões plausíveis.

"O que não deixa dúvidas de que se trata de um homem cuja alma é saturada de ideias místicas. Toda a sua história o comprova. Ele vive lado a lado com aquela donzela extraordinária, cujas aventuras parecem testemunhar que é possível a intervenção divina neste mundo.

"Ele assiste ao milagre de uma camponesa domando um séquito de velhacos e bandidos, reanimando um rei covarde que quer fugir. Assiste ao inacreditável episódio de uma virgem pondo a pastar, como ovelhas dóceis, gente como La Hire e Xaintrailles, Beaumanoir e Chabannes, Dunois e Gaucourt, velhas feras que perdem a pelagem e dão lã quando ouvem a voz dela. Ele próprio, certamente, acaba pastando, como os demais, as ervas secas dos sermões, comungando, na manhã das batalhas, reverenciando Joana tal qual uma santa.

"E, finalmente, ele vê que a Donzela cumpre as promessas. Ela consegue romper o cerco de Orléans, consagrar o rei em Reims e, agora, declara pessoalmente que sua missão está concluída, pedindo a graça de poder voltar para casa.

"Pode-se apostar que, num ambiente semelhante, o misticismo de Gilles tenha se exaltado; estamos, portanto, diante de um homem cuja alma encontra-se partida: metade mercenária, metade monacal; e..."

— Perdoe-me interrompê-lo, mas acontece que não estou tão certo quanto você de que a intervenção de Joana d'Arc tenha sido boa para a França.

— Como?

— Sim, ouça-me por um instante. Você sabe que os defensores de Carlos VII eram, na maioria, uns brutamontes do sul do país, saqueadores inflamados e ferozes, execrados até pelas populações que eles iam defender. Essa Guerra dos Cem Anos foi, no fim das contas, a guerra do sul contra o norte. Naquela época, a Inglaterra era a Normandia, que a conquistara no passado e da qual conservara o sangue, os costumes e a língua. Supondo-se que Joana d'Arc continuasse trabalhando como costureira ao lado da mãe, Carlos VII seria destituído, e a guerra chegaria ao fim. Os plantagenetas reinavam sobre a Inglaterra e a França, que, aliás, na Pré-História, quando o Canal da Mancha ainda não existia, compunham um único e mesmo território, uma única e mesma cepa. Haveria assim um único e poderoso reino do norte, estendendo-se até as províncias de Languedoc, englobando todas as gentes de instintos e costumes iguais.

"Ao contrário, a sagração do Valois, em Reims, criou uma França sem coesão, uma França absurda. Ela dispersou os elementos semelhantes, alinhavou as nacionalidades mais refratárias, as raças mais hostis. Ela nos dotou, e por muito tempo, infelizmente, daqueles seres de pele trigueira e olhos brilhantes, trituradores de chocolate e mastigadores de alho, que não são nem um pouco franceses, mas espanhóis ou italianos. Resumindo, sem Joana d'Arc, a França não pertenceria a essa linhagem de gente fanfarrona e barulhenta, estouvada e pérfida, a essa maldita raça latina, que o diabo a carregue!"

Durtal deu de ombros.

— Mas veja só – disse ele, rindo. — Você me vem com ideias que comprovam seu interesse pela pátria, algo que eu nem sequer imaginava.

— Sem dúvida – respondeu Des Hermies, acendendo novamente o cigarro. — Tenho a mesma opinião do velho poeta d'Esternod: "Minha pátria é onde me sinto bem". E, pessoalmente, só me sinto bem com o povo do norte! Mas desculpe-me, pois o interrompi; voltemos ao assunto; onde você estava?

— Já nem sei. Sim, eu dizia que a Donzela cumprira sua missão. Pois bem, nesse ponto faz-se necessária a pergunta: o que acontece com Gilles depois de ela ter sido capturada, depois de ter sido morta? Ninguém sabe. No máximo, chegam a assinalar sua presença nas imediações de Rouen no momento em que o processo é instaurado; mas daí a concluir, como alguns de seus biógrafos, que ele queria salvar Joana d'Arc, a distância é imensa!

"A verdade é que, após ter perdido sua pista, nós o reencontramos com 26 anos, trancado no castelo de Tiffauges.

"A armadura de ferro, o mercenário que havia nele desaparecem. No momento em que as más ações vão começar, o artista e o letrado se desenvolvem em Gilles, extravasando-se, incitando-o mesmo, sob o impulso de um misticismo invertido, às mais engenhosas crueldades, aos mais requintados crimes.

"Pois esse barão de Rais se acha praticamente isolado em sua época! Enquanto seus pares são gente simples e bronca, ele busca os requintes desvairados da arte, sonha com uma literatura lancinante e remota, chega a compor um tratado sobre a arte de evocar demônios, adora a música da Igreja e só quer ao seu redor objetos difíceis de encontrar, apenas raridades.

"Era um latinista erudito, conversador espirituoso, amigo

generoso e seguro. Possuía uma biblioteca extraordinária num tempo em que a leitura se limitava à teologia e às vidas dos Santos. Dispomos da descrição de alguns de seus manuscritos: Suetônio, Valério Máximo, um Ovídio em pergaminho, coberto de couro vermelho com um fecho de cobre e chave.

"Era louco por aqueles livros, carregava-os para todos os lugares, nas viagens; associou-se a um pintor chamado Thomas, que os decorava com letras ornamentadas e miniaturas, ao passo que ele mesmo criava esmaltes que eram engastados em encarnas de suas brochuras por um especialista, descoberto com dificuldade. Seu gosto para mobílias era solene e bizarro. Ficava pasmo diante de tecidos abaciais, diante de sedas voluptuosas, diante das trevas douradas de velhos brocados. Apeteciam-lhe refeições metodicamente temperadas, vinhos encorpados, intensificados pelas ervas aromáticas; sonhava com joias insólitas, metais deslumbrantes, pedras alucinantes. Era o Jean Des Esseintes do século XV!

"Tudo isso custava caro, porém menos do que aquela faustosa corte que o cercava em Tiffauges, fazendo daquela fortaleza um lugar único.

"Sua guarda pessoal era composta de mais de duzentos homens, entre cavaleiros, capitães, escudeiros e pajens; e toda essa gente tinha, por sua vez, serviçais magnificamente equipados à custa de Gilles. O luxo de sua capela e de sua colegiada beirava de fato a demência. Em Tiffauges residia todo o clero de uma metrópole: decano, vigários, tesoureiros, cônegos, clérigos e diáconos, mestres-escolas e coroinhas; chegaram até nós as contas de sobrepelizes, estolas, murças, chapéus para o coral em pele de esquilo e revestidos de zibelina. Os ornamentos sacerdotais multiplicavam-se; aqui, encontramos paramentos de altar de tecido encarnado, cortinas de seda esmeralda, um manto de veludo carmesim, violeta, com tecido bordado em ouro, um outro de um damasco aurora, dalmáticas de cetim para os diáconos, dosséis com figuras de pássaros em ouro de Chipre; mais adiante, pratos, cálices, cibórios, incrustados, lajeados de pedras preciosas, engastados de gemas, relicários, entre os quais a cabeça de prata de Santo Honório, todo um amontoado de ourivesarias vistosas que um artista, instalado no castelo, cinzelava segundo seu gosto.

"E tudo ali era acolhedor; sua mesa estava sempre à disposição de todo e qualquer conviva; de todos os cantos da França, caravanas se encaminhavam para o castelo, onde artistas, poetas e sábios encontravam hospitalidade principesca, comodidade fácil, dádivas de boas-vindas e prendas de despedidas.

"Já diminuída pelas sangrias profundas que a guerra impunha, sua fortuna foi abalada por tais gastos; então, ele tomou o caminho terrível dos agiotas; contraiu empréstimos com os piores burgueses, hipotecou seus castelos, alienou suas terras; em certos momentos foi obrigado a penhorar ornamentos de culto, joias e livros!"

— Fico contente em ver que a maneira de se arruinar na Idade Média não diferia sensivelmente da de nossos dias – disse Des Hermies. — Ainda que lhes faltassem Mônaco, os tabeliães e a bolsa de valores!

— Mas, no lugar disso, dispunham da feitiçaria e da alquimia! Num memorando enviado ao rei pelos herdeiros de Gilles, nos é revelado que essa imensa fortuna levou menos de oito anos para se esvair.

"Um dia, os domínios senhoriais de Confolens, de Chabannes, de Châteaumorant, de Lombert são cedidos a um capitão da guarda por um preço vil; noutro, o feudo de Fontaine-Milon e as terras de Grattecuisse são comprados pelo bispo de Angers; a fortaleza de Saint-Etienne de Mer Morte é adquirida por Guillaume Le Ferron por uma ninharia; de outra vez, certo Guillaume de La Jumelière obtém o castelo de Blaison e de Chemillé por um preço preestabelecido que ele não paga. E ainda há mais, veja só, toda uma lista de castelanias e florestas, salinas e prados", disse Durtal, desdobrando uma longa folha de papel sobre a qual anotara, em detalhes, as compras e as vendas.

"Assustada com essas loucuras, a família do marechal suplica a intervenção do rei; e de fato, em 1436, Carlos VII, em seu conselho geral, 'assegurado do péssimo governo de Rais', o proibiu, por meio de cartas remetidas do castelo de Amboise, de vender e alienar quaisquer fortalezas, castelos e terras.

"Esse decreto simplesmente acelerou a ruína do interdito. O grande unha de fome, usurário-mor da época, João V, duque da Bretanha, recusou-se a publicar o edito em seus domínios, mas o transmitiu, às escondidas, a todos os súditos que faziam negócios com Gilles. Como ninguém mais ousou comprar propriedades do marechal, temendo angariar o ódio do duque e suscitar a cólera do rei, João V tornou-se então o único comprador e, assim, coube-lhe fixar os preços. Não tenha dúvidas de que os bens de Gilles de Rais foram adquiridos por menos do que valiam!

"Isso explica também o furor de Gilles contra a família, que solicitara aquelas cartas régias; e também o motivo de não ter mais cuidado, pelo resto da vida, da mulher e da filha, que foi relegada a um castelo nos confins, em Pouzauges.

"Muito bem, para voltar à pergunta que formulei agora há pouco, ou seja, como e por quais motivos Gilles deixou a corte, ela parece ter resposta, ao menos parcialmente, nesses mesmos fatos.

"É evidente que, desde muito tempo, bem antes de o marechal se confinar em seus domínios, Carlos VII estava sendo assediado pelas queixas da mulher e de outros parentes de

Gilles; por outro lado, os cortesões deviam execrar aquele jovem, por causa de suas riquezas e de seu fausto; o próprio rei, que abandonou deliberadamente Joana d'Arc quando não precisou mais dela, descobria uma ocasião de se vingar de Gilles pelos serviços que este lhe tinha prestado. Quando precisava de dinheiro para intensificar sua pândega e reunir suas tropas, nem sequer imaginava que o marechal pudesse ser tão perdulário! Agora, vendo-o quase arruinado, condenava sua liberalidade, mantendo-o afastado, sem lhe poupar acusações e ameaças.

"É compreensível que Gilles tenha deixado essa corte sem arrependimento; mas há ainda outra coisa. A lassidão de uma vida nômade, o desgosto com as campanhas tinham sem dúvida se abatido sobre ele; certamente ele tratou de se reorientar numa atmosfera mais pacífica, perto de seus livros. Sobretudo, parece que a paixão pela alquimia tomou-o por inteiro e que ele abandonou tudo em seu nome. Pois cabe observar que essa ciência, que o lançou na demonomania, quando sua intenção era fabricar ouro e assim se salvar de uma miséria que sabia iminente, fora por ele cultivada pelo que era, nos tempos de riqueza. E de fato, foi pelo ano de 1426, no momento em que o dinheiro derramava de seus cofres, que ele tentou, pela primeira vez, a realização da grande obra.

"Voltamos então a encontrá-lo curvado sobre os frascos de seu laboratório, no castelo de Tiffauges. Estou nesse ponto, e é agora que vai começar a série de crimes de magia e de sadismo assassino que pretendo abordar."

— Mas tudo isso não explica – disse Des Hermies – como um homem religioso se torna de repente satânico, deixando de ser uma pessoa erudita e pacata para se tornar estuprador de criancinhas, degolador de meninos e meninas.

— Como lhe disse, faltam documentos para reunir as duas partes dessa vida tão estranhamente dividida; mas, depois de tudo que acabo de narrar, acho que você já pode concluir, creio eu, vários indícios. Sejamos precisos, se quiser. Esse homem era, conforme observei há pouco, um verdadeiro místico. Ele testemunhou os mais extraordinários eventos que a História já mostrou. A convivência com Joana d'Arc certamente intensificou seus impulsos em direção a Deus. Pois bem, do Misticismo exaltado ao Satanismo exasperado há apenas um passo. No além, tudo converge. Ele transportou a fúria das preces para o território do "às avessas". E nisso foi impelido, provocado por aquela turba de padres sacrílegos, manipuladores de metais e evocadores de demônios que o cercavam em Tiffauges.

— De maneira, então, que a Donzela teria sido responsável pelas empreitadas de Gilles?

— Sim, até certo ponto, considerando que ela atiçou uma alma desmedida, pronta a tudo, tanto às orgias santas quanto aos excessos do crime.

"Além disso, não houve transição; tão logo Joana foi morta, ele caiu nas mãos de feiticeiros que eram os mais requintados facínoras, os mais sagazes dos letrados. Essa gente com quem conviveu em Tiffauges era composta de latinistas fervorosos, prosadores prodigiosos, conhecedores de arcanos esquecidos, detentores de velhos segredos. Gilles era obviamente mais afeito a viver com eles do que com pessoas como Dunois e La Hire. Esses magos, que todos os biógrafos concordam em representar, equivocadamente na minha opinião, como vulgares parasitas e vigaristas ordinários, eram, no fim das contas, os espíritos aristocratas do século XV! Não tendo encontrado espaço na Igreja, onde aceitariam apenas cargos de cardeal ou papa, só podiam, num tempo de ignorância e distúrbios, refugiar-se nos domínios de um grande senhor como Gilles, o único, à época, suficientemente inteligente e instruído para compreendê-los.

"Resumindo: misticismo natural, de um lado, e convivência com sábios assombrados pelo Satanismo, de outro. Se acrescentarmos a perspectiva de miséria crescente que a vontade do Diabo talvez pudesse conjurar, a curiosidade ardente, insana, pelas ciências proibidas, tudo isso explica que, pouco a pouco, à medida que os laços com o mundo de alquimistas e magos se estreitam, ele mergulha no ocultismo e é levado por este aos crimes mais inacreditáveis.

"Por outro lado, quanto ao assassinato de crianças, que não se seguiu imediatamente, pois Gilles só violou e trucidou meninos após a alquimia se revelar vã, ele não difere muito dos barões da época.

"Ele os supera em fausto de devassidão, na opulência de assassinatos, nada mais. E isso é verdade; leia Michelet. Verá que os príncipes eram, naquela época, temíveis sanguinários. Houve certo senhor De Giac que envenenou a mulher, montou-a em seu cavalo e a puxou a toda brida por cinco léguas, até ela morrer. Há outro, cujo nome me escapa, que agarrou o pai, arrastou-o descalço pela neve, depois o largou tranquilamente numa prisão subterrânea para que ali morresse. E quantos outros! Em vão, procurei saber se, durante as batalhas e os ataques repentinos, o marechal cometera sérias atrocidades. Nada descobri, a não ser um gosto declarado pelo patíbulo; pois ele adorava enforcar todos os franceses relapsos, flagrados nas fileiras inglesas ou em cidades pouco devotadas ao rei.

"O gosto por esse suplício eu reencontraria, mais tarde, no castelo de Tiffauges.

"Enfim, para concluir, some-se a todas essas causas um orgulho formidável, orgulho que o incita a dizer, durante seu julgamento: 'Nasci sob uma estrela tão especial que ninguém no mundo jamais fez nem jamais poderá fazer o que eu fiz'.

"E, sem a menor dúvida, perto dele o Marquês de Sade não passa de tímido burguês, de medíocre fantasista."

— Como é muito difícil ser santo, só resta tornar-se satânico – disse Des Hermies. — Um dos dois extremos. A execração da impotência, o ódio do medíocre: talvez seja esta uma das mais indulgentes definições do Diabolismo!

— Talvez. É possível ter o orgulho de valer em crimes tanto quanto um santo vale em virtudes. Isso explica Gilles de Rais.

— Dá no mesmo. É um assunto de trato complexo.

— É evidente; Satã é terrível na Idade Média, mas felizmente os documentos abundam.

— E nos tempos atuais? – retomou a palavra Des Hermies, levantando-se.

— Como assim?

— Ora, nos tempos atuais, em que o Satanismo sevicia e se une por certos laços à Idade Média.

— Mas essa agora! Você acredita que em nossos dias ainda se evoque o Diabo, que sejam celebradas missas negras?

— Acredito.

— Tem certeza?

— Absoluta.

— Você me espanta. Mas com a breca! Sabe, meu amigo, que, se eu pudesse ver tais coisas, isso me ajudaria extremamente no meu trabalho? Sério, você crê que haja uma corrente demoníaca contemporânea, tem provas?

— Tenho. Mas disso falaremos mais tarde, pois hoje estou com pressa. Vejamos, amanhã à noite, quando jantaremos com Carhaix, como você sabe. Passarei para buscá-lo. Até logo; enquanto isso, medite sobre as palavras que empregou há pouco para os magos: "se tivessem entrado na Igreja, só aceitariam ser cardeais ou papas", e pense ao mesmo tempo como é medonho o clero de nossos dias!

"Aí está a explicação do Diabolismo moderno, em grande parte pelo menos, pois, sem padres sacrílegos, não existe Satanismo maduro."

— Mas, afinal, o que querem esses padres?
— Tudo – respondeu Des Hermies.
— Como Gilles Rais, então, que pedia ao Demônio "Ciência, Poder e Riqueza", tudo o que a humanidade deseja, nas cédulas assinadas com seu próprio sangue!

V

— Entrem depressa e venham se aquecer. Ah, os senhores vão acabar nos deixando zangados – disse a sra. Carhaix, ao ver Durtal retirar de sua algibeira umas garrafas embrulhadas e Des Hermies pôr sobre a mesa algumas pequenas embalagens amarradas com barbante. — Não, sinceramente, vocês estão gastando demais.

— Mas fazemos isso com prazer, sra. Carhaix; e por onde anda seu marido?

— Está lá em cima; desde cedo está furioso!

— Com o frio que está fazendo hoje – disse Durtal. — Com um tempo assim, a torre não deve ser um lugar muito agradável!

— Mas não é por isso que ele está zangado, é pelos sinos! Mas, façam o favor, tirem seus casacos!

Eles tiraram os agasalhos e se aproximaram da estufa.

— Faz frio aqui dentro! – disse ela. — Esta casa, para descongelar, precisaria de um fogo aceso sem interrupção, dia e noite.

— Compre um aquecedor móvel.

— Ah! Isso, não. Ficaríamos asfixiados aqui!

— De fato, não seria cômodo – acrescentou Des Hermies. — Não há chaminés. É bem verdade que, com uns tubos de extensão, que seriam levados até a janela, como a mangueira de exaustão dessa estufa... Mas, por falar nesses aparelhos, você se dá conta, Durtal, de como esses horríveis canos de lata representam a época utilitária em que vivemos?

"Pense bem; o engenheiro, para o qual todo objeto desprovido de uma forma sinistra ou ignóbil é uma ofensa, revelou-se integralmente nessa invenção. É como se dissesse: 'Vocês querem sentir calor, então sentirão, mas será só isso; não restará nada que seja agradável aos olhos. Nada de lenha crepitante e melodiosa, tampouco a tepidez leve e suave! Somente o útil. Sem a fantasia dessas belas ramagens de chamas que jorram do braseiro sonoro de cavacos secos'."

— Mas não existem estufas que deixam ver o fogo? – perguntou a sra. Carhaix.

— Existem, mas são piores! O fogo atrás de um postigo de mica, as chamas aprisionadas, é mais triste ainda! Ah, os lindos feixes de lenha no campo, o sarmento cheiroso que dá um tom dourado ao ambiente! A vida moderna pôs ordem nisso tudo. Para quem não dispõe de uma renda copiosa, esse luxo dos mais pobres dos camponeses é impossível em Paris.

O sineiro entrou. Com o bigode eriçado – cada pelo com uma gotinha branca espetada na ponta –, seu gorro de malha, sua capa em pele de carneiro, luvas forradas, galochas, ele parecia um cão da raça samoieda chegando do Polo Norte.

— Não lhes aperto as mãos porque as minhas estão cheias de graxa e de óleo. Que tempo! Acreditam que estou lustrando os sinos desde a manhã?... E ainda estou preocupado!

— Por quê?

— Como por quê? O senhor sabe muito bem que o gelo contrai o metal, que acaba rachando ou se partindo. Já houve invernos muito rigorosos em que perdemos algumas peças, pois, como nós, os sinos sofrem com esse tempo. Você tem água quente, mulher? – perguntou ele, passando para o outro cômodo para lavar-se.

— Quer ajuda para acabar de pôr a mesa? – propôs Des Hermies.

Mas a esposa de Carhaix recusou.

— Nada disso. Sentem-se. O jantar está pronto.

— E o aroma está delicioso – exclamou Durtal, aspirando o odor de um impetuoso cozido, atiçado por uma ponta de aipo associada aos perfumes de outros legumes.

— À mesa! – bradou Carhaix, ressurgindo, asseado, agora de jaqueta.

Sentaram-se à mesa. Atiçada, a estufa roncava; Durtal experimentava o repentino relaxamento de uma alma friorenta quase desfalecida num banho de fluidos tépidos; com os Carhaix, estava tão longe de Paris, tão longe de seu século!

Era uma morada bem pobre, mas extremamente cordial, serena, acolhedora. Incluindo os talheres rústicos, os copos limpos, o prato de manteiga fresca e ligeiramente salgada, a jarra de sidra, tudo favorecia a intimidade da mesa iluminada por um candeeiro um tanto usado, que derramava sua claridade opaca sobre a toalha grossa.

Na próxima vez que voltarmos, comprarei numa loja inglesa um desses potes de geleia de laranja, tão deliciosamente azeda, pensou Durtal; pois, de comum acordo com Des Hermies, eles só jantavam na casa do sineiro com a condição de contribuírem com uma parte da refeição.

Carhaix preparava um cozido e uma salada simples, enquanto servia a sidra. A fim de não lhe infligir grandes gastos, eles traziam vinho, café, aguardente e sobremesa, e davam um jeito para que essa colaboração compensasse a despesa com a sopa e a carne, que certamente durariam vários dias para os Carhaix comerem a dois.

— Agora, sim! – disse a mulher, servindo a todos um caldo acaju em cuja superfície luziam ondas cor de bronze e borbulhas cor do topázio.

O prato estava suculento e untuoso, robusto e ainda assim delicado, temperado pelos miúdos de galinha cozidos.

Agora, todos estavam calados, com o nariz sobre o prato e as feições avivadas pela fumigação do caldo perfumado.

— Seria um bom momento para repetir aquele lugar-comum tão caro a Flaubert: não se come assim num restaurante – disse Durtal.

— Não difame os restaurantes – interveio Des Hermies. — Eles provocam um prazer bem especial para aqueles que sabem procurá-los. Vejam só: dois dias atrás, voltando de uma consulta a domicílio, dei com um desses estabelecimentos onde, pela soma de 3 francos, são servidos uma sopa, dois pratos principais à escolha, uma salada e uma sobremesa.

"Esse restaurante, no qual costumo almoçar uma vez por mês, tem lá seus fregueses cativos, gente bem-educada e gente hostil, oficiais à paisana, membros do parlamento e burocratas.

"Debicando o molho gratinado de um formidável linguado, eu observava os comensais assíduos ao meu redor e os achava singularmente mudados desde a minha última visita. Tinham emagrecido ou engordado; os olhos ou estavam fundos e com olheiras ou inchados, com bolsas rosadas; os gordos tinham se tornados amarelados; os magros, esverdeados.

"Mais eficazes do que os venefícios esquecidos dos Exili, as terríveis misturas daquela casa envenenavam lentamente a clientela.

"Como podem imaginar, aquilo despertou meu interesse; era como uma aula de toxicologia, e eu descobria, concentrado a comer, os assustadores ingredientes que dissimulavam o gosto dos peixes desinfetados como os cadáveres, com misturas pulverulentas de carvão e tanino, carnes maquiadas com salmouras, coloridas com molhos cor de esgoto, vinhos coloridos com fuscinas, perfumados com furfuróis, engrossados com melaço e gesso!

"Prometi então a mim mesmo voltar lá uma vez por mês, para observar o definhamento de toda aquela gente..."

— Oh! – exclamou a sra. Carhaix.

— Caramba! – exclamou Durtal. — Bem satânico você, hem!

— Veja só, Carhaix, eis que ele alcança seu objetivo; ele pretende, sem sequer nos dar tempo para respirar, falar sobre o Satanismo; é verdade que lhe prometi que conversaríamos com o senhor esta noite. – A expressão estupefata no rosto do sineiro não o interrompeu. — Exatamente. Durtal, como os senhores sabem, trabalha sobre a história de Gilles de Rais e, ontem, ele declarou dispor de todas as informações sobre o Diabolismo na Idade Média. Perguntei-lhe se também tinha material sobre o Satanismo em nossos dias. Ele levou um susto, duvidando que essas práticas ainda fossem correntes.

— É a pura verdade – concordou Carhaix com uma voz mais grave.

— Antes de esclarecermos isso, há uma pergunta que eu gostaria de fazer a Des Hermies – disse Durtal. — Vejamos, sem brincadeira e sem sorrir de esguelha, você pode me dizer de uma vez por todas se acredita ou não no catolicismo?

— Logo ele! – exclamou o sineiro. — Ele é pior que um incrédulo, é um herege.

— O fato é que, se tivesse certeza de alguma coisa, me inclinaria de boa vontade para o maniqueísmo – disse Des Hermies. — É uma das religiões mais antigas e mais simples; em todo caso, é a que explica melhor o abominável atoleiro dos tempos atuais.

"O Princípio do Mal e o Princípio do Bem, o Deus da Luz e o Deus das Trevas – pelo menos é claro que são dois rivais que disputam a nossa alma. Atualmente, é evidente que o Deus bom está por baixo, que o Mal reina sobre o mundo, como um mestre. Ora, e nesse ponto o meu pobre Carhaix, desolado por essas teorias, não pode me repreender: eu fico do lado do Derrotado! É uma ideia generosa, acho eu, e uma opinião própria!"

— Mas o maniqueísmo é impossível – bradou o sineiro. — Dois infinitos não podem coexistir!

— Mas nada pode existir, se pensarmos bem; no dia em que discutirem o dogma católico, tudo desabará! A prova de que dois infinitos podem coexistir é que essa ideia ultrapassa a razão e ingressa na categoria da qual fala o "Eclesiástico": "Não busque nada mais elevado que você, pois várias coisas já se mostraram achar-se acima dos sentidos humanos!".

"O maniqueísmo, acreditem, teve certamente suas vantagens, porque o afogaram num banho de sangue; no fim do século XII, queimaram milhares de habitantes de Albi que praticavam essa doutrina. Agora, afirmar que os maniqueístas não abusaram do culto que prestavam sobretudo ao Diabo é uma posição que eu não ousaria defender!

"A partir desse ponto, já não estou com eles" – prosseguiu Des Hermies lentamente, após uma pausa, esperando a sra. Carhaix se levantar para levar os pratos e ir buscar o guisado.

"Enquanto estamos sós – prosseguiu ele, vendo-a desaparecer atrás da escada –, posso contar o que eles faziam. Um indivíduo excelente, chamado Miguel Pselo, revelou, num livro intitulado *De operatione Dæmonum*, que, no início das cerimônias, eles saboreavam dois excrementos diferentes e misturavam sêmen humano às hóstias."

— Que horror! – exclamou Carhaix.

— Ora, como comungavam duas vezes, eles iam ainda mais longe – continuou Des Hermies. — Degolavam crianças e misturavam o sangue delas às cinzas; essa massa, diluída numa beberagem, constituía o Vinho Eucarístico.

— Agora, sim, estamos em pleno Satanismo – disse Durtal.

— Exatamente, meu amigo. Conforme prometi.

— Tenho certeza de que o sr. Des Hermies estava despejando mais uma de suas histórias horríveis – murmurou a sra. Carhaix, trazendo um prato com um pedaço de carne acompanhado de legumes.

— Oh, minha senhora! – protestou Des Hermies.

Eles se puseram a rir, e Carhaix cortou a carne, enquanto sua mulher servia sidra e Durtal desarrolhava o pote de anchovas.

— Temo que esteja cozido demais – disse a mulher, bem mais interessada em seu guisado do que naquelas aventuras de outro mundo; e acrescentou o famoso axioma das donas de casa: — Quando o caldo é bem feito, a carne fica mole.

Os homens protestaram, afirmando que a carne não estava desfiando, estava no ponto.

— Vamos, sr. Durtal. Sirva uma anchova e um pouco de manteiga com sua carne.

— Ah, mulher, traga também um pouco da conserva de repolho roxo que você fez – pediu Carhaix. Seu rosto pálido se iluminava, enquanto seus grandes olhos caninos se enchiam de água.

Visivelmente, ele exultava, feliz de se encontrar à mesa com os amigos, bem aquecido em sua torre.

— Mas, vamos, esvaziem seus copos. Não estão bebendo nada – instou ele, empunhando a jarra de sidra.

— Vejamos, Des Hermies, ontem você afirmava que o Satanismo jamais foi interrompido desde a Idade Média – retomou Durtal, disposto a entrar no cerne da questão que o preocupava.

— Exatamente, e a documentação é irrefutável; eu as mostrarei quando desejar, para prová-lo. No fim do século XV, ou seja, na época de Gilles de Rais, para não ir mais longe no passado, o Satanismo ganhou as proporções que você conhece; no século XVI, talvez tenha sido ainda pior.

Inútil lembrar aqui, creio eu, os pactos demoníacos de Catarina de Médicis e dos Valois, o processo do monge Jean de Vaulx, as investigações de Jakob Sprenger e Pierre de Lancre, doutos inquisidores que fizeram cozinhar em fogo alto milhares de necromantes e bruxas. Tudo isso é conhecido, fartamente conhecido. Mas há também o menos conhecido, padre Benedictus, que coabitava com a diaba Armellina e consagrava suas hóstias viradas para baixo. Eis, agora, os elos que unem esse século ao nosso. No século XVII, quando ainda prosseguiam os processos de bruxaria e as possuídas de Loudun aparecem, a missa negra imperava, porém já mais velada, na surdina. Darei um exemplo, se quiserem, entre muitos outros.

"Certo abade Guibourg fez dessas torpezas sua especialidade; sobre uma mesa que servia de altar, uma mulher se estendia, nua ou com as roupas levantadas até o pescoço, e, com os braços abertos, segurava velas acesas durante toda a missa.

"Dessa forma, Guibourg celebrou missas sobre o ventre das sras. De Montespan, De Argenson e De Saint-Pont; aliás, à época do Grande Rei, tais missas eram muito frequentes; inúmeras mulheres compareciam, assim como, à época atual, inúmeras mulheres vão procurar as cartomantes que leem a sorte.

"O ritual dessas cerimônias era bastante atroz; geralmente raptavam uma criança, que era queimada num forno, no campo; depois, com suas cinzas, que eram guardadas, preparava-se, com o sangue de outra criança degolada, uma massa semelhante à dos maniqueístas, da qual já falei. O abade Guibourg oficiava, consagrava a hóstia, cortava-a em pedacinhos e a misturava a esse sangue enegrecido pela cinza; essa era a matéria do Sacramento."

— Que padre medonho! – exclamou a mulher de Carhaix, indignada.

— Pois é. E ele celebrava também outro tipo de missa; essa se chamava... com os diabos, é difícil dizer...

— Mas diga, sr. Des Hermies, quando somos tomados pelo ódio, como nós agora, podemos tudo ouvir! Nada disso me impedirá de rezar esta noite.

— Tampouco a mim – acrescentou o marido.

— Pois bem, esse sacrifício chamava-se Missa Espermática!

— Ah!

— Guibourg, vestido de túnica, estola e manípulo, celebrava essa missa com o único intuito de fabricar pastas conjuratórias.

"Os arquivos da Bastilha nos ensinam que ele agia assim a pedido de uma sra. chamada Des Œillettes.

"Num dia em que estava incomodada, essa mulher doou seu sangue; o homem que a acompanhava retirou-se para a ruela do aposento onde essa cena transcorria, e Guibourg recolheu seu sêmen num cálice; em seguida, adicionou pó de sangue, farinha, e, após as cerimônias sacrílegas, Des Œillettes se foi, carregando essa pasta."

— Meu Deus, que excesso de vilezas! – suspirou a mulher do sineiro.

— Mas na Idade Média a missa se realizava de outro modo – interpelou Durtal. — O altar era então as nádegas nuas de uma mulher; no século XVII, era o ventre. E agora?

— Agora, a mulher raramente serve de altar, mas não nos precipitemos.

"No século XVIII, ainda encontramos – entre tantos outros! –, abades traidores das coisas santas.

"Um deles, o cônego Duret, dedicava-se especialmente à magia negra. Praticava necromancia, evocava o Diabo; acabou sendo executado como bruxo, no ano da graça de 1718.

"Outro, que acreditava na Encarnação do Espírito Santo, no Paracleto, e nomeou, na Lombardia (onde causou furor), doze apóstolos e doze apóstolas, encarregados de pregar seu culto, pois esse aí, o abade Beccarelli, abusava, como por sinal todos os religiosos de sua laia, e rezava a missa sem confessar essas luxúrias. Aos poucos, ele começou a rezar as missas ao avesso, distribuindo entre os presentes pastilhas afrodisíacas que tinham a seguinte particularidade: após tê-las ingerido, os homens se acreditavam transformados em mulheres, e as mulheres, em homens.

"A receita desses afrodisíacos se perdeu – prosseguiu Des Hermies, com um sorriso quase triste. — Enfim, o abade Beccarelli teve um fim bem miserável. Perseguido por conta de seus sacrilégios, ele foi condenado, em 1708, a remar durante sete anos a bordo das galeras."

— E, com todas essas histórias horrendas, os senhores não estão comendo nada – disse a sra. Carhaix. — Vamos, sr. Des Hermies, um pouco mais de salada.

— Não, obrigado; mas acho que está na hora, com o queijo servido, de abrir um vinho.

E desarrolhou uma das garrafas que Durtal trouxera.

— É perfeito! – exclamou o sineiro, estalando os beiços.

— É um vinhozinho de Chinon até bom que eu descobri numa adega perto do cais – disse Durtal.

Depois de uma pausa, prosseguiu:

— Pelo que vejo então, a tradição de crimes espantosos foi conservada depois de Gilles de Rais. Percebo que houve, pelos séculos afora, padres pecadores que ousaram cometer perversidades divinas; mas, nos dias de hoje, isso ainda me parece inverossímil; tanto mais que já não se degolam crianças, como no tempo de Barba Azul e do abade Guibourg!

— Isso significa que a justiça não investiga nada, ou, antes, que não há mais assassinatos, mas as vítimas escolhidas são mortas por meios que a ciência oficial ignora; ah, se os confessionários pudessem falar! – exclamou o sineiro.

— Mas, afinal de contas, a que mundo pertence essa gente que atualmente se associa ao Diabo?

— Ao dos superiores dos missionários, ao dos confessores das comunidades, ao dos prelados e ao das abadessas; em Roma, onde se acha o centro da magia atual, ao mundo dos mais altos dignitários – respondeu Des Hermies. — Quanto aos laicos, estes são recrutados nas classes ricas; isso explica como esses escândalos são abafados, caso sejam descobertos pela polícia!

"E depois, mesmo se admitirmos que não existem homicídios prévios aos sacrifícios ao Diabo, eles são possíveis em certos casos; sem dúvida, se limitam a sangrar os fetos que foram abortados no momento em que estão bem maduros; mas isso não passa de suplemento, de um tempero no molho; a questão principal é consagrar a hóstia e destiná-la a uma utilização infame; aí está a questão; o resto varia; atualmente, não existe ritual regular para a missa negra."

— Tanto que é absolutamente necessário um padre para celebrar essas missas?

— Evidentemente; somente ele pode operar o mistério da Transubstanciação. Sei muito bem que certos ocultistas se dizem consagrados, como São Paulo pelo Senhor, e que imaginam poder realizar, assim como verdadeiros padres, verdadeiras missas. E isso é simplesmente grotesco! Mas, na falta de missas reais e de padres atrozes, as pessoas possuídas pela mania do sacrilégio não deixam de perpetrar a depravação sagrada com que sonham. Escutem bem esta história:

"Em 1885, existia em Paris uma associação composta em sua maioria por mulheres; essas mulheres comungavam várias vezes por dia, guardavam o pão da alma dentro da boca e depois o cuspiam e dilaceravam, ou então o conspurcavam com contatos asquerosos."

— Tem certeza disso?

— Perfeitamente, esses fatos são revelados num jornal religioso, *Les Annales de la Sainteté*, que o arcebispo de Paris não foi capaz de desmentir! E acrescento que, em 1874, algumas mulheres foram também recrutadas em Paris para praticar esse odioso comércio; eram pagas por unidade, o que explica o motivo de comungarem, a cada dia, em diversas igrejas.

— E isso não é nada – disse Carhaix, levantando-se e indo buscar na estante um pequeno volume azul. — Eis aqui uma revista, datada de 1843, *La Voix de la Septaine*. Nela, descobrimos que em Agen uma associação satânica celebrou missas negras ininterruptamente durante 25 anos, tendo danificado e maculado 3.320 hóstias! O bispo de Agen, prelado bom e fervoroso, jamais ousou negar as monstruosidades cometidas em sua diocese!

— Claro, podemos dizer, cá entre nós – prosseguiu Des Hermies –, que o século XIX está cheio de padres imundos. Infelizmente, ainda que os documentos sejam categóricos, é difícil comprová-los; pois nenhum eclesiástico se gaba de abusos semelhantes; os que celebram missas deicidas escondem-se e declaram-se devotos de Cristo; afirmam até que o defendem, combatendo os possuídos com exorcismos.

"Aí é que está a grande astúcia; esses possessos são criados ou desenvolvidos por eles próprios; desse modo, sobretudo nos conventos, garantem súditos e cúmplices. Todas as loucuras assassinas e sádicas são então encobertas com o antigo e pio manto do Exorcismo!"

— Sejamos justos – disse Carhaix –, eles não seriam completos se lhes faltasse a abominável hipocrisia.

— Pode-se igualmente acrescentar – concordou Durtal – que a hipocrisia e o orgulho são os vícios mais formidáveis dos maus padres.

— Enfim – continuou Des Hermies –, com o tempo sabe-se de tudo, apesar das mais hábeis precauções. Até agora, só falei das associações satânicas locais; mas há outras, mais difundidas, que devastam os Dois Mundos, pois, e isso é bem moderno, o Diabolismo tornou-se administrativo, centralizador, pode-se dizer. Dispõe agora de comitês, subcomitês, uma espécie de Cúria que regulamenta a América e a Europa, como a Cúria de um Papa.

"A mais vasta dessas sociedades, cuja fundação data de 1855, é a Sociedade dos Re-Teurgistas Optimates. Sob uma aparente unidade, ela se divide em dois campos: um pretende destruir o universo e reinar sobre os escombros; o outro sonha simplesmente em lhe impor um culto demoníaco do qual seria arcipreste. Essa sociedade tem sede na América do Norte, onde foi outrora dirigida por Longfellow, que se intitulava Sumo Sacerdote do Novo Magismo Evocador; durante muito tempo, teve ramificações na França, Itália, Alemanha, Rússia, Áustria e até mesmo na Turquia.

"Atualmente, está totalmente retraída ou talvez mesmo morta; mas outra acaba de ser criada; esta tem por objetivo eleger um antipapa, que seria o anticristo exterminador. E estou citando somente duas sociedades, mas há muitas outras, mais ou menos numerosas, mais ou menos secretas, e todas, em comum acordo, às dez horas da manhã, no dia da festa do Santo Sacramento, celebram missas negras em Paris, Roma, Bruges, Constantinopla, Nantes, Lyon e Escócia, onde pululam feiticeiros.

"De resto, afora essas associações universais ou essas assembleias locais, os casos isolados se multiplicam, sobre os quais a pouca luz lançada é bruxuleante. Faz alguns anos, morreu bem longe, em penitência, certo conde De Lautrec, que doava às igrejas estátuas religiosas, as quais ele enfeitiçava para satanizar os fiéis; em Bruges, um padre que conheço contamina os Santos Cibórios, servindo-se deles para preparar feitiços e sortilégios; finalmente, podemos citar, entre todos, um caso bem nítido de possessão; é o caso de Cantianille, que, em 1865, agitou não só a cidade de Auxerre, mas também toda a diocese de Sens.

"Essa Cantianille, internada num convento de Mont-Saint-Sulpice, foi violada, assim que completou 15 anos, por um padre que a consagrou ao Diabo. Esse padre, por sua vez, tinha sido corrompido, desde sua infância, por um eclesiástico que fazia parte de uma seita de Possuídos, criada exatamente no mesmo dia em que Luís XVI foi guilhotinado.

"O que aconteceu nesse convento, onde várias freiras, obviamente exasperadas pela histeria, se entregaram às demências eróticas e à sanha sacrílega de Cantianille, assemelha-se em tudo aos processos de magia de outrora, às histórias de Gaufredy e Madeleine Palud, de Urbain Grandier e Madeleine Bavent, do jesuíta Girard e La Cadière, histórias sobre as quais haveria muito que dizer, do ponto de vista histérico-epiléptico, por um lado, e do Diabolismo, por outro. O fato é que Cantianille, expulsa do convento, foi exorcizada por certo padre da diocese, o abade Thorey, cujo cérebro parece não ter resistido muito a essas práticas. Não tardaram a surgir, em Auxerre, tantas cenas escandalosas e acessos diabólicos que o bispo precisou intervir. Cantianille foi expulsa do país; o abade Thorey sofreu medidas disciplinares, e o caso foi parar em Roma.

"Igualmente curioso é que o bispo, aterrorizado pelo que viu, tenha se demitido e se retirado em Fontainebleau, onde morreu, ainda apavorado, dois anos mais tarde."

— Meus amigos – disse Carhaix, consultando o relógio –, faltam quinze para as oito; preciso subir ao campanário soar o ângelus vespertino; não me esperem, tomem o café; volto em dez minutos.

Ele vestiu seu casaco da Groenlândia, acendeu um candeeiro e abriu a porta, deixando entrar uma rajada de vento glacial; gotinhas brancas turbilhonaram na escuridão.

— O vento sopra a neve pelas seteiras da escada – disse a mulher. — Fico sempre com medo de que Louis pegue uma pneumonia num tempo como este; tome, senhor Des Hermies, o café; deixo que se sirvam; a esta hora, minhas pobres pernas já não aguentam; preciso ir esticá-las.

— O fato – suspirou Des Hermies, após terem lhe desejado boa-noite –, o fato é que a dona Carhaix está lindamente ficando velha; por mais que eu tente revigorá-la com tônicos, não consigo dar um passo à frente; a verdade é que ela está extremamente esgotada; subiu e desceu escadas demais na vida, a coitada!

— Ainda assim, é muito estranho o que você me contou – disse Durtal. — Resumindo, nos dias de hoje, o grande evento do Satanismo é a missa negra!

— Exatamente. E o enfeitiçamento, o íncubo e o súcubo de que lhe falarei, ou melhor, sobre o qual lhe falará alguém mais versado nesse assunto do que eu. Missa sacrílega, bruxarias e súcubos constituem a verdadeira quinta-essência do Satanismo!

— E essas hóstias consagradas em ofícios blasfematórios, como eram usadas, quando não eram destruídas?

— Mas eu já disse, eram empregadas em atos infames. Veja só – Des Hermies apanhou na estante do sineiro o tomo V da *Mystique* de Görres e, depois de tê-lo folheado, pôs-se a ler:

"Esses padres, em sua perfídia, chegam mesmo a celebrar a missa com grandes hóstias que eles em seguida cortam ao meio e, colando-as num pergaminho cortado do mesmo modo, utilizam de maneira abominável para satisfazer suas paixões."

— A Sodomia Divina, então?
— Exatamente!

Nesse instante, acionado na torre, o sino retumbou como um trovão. O cômodo onde se encontrava Durtal estremeceu e começou a vibrar. Era como se das paredes brotassem ondas sonoras, propagando-se em espiral a partir da própria pedra; era como se eles tivessem sido transferidos, em sonho, para o âmago de uma dessas conchas que, próximas do ouvido, simulam o som envolvente das ondas. Des Hermies, acostumado ao estrondo dos sinos, preocupava-se apenas com o café, pondo-o a requentar sobre o fogão.

Em seguida, o sino soou com mais lentidão, o zumbido esmoreceu; as vidraças, os vidros da estante e os copos ainda sobre a mesa calaram-se, sobrando apenas sons delicados e sustenidos, notas quase agudas.

Ouviram-se passos na escada. Carhaix entrou, coberto de neve.

— Deus do céu, rapazes, que ventania! – Sacudiu-se, lançou o casaco sobre uma cadeira e apagou o candeeiro. — As rajadas de neve penetram pelas aberturas da torre, pelas palhetas acústicas, me deixando cego! Que inverno do cão! Mas a burguesa já foi se deitar, melhor assim; ora essa, ainda não tomaram café? – prosseguiu ele, vendo que Durtal servia o café em copos.

Aproximando-se do fogão a lenha, atiçou as brasas, enxugou os olhos que o frio intenso enchera de lágrimas e bebeu um gole de café.

— Pronto! Em que ponto de suas histórias estava, Des Hermies?

— Concluí uma breve exposição sobre o Satanismo, mas ainda não falei sobre o verdadeiro monstro, o único mestre que de fato existe, atualmente, esse abade despadrado...

— Oh! – exclamou Carhaix. — Tome cuidado, basta citar seu nome para atrair desgraça!

— Ora, pois sim! O cônego Docre, para chamá-lo pelo seu nome, nada pode contra nós. Confesso mesmo que não entendo muito bem o terror que ele inspira; mas deixemos isso de lado; eu gostaria que, antes de tratarmos desse homem, Durtal fosse apresentado ao nosso amigo Gévingey, que aparentemente é quem o conhece melhor e mais a fundo.

"Uma conversa com ele simplificaria muito as explicações que eu poderia acrescentar sobre o Satanismo, sobretudo os venefícios e os súcubos. Que tal se o convidássemos a jantar aqui?"

Carhaix coçou a cabeça e depois esvaziou o cachimbo com a própria unha.

— Acontece que nós dois temos algumas divergências – disse.

— Ora, ora, por quê?

— Ah, nada de grave; um dia, interrompi aqui mesmo suas experiências; mas sirva-se outra vez, sr. Durtal; e você, Des Hermies, não está bebendo.

Enquanto acendiam seus cigarros, ambos sorveram alguns goles de um conhaque razoavelmente honesto, e Carhaix continuou:

— Mesmo sendo astrólogo, Gévingey é um bom cristão e um homem decente que eu, aliás, voltaria a ver com prazer; certa vez, ele quis consultar meus sinos.

"Isso os surpreende, mas é verdade; os sinos, outrora, dentro das ciências proibidas, desempenharam seu papel. A arte de prever o futuro através dos seus sons é um dos ramos mais desconhecidos e mais abandonados do ocultismo. Gévingey descobriu alguns documentos e quis verificá-los nesta torre."

— Mas o que ele fazia?

— E eu sei? Ele se colocava sob o sino, correndo o risco de ser esmagado, com sua idade, no vigamento. Entrava parcialmente no sino, como se vestisse um cálice até a cintura, e falava sozinho, escutando o frêmito do bronze a repercutir sua voz.

"Também me falou da interpretação dos sonhos, em relação aos sinos; segundo ele, a pessoa que em seu sonho vir sinos balançando corre o risco de sofrer um acidente; se o sino soar, é presságio de maledicência; se cair, a ataxia é certa; se ele se rachar, é sinal seguro de aflições e desgraças. E, finalmente, acho que ele acrescentou que, quando os pássaros noturnos voam em volta de um sino banhado pelo luar, pode-se ter certeza de que será cometido um furto sacrílego na igreja ou que a vida do pároco está ameaçada.

"A verdade é que essa maneira de manusear os sinos, de entrar no seu interior sagrado, de lhes atribuir oráculos, misturando-os à interpretação dos sonhos, formalmente proibida pelo Levítico, me desagradou e eu roguei de modo um tanto brusco que acabasse com aquela brincadeira."

— Mas então vocês não discutiram?

— Não. E eu até lamento, confesso, por ter sido tão ríspido!

— Ora, então darei um jeito nisso. Irei vê-lo – disse Des Hermies. — Está combinado, então?

— Combinado.

— E agora vamos deixá-lo dormir, pois precisa estar de pé ao alvorecer.

— Só às cinco e meia para o ângelus das seis e depois posso até me deitar novamente, pois os sinos só voltarão a dobrar às 7h45; e, assim mesmo, só para lançar algumas badaladas para a missa do senhor pároco; como estão vendo, não é tão duro assim!

— Ainda bem que não tenho de acordar tão cedo! – exclamou Durtal.

— É uma questão de hábito. Mas, antes de partir, vão tomar mais uma dose, não? Têm certeza? Então, a caminho!

Ele acendeu seu candeeiro, e eles desceram em fila, um na frente do outro, tiritando, pela espiral gelada da escada escura.

VI

Na manhã seguinte, Durtal acordou mais tarde que de costume. Antes mesmo de abrir os olhos, viu desfilar num súbito lampejo a barafunda das sociedades demoníacas das quais Des Hermies falara. Um monte de criaturas burlescas que, de cabeça para baixo, oram com os pés juntos, pensou ele, bocejando. Depois de ter se espreguiçado, olhou a janela e viu os vidros floridos pelos cristais em forma de lírio e pela geada a desenhar samambaias. Recolheu rapidamente os braços sob a coberta e se aconchegou em sua cama.

Tempo excelente para ficar em casa e trabalhar, concluiu; vou me levantar e acender o fogo; vamos, um pouco de coragem... e... em vez de se livrar das cobertas, suspendeu-as até o queixo.

— Eu sei muito bem que não é do seu agrado que eu durma até tarde – disse, dirigindo-se ao gato que, estendido sobre a colcha a seus pés, observava-o fixamente com seus olhos negros.

Aquele bichano era afetuoso e carinhoso, porém maníaco e astuto; não admitia caprichos e desvios, achava que era preciso levantar-se e deitar-se sempre às mesmas horas e, quando contrariado, ele transmitia em seu olhar sombrio nuances de irritação, que seu dono distinguia sem dificuldades.

Se Durtal voltasse para casa antes das onze da noite, o gato o aguardava no vestíbulo, junto à porta, arranhando a madeira, miando antes mesmo que ele pisasse no aposento; em seguida, erguia as langorosas pupilas auriverdes, esfregava-se em suas calças, saltava sobre os móveis, empertigava-se, como um cavalinho empinando, dando-lhe cordiais cabeçadas quando ele se aproximava. Se passasse das onze, já não ia ao seu encontro: limitava-se a levantar-se quando ele chegava perto, espreguiçando-se, mas sem retribuir os afagos. Se fosse mais tarde ainda, o gato nem sequer se movia, mas se queixava e grunhia, caso ele tomasse a liberdade de acariciar-lhe a cabeça ou coçar-lhe o pescoço.

Naquela manhã, impaciente com aquela preguiça, o gato sentou-se, inflou o peito e se aproximou sorrateiramente, instalando-se bem perto do rosto do dono, encarando-o com um olhar atrozmente fingido, dando a entender que era melhor ele dar o fora e deixar-lhe o lugar aquecido.

Distraindo-se com essas manobras, Durtal não se mexeu, observando o gato. Era um gato enorme, comum e, entretanto, estranho, com sua pelagem dividida: arruivada como as cinzas do carvão envelhecido e cinzenta como as fibras das vassouras novas, com pequenos tufos brancos espalhados, feito esses flocos esvoaçantes sobre a lenha apagada. Era um autêntico gato vira-lata, alto, comprido, cara selvagem, estriado com bastante regularidade por ondulações de ébano que circundavam suas patas como pulseiras pretas e lhe alongavam os olhos com duas linhas sinuosas e retintas.

— Apesar desse caráter desmancha-prazeres, de solteirão monomaníaco e sem paciência, você ainda assim é bem simpático – disse Durtal num tom insinuante e lisonjeiro. — Além disso, já faz muito tempo que eu lhe conto o que ninguém ousa dizer; você é o ralo da minha alma, o confessor desatento e indulgente que aprova, vagamente, sem surpresa, as más ações espirituais que lhe confesso, a fim de me confortar, sem que isso custe coisa alguma! No fundo, esta é sua razão de ser, você é o escoadouro mental da solidão e do celibato; por isso, eu o farto de atenções e cuidados; porém, isso não impede que, com suas birras, você seja frequentemente, como esta manhã, por exemplo, insuportável!

O gato continuava a encará-lo de orelhas em pé, procurando desenredar nas inflexões da voz o sentido das palavras que ouvia. Sem dúvida, percebeu que Durtal não estava disposto a sair da cama, pois logo foi se instalar onde estava antes, mas dessa vez dando-lhe as costas.

— Vamos – disse Durtal, desmotivado, verificando o relógio. — Seja como for, preciso cuidar de Gilles de Rais.

E, num salto, ele vestiu suas calças, enquanto o gato, levantando-se bruscamente, galopou sobre as cobertas e, sem tardar, aninhou-se entre os lençóis tépidos.

— Que frio!

Durtal vestiu um colete de malha e foi até o outro cômodo acender o fogo.

— Estou congelado – murmurava. Felizmente seu apartamento era fácil de aquecer. Na verdade, resumia-se a um vestíbulo, uma sala minúscula, um quarto mínimo, uma sala de banho bem espaçosa, tudo isso no quinto andar com vista para um pátio bem luminoso, por 800 francos.

Não havia luxo na mobília; da pequena sala, Durtal fizera um estúdio de trabalho, revestindo as paredes com estantes de madeira escura abarrotadas de livros. Perto da janela, uma mesa grande, uma poltrona de couro e algumas cadeiras; no lugar do espelho, sobre a lareira, dentro do caixilho que descia do teto até o consolo coberto por um velho tecido, ele pregara um quadro antigo sobre madeira representando, numa paisagem esmaecida, carregada de tons azul e cinza, branco e avermelhado, verde e preto, um ermitão ajoelhado sob uma cabana feita de ramagens, ao lado de um chapéu de cardeal e um manto púrpura.

E, ao longo de todo esse quadro, do qual partes inteiras sumiam numa escuridão de breu, sucediam-se episódios incompreensíveis, invadindo um ao outro, amontoando-se, perto da moldura de carvalho preto, figuras liliputianas dentro de casas de anões. Num ponto, o santo, cujo nome Durtal procurara em vão, atravessava numa barca os meandros de um rio de águas metálicas e planas; em outro, deambulava por aldeias do tamanho de uma unha, depois desaparecia na sombra da pintura para ser reencontrado mais acima, numa gruta do Oriente, com dromedários e fardos; sumia de vista novamente e, após um esconde-esconde mais ou menos breve, ressurgia, menor que nunca, sozinho, empunhando um cajado, com um saco às costas, subindo em direção a uma catedral inacabada, bizarra.

Era um quadro de pintor desconhecido, um velho holandês que assimilara algumas cores, alguns procedimentos dos mestres da Itália, que talvez tivesse visitado.

No quarto havia uma cama grande, uma cômoda com gavetas, poltronas; sobre a lareira, um antigo relógio de pêndulo e castiçais de cobre; na parede, uma bela fotografia de uma obra de Botticelli do museu de Berlim: uma virgem dolente e robusta, reservada e contrita, cercada de anjos figurados por rapazes lânguidos, segurando velas cuja cera escorria, enroscando-se aos círios como laços, de raparigas atrevidas, com flores espetadas nas longas cabeleiras, e de pajens perigosos, mortos de desejo diante do menino Jesus, que, em pé, dava sua bênção, perto da Virgem.

Havia também uma estampa de Brueghel, gravada por Cock: *As virgens recatadas e as virgens loucas*, pequeno painel cortado ao meio por uma nuvem espiralada, ladeado por anjos rechonchudos que tocam trombeta de mangas arregaçadas, enquanto, no centro da própria nuvem, um outro anjo, com o umbigo aparente sob um traje indolente, anjo sacerdotal e estranho, desfralda uma bandeirola na qual se lê o versículo do Evangelho: *ecce sponsus venit, exite obviam ei*[2].

---

2 Eis que vem o noivo, ide ao seu encontro.

E abaixo da nuvem, de um lado, as virgens recatadas, boas flamengas, sentadas a desfiar linho, entoando cânticos sob as lamparinas acesas, enquanto giram rodas de fiar; do outro, sobre o gramado de um prado, as virgens loucas, quatro comadres extremamente alegres, se dão as mãos e dançam em roda, de mãos dadas, ao passo que a quinta toca gaita de foles e marca o compasso com o pé, perto de lamparinas vazias. Acima da nuvem, as cinco virgens recatadas e esbeltas, agora sedutoras e nuas, empunham pavios acesos, subindo em direção a uma igreja gótica onde o Cristo as faz entrar, enquanto, do outro lado, as virgens loucas, também nuas sob seus pálidos mantos de lã, batem vigorosamente à porta fechada, segurando com mão cansada tochas extintas.

Durtal gostava daquela velha gravura que recendia a doce intimidade nas cenas inferiores e, nas de cima, a bondosa ingenuidade dos Primitivos; ele via ali, de certa forma reunidas num mesmo quadro, a arte de um Ostade depurado e a arte de um Dieric Bouts.

Aguardando que sua grelha, com o carvão estalando e começando a crepitar como uma fritura, ficasse vermelha, ele sentou-se à sua mesa de trabalho e pôs em ordem suas anotações.

Vejamos, disse a si mesmo, enrolando um cigarro, estamos no momento em que esse formidável Gilles de Rais começa a buscar a grande obra. É fácil deduzir seus conhecimentos na maneira de transmutar o metal em ouro.

Um século antes de seu nascimento, a alquimia já estava bastante desenvolvida. Os escritos de Alberto Magno, Arnaldo de Vilanova e Raimundo Lúlio encontravam-se nas mãos dos herméticos. Os manuscritos de Nicolas Flamel circulavam; não há dúvida alguma de que Gilles, que adorava volumes estranhos, obras raras, os tenha conseguido; acrescentemos que, na época, ainda estavam em vigor o edito de Carlos V, que, sob pena de prisão e enforcamento, proibia os trabalhos de alquimia, bem como a bula *Spondent pariter quas non exhibent*, com que o papa João XXII fulminou os alquimistas. Essas obras foram então interditadas e, consequentemente, desejadas; é certo que Gilles as estudou por muito tempo, mas daí a compreendê-las há uma boa distância!

Esses livros, de fato, constituíam os mais inacreditáveis aranzéis, os mais ininteligíveis tratados de magia. Tudo era dito de forma alegórica, em metáforas engraçadas e obscuras, simbolismos incoerentes, parábolas confusas e enigmas cheios de cifras! Eis aqui um exemplo, disse ele, apanhando numa das prateleiras da estante um manuscrito que não era outro senão o *Asch-Mézareph*, livro do judeu Abraão e de Nicolas Flamel, restaurado, traduzido e comentado por Eliphas Lévi.

Esse manuscrito lhe fora emprestado por Des Hermies, que o descobrira certa vez em meio a documentos antigos.

Supostamente, contém a receita da pedra filosofal, do grande elixir da quinta-essência e do tingimento. As figuras não são exatamente nítidas, pensou ele, folheando os desenhos a bico de pena realçados em cores, representando numa garrafa, sob o título "coito químico", um leão verde, cabisbaixo sob uma lua crescente; depois, em outros frascos, eram pombas, ora revoando em direção ao gargalo, ora com a cabeça voltada para o fundo, mergulhada num líquido preto ou ondulado por ondas de carmim e ouro, às vezes branco e pontilhado de tinta, habitado por uma rã ou uma estrela, às vezes também leitoso e confuso ou ardendo em chamas alcoólicas, na superfície.

Eliphas Lévi explicava o melhor possível o símbolo daqueles voláteis engarrafados, mas abstinha-se de dar a famosa receita do grande magistério, continuando a pilhéria de seus outros livros, nos quais, começando com tom solene, afirmava querer desvendar os velhos arcanos e, chegado o momento, calava-se, alegando o inefável pretexto de que morreria se traísse segredos assim tão estrepitosos.

Essa patranha, retomada pelos pobres ocultistas de nossos dias, ajudava a dissimular a perfeita ignorância de toda aquela gente. Em resumo, a questão é simples, disse Durtal a seus botões, fechando o manuscrito de Nicolas Flamel.

Os filósofos herméticos descobriram e, depois de gaguejar por muito tempo, a ciência contemporânea não refuta: descobriram que os metais são corpos compostos, e que sua composição é idêntica. Portanto, eles simplesmente diferem entre si de acordo com as diferentes proporções dos elementos que os constituem; logo, com um agente que mudasse essas proporções, seria possível transformar uns corpos em outros, transmutar, por exemplo, mercúrio em prata e chumbo em ouro.

E esse agente é a pedra filosofal, o mercúrio; não o mercúrio comum que, para os alquimistas, não passa de esperma metálico abortado, mas o mercúrio dos filósofos, chamado também de leão verde, serpente, leite da Virgem, água pôntica.

Ocorre que a receita desse mercúrio, dessa pedra dos sábios, jamais foi revelada; e é nela que a Idade Média, o Renascimento e todos os séculos, inclusive o nosso, se obstinam.

E onde não a procuraram!, refletia Durtal, compulsando suas anotações. Procuraram no arsênico, no mercúrio comum, no estanho; e nos sais de vitríolo, no salitre e no nitro; nos sumos da mercurial, da celidônia e da beldroega; na barriga dos sapos em jejum, na urina humana, nos mênstruos e no leite das mulheres!

Ora, Gilles de Rais devia se encontrar neste ponto de suas explorações. Obviamente, sozinho em Tiffauges, sem ajuda dos iniciados, ele era incapaz de obter bons resultados em suas pesquisas. Na época, o centro hermético da França estava em Paris, onde os alquimistas se reuniam sob as abóbadas de Notre Dame e estudavam os hieróglifos do ossário dos Inocentes e o portal da igreja de Saint-Jacques de la Boucherie, sobre o qual, antes de morrer, Nicolas Flamel escrevera com sinais cabalísticos a preparação da famosa pedra.

O marechal não podia ir até Paris sem topar com as tropas inglesas, que barravam as estradas; ele escolheu o meio mais simples; chamou os alquimistas mais célebres do sul do país e os trouxe, com custos elevados, até Tiffauges.

Nos documentos que possuímos, vemos que ele mandou construir um forno de alquimistas, o atanor, comprou alambiques, crisóis e retortas. Numa das alas do castelo, instalou laboratórios e neles se trancou com Antônio de Palermo, Francesco Lombardo e Jean Petit, ourives de Paris, dedicando-se noite e dia à cocção da grande obra.

Nada funcionou; ao fim dos expedientes, esses hermetistas desaparecem e começa então, em Tiffauges, um incrível vaivém de alquimistas e adeptos. Chegam de todos os cantos da Bretanha, de Poitu, do Maine, sozinhos ou escoltados por bruxas e feiticeiros. Gilles de Sillé e Roger de Bricqueville, primos e amigos do marechal, percorrem as redondezas, numa verdadeira caçada em favor de Gilles, enquanto um padre de sua capela, Eustache Blanchet, parte para a Itália, onde abundam manipuladores de metais.

Enquanto isso, sem desanimar, Gilles de Rais continua suas experiências sem que nenhuma tenha sucesso; ele acaba acreditando que os magos tinham razão: descoberta alguma é possível sem a ajuda de Satã.

Certa noite, em companhia de um feiticeiro recém-chegado de Poitiers, Jean de la Rivière, ele vai até uma floresta das proximidades do castelo de Tiffauges. Junto com seus serviçais, Henriet e Poitou, permanece no limite do bosque, enquanto o feiticeiro adentra a mata. A noite é escura, sem lua; Gilles fica nervoso, escrutando as trevas, atento ao denso repouso do campo mudo; seus companheiros, aterrorizados, permanecem lado a lado, tremendo e sussurrando ao menor som do vento. De repente, ouve-se um grito angustiado. Eles hesitam e acabam avançando às cegas e, em meio a um clarão que vem saltando, distinguem La Rivière, extenuado, a tremer desvairado sob a claridade de seu candeeiro. Falando baixo, ele conta que o Diabo apareceu em forma de leopardo, mas que passou ao seu lado sem sequer o olhar, sem nada dizer.

No dia seguinte, o feiticeiro foge, mas chega outro. É um corneteiro chamado Du Mesnil. Ele exige que Gilles assine com o próprio sangue uma cédula na qual se compromete a dar ao Diabo tudo o que este desejar, "exceto sua vida e sua alma", mas, embora para ajudar nos malefícios Gilles consinta em realizar a missa dos danados no dia de Todos os Santos em sua capela, Satã não aparece.

O marechal começava a duvidar dos poderes daqueles magos, quando, ao experimentar uma nova operação, se convence de que, por vezes, o Demônio se revela.

Um evocador, cujo nome se perdeu, reúne-se com Gilles e Sillé num cômodo de Tiffauges.

No chão, desenha um grande círculo e ordena aos dois companheiros que entrem em seu interior.

Sillé recusa-se; tomado por um terror que é incapaz de explicar, seu corpo inteiro se põe a tremer, e ele se refugia perto da janela e a abre, murmurando bem baixo seus esconjuros.

Mais arrojado, Gilles mantém-se no meio do círculo; mas às primeiras conjurações ele estremece e decide fazer o sinal da cruz. O feiticeiro ordena-lhe que fique imóvel.

A certa altura, ele sente que o pegaram pela nuca; assusta-se, cambaleia, suplica a Nossa Senhora para ser salvo. O evocador, furioso, empurra-o para fora do círculo; ele foge pela porta e Sillé, pela janela; reencontram-se embaixo, perplexos, pois urros começam a vir do cômodo onde o mago oficia. Ouve-se "um barulho de espadas se abatendo com força e urgência sobre a coberta de um leito", depois gemidos, gritos de aflição, o apelo de um homem que está sendo assassinado.

Apavorados, eles permanecem à espreita, e depois, quando a barulheira cessa, arriscam-se, empurram a porta e encontram o feiticeiro estendido no chão, espancado, com a testa rachada, numa poça de sangue.

Eles o levam dali; apiedado, Gilles deita-o em sua própria cama, abraça-o, cuida de seus ferimentos e o faz confessar-se, temendo que faleça. O homem passa alguns dias entre a vida e a morte, acaba se restaurando e é salvo.

Gilles se desesperava para obter do Diabo a receita do soberano magistério, quando Eustache Blanchet anuncia seu retorno da Itália; traz consigo o mestre da magia florentina, o irresistível evocador de demônios e espectros, Francesco Prelati.

Este surpreendeu Gilles. Com somente 23 anos, era um dos homens mais inteligentes, eruditos e refinados do seu tempo. Mas o que havia ele feito, antes de ir instalar-se em Tiffauges e ali começar, com o marechal, a mais assustadora série de delitos jamais vistos? Seu interrogatório no processo contra Gilles não nos fornece informações bem detalhadas a seu respeito. Nascido na diocese de Lucca, em Pistoia, foi ordenado pelo bispo de Arezzo. Algum tempo após seu ingresso no sacerdócio, tornou-se aluno de um taumaturgo de Florença, Giovanni di Fontanella, e firmou um pacto com um demônio chamado Barron. A partir desse momento, esse padre, persuasivo e eloquente, douto e sedutor, teve de se entregar aos mais abomináveis sacrilégios e praticar o ritual mortífero da magia negra.

O fato é que Gilles se afeiçoa a esse homem; os fornos apagados voltam a ser acesos; a pedra dos Sábios que Prelati viu, pedra flexível, frágil, vermelha, cheirando a sal marinho calcinado, é procurada pelos dois furiosamente, invocando o Inferno.

As encantações permanecem vãs. Desolado, Gilles as recomeça; mas elas acabam mal; certa vez, Prelati quase sucumbe.

Certa tarde, Eustache Blanchet avista, numa galeria do castelo, o marechal banhado de lágrimas; lamentos de um supliciado se estendem através da porta de uma sala onde Prelati evoca o Diabo.

"O Demônio está lá dentro, espancando meu pobre Francesco; eu lhe imploro, entre!", exclama Gilles; mas, amedrontado, Blanchet se recusa. Então, Gilles decide entrar, apesar do medo; no instante em que se prepara para arrombar a porta, esta se abre, e Prelati, cambaleante, cai ensanguentado em seus braços. Ajudado pelos dois amigos, consegue chegar ao quarto do marechal, onde o deitam; mas a surra fora tão violenta que o homem delira; a febre aumentou. Transtornado, Gilles instala-se ao seu lado, cuida dele, o faz confessar e chora de felicidade quando é afastado o risco de morte.

Esse fato, repetido com o feiticeiro desconhecido e com Prelati, selvagemente feridos num cômodo vazio e em circunstâncias idênticas, é deveras espantoso, refletia Durtal.

E os documentos que narram esses fatos são autênticos; são parte integrante do processo de Gilles; além disso, os relatos dos acusados e as deposições das testemunhas são concordes; é impossível admitir que Gilles e Prelati tenham mentido, pois, ao confessarem essas evocações satânicas, condenavam-se a ser queimados vivos.

Se ainda tivessem declarado que o Maligno lhes aparecera, que tinham sido visitados por súcubos; se tivessem afirmado ter ouvido vozes, sentido cheiros, ou mesmo tocado num corpo, poderiam reconhecer tratar-se de alucinações semelhantes àquelas de alguns pacientes do hospital Bicêtre; mas, nesse caso, não pode ter havido desequilíbrio dos sentidos, visões mórbidas, pois os ferimentos, as marcas deixadas pelos golpes, o fato material, eram visíveis e tangíveis.

Pode-se imaginar o quanto o místico Gilles de Rais acreditou na realidade do Diabo após ter assistido a cenas semelhantes!

Apesar de seus fracassos, ele já não podia duvidar – e Prelati, quase morto, devia duvidar ainda menos – que, se agradassem a Satã, eles acabariam por achar aquele pó que os encheria de riquezas e os tornaria quase imortais, pois na época acreditava-se que a pedra filosofal servia não apenas para transmutar metais vis, como o estanho, o chumbo e o cobre, em metais nobres como a prata e o ouro, mas ainda podia curar todas as doenças e prolongar a vida sem enfermidades até limites outrora atribuídos aos patriarcas.

Que ciência singular!, ruminava Durtal, levantando o guarda-fogo da lareira e esquentando os pés; apesar do ridículo dessa época que, no que tange às descobertas, só é capaz de exumar coisas já perdidas, a filosofia hermética não é totalmente vã.

Com o nome de isomeria, o mestre da química contemporânea, Jean-Baptiste Dumas, reconhece como sendo exatas as teorias dos alquimistas, e Marcellin Berthold declara: "Ninguém pode afirmar que a fabricação de corpos reputados como simples seja, *a priori*, impossível".

Além disso, houve ações controladas, fatos garantidos. Além de Nicolas Flamel, que, ao que tudo indica, conseguiu de fato realizar a grande obra no século XVII, o químico Van Helmont ganhou de um desconhecido um quarto de grão de pedra filosofal e, com esse grão, transformou oito onças de mercúrio em ouro.

À mesma época, Helvetius, que combate o dogma dos alquimistas, recebe de outro desconhecido um pó de projeção com o qual transforma um lingote de chumbo em ouro. Helvetius não era exatamente um ingênuo, e Spinoza, que verificou a experiência e atestou sua absoluta veracidade, tampouco era um simplório ou um aprendiz!

Enfim, o que pensar daquele homem misterioso, Alexander Sethon, que, com o nome de Cosmopolita, percorreu a Europa, operando diante de príncipes, em público, transformando todos os metais em ouro? Encarcerado por Cristiano II, eleitor da Saxônia, esse alquimista, cujo desprezo pelas riquezas era comprovado – pois nunca ficava com o ouro que criava e vivia como pobre, orando a Deus –, suportou o martírio como um santo; foi açoitado com varadas, perfurado com pontas de lanças, recusando-se a revelar o segredo que, afirmava, assim como Nicolas Flamel, ter recebido do próprio Senhor!

E pensar que, neste momento, essas buscas continuam! Acontece que a maior parte dos herméticos renega as virtudes medicinais e divinas da famosa pedra. Consideram simplesmente que o grande magistério é um fermento que, adicionado aos metais em fusão, produz uma transformação molecular semelhante às sofridas pelas matérias orgânicas quando fermentam com o uso de levedura.

Des Hermies, conhecedor desse mundo, sustenta que mais de quarenta fornos alquímicos estão atualmente acesos na França e que, em Hannover, na Baviera, os adeptos são ainda mais numerosos.

Terão redescoberto o extraordinário segredo das priscas eras? Apesar de algumas informações, é pouco provável, pois ninguém fabrica com artifício esse metal, cujas origens são tão estranhas e duvidosas que, num processo ocorrido no mês de novembro de 1886, em Paris, entre investidores e o senhor Popp, fabricante de relógios pneumáticos da cidade, alguns químicos da Faculdade de Minas e engenheiros declararam à audiência que era possível extrair ouro de pedras de moinho; de tal forma que os muros que nos abrigam seriam jazigos auríferos e as mansardas esconderiam pepitas!

Dá no mesmo, concluiu ele, sorrindo. Essas ciências não são propícias, pois pensava num velho que tinha instalado um laboratório de alquimia no quinto andar de um prédio da Rue Saint-Jacques.

Esse homem, chamado Auguste Redoutez, trabalhava todas as tardes na Biblioteca Nacional a obra de Nicolas Flamel; ao longo da manhã e à noite, prosseguia diante dos fornos sua busca pela grande obra.

No dia 16 de março do ano passado, saiu da Biblioteca com um vizinho de mesa e declarou no caminho que, enfim, descobrira o famoso segredo. Ao chegar ao seu gabinete, despejou pedaços de ferro numa retorta, fez uma projeção e obteve cristais cor de sangue. O outro examinou os sais e achou graça; então o alquimista, enfurecido, investiu contra ele, desferindo-lhe marteladas; e foi preciso amarrá-lo e levá-lo imediatamente ao hospício Sainte-Anne.

No século XVI, em Luxemburgo, assavam-se os iniciados dentro de jaulas de ferro; no século seguinte, na Alemanha, eles eram vestidos de palha e pendurados em forcas douradas; agora que os deixam em paz, eles enlouquecem! Realmente, tudo terminou de modo bem triste, concluiu Durtal.

Levantou-se e foi abrir a porta, atendendo à campainha; ao voltar, trazia uma carta, entregue pelo zelador. Abriu-a.

O que será isso?, perguntou-se. A leitura o deixou perplexo:

"Senhor,
"Não sou uma aventureira nem uma mulher de espírito se inebriando de tagarelice como outras pessoas se inebriam com licores e perfumes; tampouco alguém em busca de aventuras. Muito menos sou uma curiosa vulgar tentando verificar se o autor é a personificação da sua obra; enfim, nada do que seria capaz de lhe oferecer todo um campo de suposições possíveis. A verdade é que acabo de ler seu último romance..."

E demorou, murmurou Durtal, pois já faz mais de um ano que foi publicado.

"... doloroso como o pulsar de uma alma aprisionada..."

Essa agora! Bem, deixemos para trás os cumprimentos, enganosos por sinal, como sempre.

"... E agora, senhor, mesmo achando que há infalivelmente algo de insano e idiota em querer realizar um desejo, pergunto se seria de seu interesse encontrar uma de suas irmãs em desalento, numa noite dessas, no lugar que o senhor designar; após isso, retornaremos cada qual ao seu interior, o da gente destinada a tombar por não estar bem colocada na linha de batalha. Adeus, senhor, e tenha certeza de que o considero alguém neste século de ninguéns.
"Ignorando se esta mensagem terá resposta, abstenho-me de revelar minha identidade. Esta noite, uma serviçal passará por seu prédio e perguntará ao zelador se há resposta para a sra. Maubel."

Hum!, grunhiu Durtal, dobrando a carta. Conheço esse tipo; deve ser uma dessas velhotas solteironas que investem lotes esquecidos de carinhos, promissórias da alma!

Quarenta e cinco anos, no mínimo; sua clientela é composta de jovens sempre satisfeitos, se não precisam pagar, ou de literatos, nada difíceis de contentar, pois a feiura das amantes nesse universo é proverbial! A menos que seja uma simples mistificação. Mas de quem? E com que fim? Visto que, agora, eu já não conheço mais ninguém!

Em todo caso, basta não responder.

Mas, contra a própria vontade, reabriu a carta. Ora, quais são os riscos? E pensou: se essa senhora quiser me vender um coração por demais envelhecido, nada me obriga a adquiri-lo; estou livre para comparecer a esse encontro.

Sim, mas onde marcar esse encontro? Aqui, não; se for em minha casa, a história se complica, pois é mais difícil botar uma mulher porta afora do que dispensá-la numa esquina qualquer. Justamente, se eu sugerisse a esquina da Rue de Sèvres com a Rue de la Chaise, junto ao muro do convento de Abbaye-aux-Bois; é isolado e, além disso, fica a dois passos daqui. Vejamos, comecemos por lhe responder, mas vagamente, sem indicar um local preciso; essa questão será resolvida mais tarde, após sua resposta. E escreveu uma carta na qual falava também de seu desalento d'alma, declarava que esse encontro seria inútil, pois já não esperava felicidade alguma neste mundo.

Vou acrescentar que estou adoentado, isso sempre soa bem e, se necessário, pode servir de desculpa para alguma falha de minha parte, concluiu, enrolando um cigarro.

Pronto, aí está; não são palavras muito encorajadoras para ela... Oh! E depois... Vejamos, o que mais? Ah! Para evitar chateações futuras, não será nada mal deixá-la entender que uma relação séria e regular comigo não é possível por razões de família, e está ótimo para uma primeira vez...

Dobrou sua carta e escreveu o nome no envelope.

Em seguida, segurando-a entre os dedos, refletiu. Manifestamente, é bobagem responder. Vai saber... Como prever os vespeiros que nos esperam nesse tipo de empreendimento? Contudo, ele sabia muito bem que, quem quer que fosse ela, a mulher é um viveiro de tédios e sofrimentos. Se é boa, é com frequência estúpida demais ou não tem saúde ou então é tremendamente fértil, assim que tocada. Se é ruim, pode se aguardar, além de todos esses desgostos, todas as preocupações e todas as vergonhas. Pois é, o que quer que façamos, perdemos sempre!

Ele se pôs a ruminar as lembranças femininas da juventude, as esperas e as mentiras, as ilusões e as traições, a impiedosa baixeza de mulheres ainda jovens! Não, realmente, já não tenho idade para essas coisas. Oh! Ademais, atualmente não preciso de mulheres!

Mas, apesar de tudo, aquela desconhecida o interessava. Quem sabe? Talvez seja bonita. Pode também, para variar, não ser demasiadamente ordinária; nada custa verificar. E releu a carta. Não há erros ortográficos; o estilo não é comercial; as ideias sobre meu livro são medíocres, mas, dane-se, não se pode exigir que ela conheça tudo! Há um discreto perfume de girassol, pensou Durtal, cheirando o envelope.

Enfim, seja o que Deus quiser! E, descendo para almoçar, deixou a carta com o zelador.

VII

Se isso continuar, vou acabar delirando, murmurava Durtal, sentado à sua mesa. Releu as cartas que, havia oito dias, vinha recebendo daquela mulher. Estava diante de uma incansável missivista que, desde o início de suas manobras de abordagem, não lhe dava sequer tempo de respirar.

Com os diabos, disse a si mesmo, preciso me recompor. Após a missiva pouco animadora que lhe escrevi em resposta à sua primeira carta, ela envia de pronto a seguinte epístola:

> "Senhor,
> "Esta é uma carta de despedida; se eu cedesse à fraqueza de lhe enviar outras, elas seriam monótonas como o tédio eterno que sinto. Aliás, já não terei recebido o melhor de si em suas mensagens de tom indeciso que, por instantes, espairecem minha letargia? Assim como o senhor, ai de mim, sei que nada acontece, e que nossos prazeres mais certos ainda são aqueles com os quais sonhamos. Por isso, apesar de minha vontade febril de conhecê-lo, eu temeria que um encontro se tornasse para ambos fonte de arrependimentos aos quais não devemos voluntariamente nos expor..."

E, no fim dessa carta, o trecho que atesta a inutilidade desse preâmbulo:

> "Se o capricho o levar a me responder, pode enviar-me com segurança suas cartas com o nome de sra. H. Maubel, Rue Littré, posta-restante. Segunda-feira, passarei pela agência do correio. Se preferir interromper essa correspondência, o que me causaria muita mágoa, espero que seja franco e me diga."

De fato, foi extremamente inábil da minha parte redigir algo que não é nem uma coisa nem outra, algo ralo e empolado, como minha primeira carta; por trás de meus recuos desmentidos por furtivos avanços, ela compreendeu muito bem que eu estava mordendo a isca.

Prova disso é sua terceira carta:

> "Não se culpe jamais, senhor (retive nos meus lábios uma maneira mais afetuosa de tratá-lo), por sua impotência para me consolar. Mas diga, por mais desalentados, por mais desiludidos e desesperançados que sejamos, deixemos que às vezes nossas almas se falem bem baixinho, como eu lhe falei esta noite, pois meus pensamentos irão doravante segui-lo obstinadamente..."

E são quatro páginas nesse estilo, exclamou ele, virando as folhas. Mas a melhor é a seguinte:

> "Esta noite, meu amigo desconhecido, apenas uma breve mensagem. Passei um dia horrível, com os nervos à flor da pele, quase a gritar de sofrimento, e tudo isso por ninharias que se renovam cem vezes por dia; por uma porta que bate, por uma voz rude ou dissonante que sobe da rua até aqui; em outros momentos, minha insensibilidade é tanta que, se a casa se incendiasse, eu nem sequer me moveria. Enviar-lhe-ei esta página de cômicas lamúrias? Ah, a dor! Quando carecemos do dom de vesti-la com soberba, transformá-la em páginas literárias ou musicais que choram cheias de esplendor, o melhor seria não mencioná-la.
>
> "Vou lhe desejar boa-noite bem baixinho, sentindo, como da primeira vez, o desejo inquietante de conhecê-lo e me proibindo a realização desse sonho, por medo de vê-lo desvanecer-se. Oh, sim, o senhor bem o disse em outra ocasião, coitados de nós! Pobres coitados, de fato, bem miseráveis

essas almas medrosas a que toda realidade assusta, a tal ponto que elas não ousariam afirmar que a simpatia pela qual são tomadas resistiria diante daquele ou daquela que lhe deu origem. Contudo, apesar dessa clara reflexão, preciso admitir... Não, não, nada; adivinhe se puder e me perdoe também esta carta banal, ou melhor, leia entre as linhas; talvez assim encontre um pouco de meu coração e muito do que silencio.

"Eis uma carta tola, cheia de mim mesma; quem imaginaria que só pensei no senhor ao escrevê-la?"

Até aqui, tudo ainda ia bem, pensava Durtal. Tratava-se ao menos de uma mulher curiosa. E que pena singular, pensou, observando a escrita de um verde-mirto, mas diluído, bem pálido, e era possível destacar com a unha o pó ainda agarrado às hastes das letras, pó de arroz perfumado de girassol.

Ela deve ser loura, disse ele, examinando a nuance do pó, que não apresentava o tom avermelhado de amarílis das mulheres morenas. Mas é assim que tudo se estraga. Compelido por sabe-se lá que loucura, acabo lhe enviando uma missiva mais torneada, mais premente. Eu a atiço, excitando a mim mesmo no vazio, e logo recebo esta outra epístola:

"Que fazer? Não quero vê-lo nem aniquilar essa vontade louca de encontrá-lo, que ganha proporções aterradoras. Ontem, contra a minha vontade, seu nome, que me queimava, escapou-me dos lábios. Meu marido, embora também seu admirador, pareceu um tanto humilhado por essa obsessão que, aliás, me absorvia e provocava em mim arrepios insuportáveis. Um amigo comum – ora, por que não dizê-lo, nós dois nos conhecemos, se é que se pode chamar conhecer o fato de já nos termos visto em sociedade –, um de seus amigos veio então declarar que estava realmente apaixonado pelo senhor. Meti-me num estado tão exasperado que não sei o que teria sido de mim sem o socorro inconsciente de uma pessoa que pronunciou, oportunamente, o nome de uma criatura tão grotesca que me faz rir sempre que o ouço. Adeus, o senhor tem razão, digo a mim mesma que não lhe escreverei e faço exatamente o contrário.

"Cordialmente sua, como é pouco provável que eu um dia o seja, sem que isso nos destrua a ambos."

Em seguida, após uma resposta inflamada, esta última mensagem, trazida às pressas por uma criada:

"Ah, se não me sentisse tomada por um medo que chega às raias do horror – medo que, admita, o senhor sente tanto quanto eu –, sairia voando ao seu encontro! Não, não lhe é possível ouvir as mil conversas com que minha alma enfada a sua; saiba que há na minha triste vida horas em que a demência me domina. Julgue como desejar: toda esta noite, passei a chamá-lo com furor; cheguei a chorar de exasperação. Hoje pela manhã, meu marido entra em meu quarto; meus olhos estão injetados de sangue; então começo a rir como uma louca e, quando consigo falar, digo-lhe: 'O que pensaria de uma pessoa que, questionada sobre sua profissão, respondesse: sou súcubo de alcova?'. 'Ah, querida! Você está muito doente', respondeu-me ele. 'Mais do que imagina', repliquei. Mas de que lhe falo eu, meu sofrido amigo, nesse estado em que se encontra? Sua carta transtornou-me, ainda que o senhor reconheça sua dor com certa brutalidade, o que fez fremir meu corpo, afastando um pouco minha alma. Ah! Assim mesmo, se ao menos aquilo que sonhamos pudesse acontecer!

"Ah! Diga uma palavra, uma palavra, só uma, mas uma palavra que saia de seus lábios; que suas cartas não caiam em outras mãos que não as minhas."

Definitivamente, isso está perdendo a graça, concluiu Durtal, dobrando a carta. Essa mulher é casada e, ao que parece, com um homem que me conhece. Que embaraço! Mas com os diabos, quem seria? Em vão, recenseou os saraus que frequentara outrora. Ele não enxergava mulher alguma que pudesse lhe dirigir tais declarações. E esse amigo em comum? Mas não tenho amigos, exceto Des Hermies. É isso, preciso descobrir com que pessoas ele se relacionou nos últimos tempos. Sendo médico, porém, deve ver multidões! E, depois, como lhe explicar tudo isso?

Contar-lhe a aventura? Vai zombar de mim e me desenganar antes que eu tenha tempo de terminar o relato!

E Durtal se irritou, pois experimentava um fenômeno realmente incompreensível. Ele desejava com ardor aquela desconhecida, sentia-se obcecado por ela. Justamente ele que, havia vários anos, renunciara a todas as relações carnais, ele, que, quando se abriam os estábulos dos seus sentidos, contentava-se em levar o repugnante rebanho de seus pecados aos abatedouros onde as carniceiras do amor o matavam com um único golpe, ele, contrariando a experiência e o bom senso, começava a crer que, com uma mulher apaixonada como essa parecia estar, experimentaria sensações quase sobre-humanas, um apaziguamento inaudito! E ele a imaginava como bem entendia, loura, de carnes firmes, felina e sutil, raivosa e triste; e ele a via, e seus nervos atingiam tal estado de tensão que o fazia ranger os dentes.

Na solidão em que vivia, fazia oito dias que Durtal sonhava com ela acordado, incapaz de trabalhar, inapto até para ler, pois a imagem daquela mulher se interpunha entre as páginas.

Tentou imaginar cenas ignóbeis, representar aquela criatura em momentos de achaques físicos; afundou em alucinações imundas, mas esse procedimento que outrora surtira efeito, quando ele desejava uma mulher cuja posse era impossível, fracassou completamente; ele não conseguia imaginar aquela desconhecida com problemas intestinais ou procurando panos absorventes; ela só lhe aparecia melancólica e determinada, enlouquecida de desejos, perscrutando-o com o olhar, amotinando-o com suas mãos pálidas!

E era inacreditável aquela canícula exasperada, inflamando-se bruscamente num corpo de novembro outonal, numa alma de dia dos mortos! Desgastado, arruinado, sem desejos verdadeiros, tranquilo, ao abrigo de arroubos, quase impotente, ou melhor, esquecido de si mesmo havia meses, ele renascia, e isso porque fustigado sem base concreta pelo mistério das cartas insanas.

— Com os diabos! Basta! – exclamou, dando um soco na mesa.

Apanhou o chapéu e bateu a porta ao sair. Espere só, vou lhe mostrar o que é ideal!

E correu à casa de uma prostituta que conhecia no Quartier Latin.

Já faz tempo demais que ando comportado, murmurava caminhando; deve ser por isso que me perco em devaneios!

Encontrou a mulher em casa, e isso foi atroz. Era uma bela morena de feições afáveis, olhos festivos e dentes de loba. Carnes fartas, hábil, ela sugava até a medula, esfarelava-lhe os pulmões, devastando-o literalmente com seu beijos.

Ela o criticou por passar tanto tempo sem vir vê-la, acariciando-o e beijando-o; mas ele sentia-se triste, ofegante, sem desejos autênticos; acabou se deixando cair sobre uma cama e se submeteu, gritando de dor, ao laborioso suplício de seus abraços frenéticos.

Jamais ele havia execrado tanto a carne, jamais sentira tanta repugnância, tanta lassidão como quando saiu daquele quarto! Deambulou ao acaso pela Rue Soufflot, e a imagem da desconhecida continuava a obcecá-lo, ainda mais enervante, mais tenaz.

Começo a entender a obsessão criada pelos súcubos, pensou Durtal; vou experimentar o exorcismo dos bromos. Esta noite, tomarei 1 grama de brometo de potássio; isso me aliviará os sentidos. Mas ele se dava conta de que a questão carnal era apenas subsidiária, que não passava de consequência de um estado imprevisto da alma.

Sim, havia nele outra coisa além de distúrbio genésico, de explosão dos sentidos; era um extravio, desta vez com uma mulher, esse impulso na direção do indizível, essa projeção na direção aos aléns que experimentara recentemente em relação à arte; era a necessidade de alçar voo e escapar do ramerrão terreno. Foram esses malditos estudos extramundanos, esses pensamentos enclausurados em cenas eclesiásticas e demoníacas que me deixaram assim perturbado, pensou ele. E a interpretação era justa; no trabalho renhido em que se confinava, toda a eflorescência de um misticismo inconsciente, até então deixado sem cultivo, desenvolvia-se desordenadamente à procura de uma nova atmosfera, em busca de novas delícias e novas dores!

Enquanto andava, recapitulou o que sabia sobre aquela mulher; casada, loura, abastada, visto que dormia em quarto separado do marido e tinha uma criada, morava no mesmo bairro, pois ia apanhar as cartas na agência de correio da Rue Littré, e chamava-se Henriette ou Hortense, Honorine ou Hélène, admitindo-se que fossem exatas as iniciais precedendo o nome Maubel em suas cartas.

E mais o quê? Ela devia frequentar o mundo artístico, pois o vira anteriormente, embora ele não comparecesse aos salões burgueses havia muito tempo; e, finalmente, ela era de um catolicismo doentio, o que era confirmado pela palavra súcubo, inusitada entre os profanos; e mais nada! Restava aquele marido que, por menos sagaz que fosse, devia desconfiar da relação entre os dois, pois ela, segundo confessava, mal conseguia dissimular a obsessão da qual sofria.

No fundo, como errei ao me empolgar! Pois eu também escrevi no começo, para me divertir, cartas brilhantes, apimentadas com pó de buprestes e cantáridas. Depois acabei me deixando levar de verdade pela histeria; nós sopramos, um por vez, sobre velhas brasas que agora incandescem; realmente não há de acabar bem se tentarmos nos ludibriar mutuamente, pois o caso dela deve ser o mesmo que o meu, a julgar pelas epístolas apaixonadas que me envia.

O que fazer? Continuar nessa tensão em plena bruma? Não, isso não; melhor acabar de uma vez, vê-la e, se for bela, ir para a cama com ela; pelo menos, ficarei em paz. E se eu lhe escrevesse sinceramente, agora, de uma vez por todas? E se marcasse um encontro com ela?

Olhou ao redor. Encontrava-se, sem saber como chegara ali, no Jardin des Plantes; tentando se orientar, recordou-se de que havia um café perto do cais e para lá se dirigiu.

Sua intenção era se esforçar a escrever uma carta ao mesmo tempo firme e ardente; mas a pena tremia em seus dedos. Escreveu então rapidamente, confessando lamentar não ter logo concordado em encontrá-la, como ela propusera, e, desenfreando-se, acrescentou: contudo, é preciso que nos vejamos; pense no mal que nos fazemos ao nos excitarmos dessa forma nas sombras, pense no remédio que existe, minha pobre amiga, eu lhe peço...

Em seguida, sugeria um encontro. Depois, parou um instante. Vamos refletir, disse a si mesmo, não quero que ela venha à minha casa, é demasiadamente perigoso; então, o melhor seria, com o pretexto de lhe oferecer um vinho do Porto e uns biscoitos, levá-la ao Lavenue, que é ao mesmo tempo café-restaurante e hotel. Reservo um quarto; é menos repugnante que um gabinete particular ou que um hotel de alta rotatividade; assim, nos encontraremos não na esquina da Rue de la Chaise, mas no saguão da estação Montparnasse, frequentemente deserta. Isso, lá mesmo. Fechou o envelope, sentindo uma espécie de alívio. Ah, já ia esquecendo:

— Garçom, o catálogo de endereços de Paris!

Procurando o sobrenome Maubel, ele se perguntava se, por acaso, esse nome seria verdadeiro; é pouco provável que ela receba suas correspondências na agência dos correios sob seu verdadeiro nome, ele pensou, mas ela parece tão exaltada, tão imprudente, que tudo é possível! Por outro lado, posso tê-la um dia encontrado em algum lugar sem jamais saber seu nome; vejamos.

Achou um Maubé e um Maubec, mas não um Maubel. Resumindo, isso não prova coisa alguma, disse ele, fechando o catálogo. Ao sair, enfiou a carta numa caixa do correio. O desagradável em tudo isso é o marido; e daí? Não faz mal, não ficarei por muito tempo com a mulher dele!

Tinha resolvido voltar para casa e, depois, se deu conta de que não conseguiria trabalhar e que, sozinho, reencontraria seus fantasmas. E se fosse ver Des Hermies? Boa ideia, hoje ele está no consultório.

Apressando o passo, chegou à Rue Madame e tocou na sobreloja. A empregada veio abrir a porta.

— Ora, sr. Durtal, ele saiu, mas vai voltar; quer esperá-lo?

— Mas é certo que vai voltar?

— Sim. Já deveria até ter chegado – disse a mulher, reavivando o fogo.

Assim que ela se retirou, Durtal sentou-se e, entediado, foi folhear os livros que se encontravam amontoados nas prateleiras, como em seu apartamento, ao longo das paredes.

Des Hermies tem algumas obras bem curiosas, murmurou, abrindo um livro antiquíssimo. Este é um que, apesar dos séculos, se aplica ao meu caso: *Manuale Exorcismorum*. Ora, foi editado por Christophe Plantin! E o que tem a dizer esse Manual Prático dos Possuídos?

Ora, veja, ele contém adjurações esquisitas. Estas servem aos energúmenos e enfeitiçados; estas outras contra poções do amor e contra a peste; há também as que são contra os feitiços misturados aos alimentos; há até as que exortam a manteiga e o leite a não azedar!

Tanto faz, nos velhos tempos eles metiam o Diabo em todos os molhos. E isto, o que é? Ele segurava dois volumes pequenos de lombadas carmesim, encadernados em camurça. Abrindo-os, leu o título, *Anatomie de la Messe*, de Pierre du Moulin, com a seguinte data: Genebra, 1624.

Talvez seja interessante, pensou. Foi aquecer os pés, enquanto folheava um dos tomos com a ponta dos dedos. Ora, exclamou, mas é bastante curioso!

A página que lia abordava o sacerdócio. O autor afirmava que não devia exercer a carreira eclesiástica quem não fosse são de corpo ou tivesse algum membro amputado; e, indagando se um homem castrado podia ser ordenado padre, respondia: "Não, a menos que carregue consigo, pulverizadas, as partes que lhe faltam".

O texto, contudo, acrescentava que o cardeal Tolet não admitia essa interpretação, ainda que fosse adotada por todos.

Durtal prosseguiu, divertindo-se com a leitura. Agora, Du Moulin inquiria sobre a questão de saber se havia razão para proibir os abades devastados pela luxúria de oficiar as missas. E respondia citando a melancólica glosa do *Canon Maximianus*, que, em sua divisão 81, entoava: "Diz-se comumente que ninguém deve ser destituído de seu cargo por motivo de fornicação, considerando que existem poucos isentos desse vício".

— Ah, aí está você! – disse Des Hermies, entrando. — O que está lendo? *Anatomie de la Messe*, um péssimo livro protestante! Estou exausto – continuou ele, jogando o chapéu sobre a mesa. — Oh, meu amigo, como há gente grosseira!

E como um homem cujo coração lhe pesa, desabafou:
— Acabo de acompanhar uma junta médica formada por homens que os jornais qualificam como "príncipes da ciência". Durante quinze minutos, me submeti às mais diversas opiniões. Todos concordavam, porém, que meu paciente estava perdido; acabaram se entendendo e torturando inutilmente o infeliz, prescrevendo-lhe moxas!

"Humildemente, sugeri que seria mais simples procurar um confessor e, em seguida, adormecer os sofrimentos do moribundo com injeções repetidas de morfina. Se você visse a cara deles! Só faltou me tratarem de beato.

"Ah, como é ótima essa ciência contemporânea! Todo mundo descobre uma doença nova ou perdida, apregoa um método esquecido ou novo e ninguém sabe de coisa alguma; além do mais, mesmo que não fôssemos os últimos dos ignaros, de que serviria isso se a farmácia anda tão fraudada que médico nenhum pode ter certeza de que suas prescrições serão preparadas à risca? Um exemplo entre outros: hoje em dia, já não existe o xarope de papoula branca, o diacódio do antigo códice; fabricam-no com ópio e xarope, como se fosse a mesma coisa!

"Chegamos ao ponto de não mais dosar as substâncias, de prescrever remédios já prontos, de usarmos as especialidades surpreendentes que enchem as quartas páginas dos jornais. É a doença aleatória, a medicina igualitária para todos os casos; uma vergonha, uma estupidez!

"Não é para dizer, mas a velha terapêutica que se baseava na experiência era bem mais valiosa; ao menos sabia que os medicamentos ingeridos na forma de pílulas, glóbulos, pastilhas, eram ineficazes, e só os receitava em sua forma líquida! E agora todo médico se especializa; os oftalmologistas só veem os olhos e, para curá-los, envenenam tranquilamente o corpo; pois, com sua pilocarpina, destruíram para sempre a saúde de muita gente! Outros tratam infecções cutâneas, repelem os eczemas dos idosos, que logo se tornam curados, senis ou loucos. A ideia de conjunto já não existe; cuida-se de uma parte em detrimento das outras; é um desperdício! Agora, meus honrados confrades também chafurdam e engasgam com remédios que nem sequer sabem empregar. Por exemplo, a antipirina; é um dos únicos produtos realmente ativos que os químicos descobriram depois de muito tempo. Pois bem, qual é o médico que sabe que, aplicada com uma compressa de água fria e iodada de Bondonneau, a antipirina combate essa enfermidade tida como incurável, o câncer? Por mais que pareça inverossímil, isso é verdade!"

— No fundo você acha que os antigos terapeutas curavam melhor? – perguntou Durtal.

— Acho, pois conheciam maravilhosamente os efeitos de remédios imutáveis e preparados sem fraudes. Assim mesmo, é óbvio que o velho Paré, quando preconizava a medicina de saquinhos, prescrevendo aos pacientes que usassem medicamentos secos e pulverizados em saquinhos de formas variadas, segundo a natureza das doenças – a forma de touca para a cabeça, de gaita de foles para o estômago, de língua de boi para o baço –, provavelmente não obtinha os melhores resultados do mundo! Sua pretensão de tratar gastralgias com a aplicação de pó de rosa-vermelha, de coral e de mástique, de absinto e de hortelã, de noz-moscada e de anis é no mínimo equivocada; mas ele também tinha outros métodos e, frequentemente, conseguia curar, porque dominava a ciência dos símplices, que agora está perdida!

"A medicina atual dá de ombros quando se menciona o velho Paré; foi também com desdém que reagiu quando era citado o dogma dos alquimistas, afirmando que o ouro subjugava os males; no entanto, hoje em dia, nos servimos, em doses deturpadas, da limalha e dos sais desse metal. Usam-se arseniato de ouro dinamizado contra clorose, muriato contra a sífilis, cianeto contra amenorreia e escrófulas, cloreto de sódio e de ouro contra velhas úlceras!

"Não, francamente, é vergonhoso ser médico, pois eu, apesar de ser doutor em ciências e ter rodado tantos hospitais, sou bem inferior aos humildes herbolários do campo, seres solitários que conheciam tudo isso, tenho certeza, muito melhor do que eu!"

— E a homeopatia?

— Oh! Ela tem um lado bom e um lado ruim. Também atenua sem curar, às vezes reprime a doença, mas para os casos graves e agudos é fraca, assim como a doutrina de Mattei, que é radicalmente impotente quando se trata de conjurar crises imperiosas!

"Mas é útil como meio dilatório, como medicação provisória, como intermédio. Com seus produtos que purificam o sangue e a linfa, com seu antiescrofuloso, seu angiótico, seu anticancerígeno, por vezes ela modifica os estados mórbidos contra os quais outros métodos fracassam; ela permite, por exemplo, que um doente extenuado pelo iodeto de potássio faça uma pausa, ganhe tempo e se recupere, para poder recomeçar a tomar iodeto sem riscos.

"E acrescento que dores lancinantes, rebeldes até aos efeitos dos clorofórmios e da morfina, com frequência cedem a uma aplicação de eletricidade verde. Talvez você deseje saber com que ingredientes essa eletricidade líquida é fabricada? Respondo que ignoro absolutamente. Mattei afirma que conseguiu fixar em glóbulos e fluidos as propriedades elétricas de certas plantas; mas nunca revelou a receita; portanto, pode contar as histórias que lhe forem mais convenientes. Em todo caso, o mais engraçado é essa medicina imaginada por um conde católico e romano ser seguida e propagada por pastores protestantes, cuja tolice original se soleniza em homilias inacreditáveis, que acompanham suas tentativas de cura. No fundo, levando tudo em consideração, esses sistemas são uma piada! A verdade é que, na terapêutica, caminha-se a esmo; entretanto, com um pouco de experiência e um bocado de sorte, às vezes a gente consegue evitar que as cidades fiquem muito despovoadas. Pronto, meu caro; e, fora isso, o que você tem feito?"

— Eu? Nada; mas é a você que se deve fazer essa pergunta; pois já faz oito dias que não o vejo.

— Ora, neste momento, os doentes se multiplicam e cuido de outros afazeres; por falar nisso, fui ver Chantelouve, que sofreu mais uma crise de gota; ele reclama de sua ausência, e a esposa, cuja admiração pelos seus livros eu ignorava, sobretudo pelo último romance, não parou de falar deles e de você. Para uma pessoa que costuma ser reservada, a sra. Chantelouve me pareceu francamente entusiasmada a seu respeito! O que houve? – indagou ele, espantado ao ver Durtal ficando vermelho.

— Nada. Bem, tenho coisas a fazer; preciso partir, até logo.

— Ah, essa é boa! Estou certo de que há alguma coisa, não?

— Não, nada, garanto.

— Sei! Olhe só – disse Des Hermies, não querendo insistir e mostrando-lhe, ao acompanhá-lo à porta, um soberbo pernil de carneiro pendurado na cozinha, próximo à janela. — Deixo numa corrente de ar para ficar mais tenro até amanhã; vamos comê-lo com o astrólogo Gévingey, na casa de Carhaix; mas, como sou o único que sabe cozer um pernil à inglesa, vou prepará-lo e, portanto, não passarei para buscá-lo em sua casa. Você me encontrará fantasiado de cozinheira lá na torre.

Assim que saiu, Durtal respirou fundo. Essa agora, pensou, será essa desconhecida a mulher de Chantelouve? Não, impossível! Ela nunca lhe dera a menor atenção; era silenciosa e muito fria; era bem improvável, mas, ainda assim, por que teria falado daquele modo sobre mim a Des Hermies?

Enfim, se quisesse vê-lo, ela o teria atraído à sua casa, visto que se conheciam; e não teria iniciado a correspondência com o pseudônimo de H. Maubel.

De repente, disse: H; mas a sra. Chantelouve tem um nome masculino que lhe cai muito bem: Hyacinthe; mora na Rue de Bagneux, que não fica distante da agência dos correios da Rue Littré; é loura, tem uma criada e é bastante católica. É ela!

E, logo em seguida, de modo quase simultâneo, ele experimentou duas sensações completamente distintas.

Primeiro foi desilusão, pois sua desconhecida lhe agradava mais. Nunca a sra. Chantelouve poderia realizar o ideal que ele forjara, as feições agressivas, estranhas, que imaginara, uma expressão ágil e felina, a postura melancólica e ardente com que sonhara!

Ademais, só o fato de conhecer a desconhecida a tornava menos desejável, mais vulgar; revelada a identidade, morria a quimera.

Depois, houve assim mesmo um instante de alegria. Poderia se tratar de uma mulher velha e feia, e Hyacinthe, como já a chamava agora, era uma mulher atraente. Trinta e três anos, no máximo; não era bonita, mas singular; loura frágil e dócil, ancas suficientes, falsa magra de ossos pequenos. O rosto era medíocre, prejudicado por um nariz grande demais, mas os lábios eram incandescentes, os dentes, magníficos, a tez, um tantinho rosada em meio a um branco leitoso, quase azulado e meio turvo de água de arroz.

Além disso, seu verdadeiro encanto, seu falaz enigma, eram os olhos, que de início pareciam acinzentados, olhos trêmulos e hesitantes de míope nos quais fluía uma resignada expressão de tédio. Em alguns momentos, as pupilas se turvavam como águas cinzentas, e faíscas prateadas crepitavam na superfície. Elas eram ora dolentes e ermas, ora langorosas e altivas. Ele se recordava muito bem de ter outrora se entregado à contemplação de seus olhos!

Apesar de tudo, refletindo bem, as cartas apaixonadas não correspondiam nem um pouco ao físico daquela mulher, pois ela jamais se deixava tomar por afetações, mantendo-se sempre calma. Ele se lembrava dos saraus em sua casa; ela se mostrava atenta, pouco se envolvendo nas conversas, acolhendo sorridente os convidados, mas sem desenvoltura.

Resumindo, disse a si mesmo, seria necessário admitir uma verdadeira duplicidade. Um lado bem visível de mulher da sociedade, anfitriã prudente e reservada em seus salões, e outro lado, até então desconhecido, de mulher loucamente apaixonada, ultrarromântica, histérica de corpo, ninfomaníaca de alma. Tudo isso é bastante inverossímil!

Não, certamente estou seguindo pista falsa, concluiu ele; o acaso pode ter levado a sra. Chantelouve a falar de meus livros a Des Hermies, mas daí a concluir que ela esteja doida por mim e escreva cartas como aquelas há uma distância enorme. Não, não é ela; mas quem, então?

Esses pensamentos continuavam dando voltas na sua cabeça, sem chegar a uma resolução; evocando novamente a imagem daquela mulher, precisou reconhecer que ela era de fato impressionante: corpo de menina, flexível, sem o repugnante excesso de carnes! E também misteriosa, com seu aspecto concentrado, seus olhos melancólicos e até sua frieza, real ou fingida!

Recapitulou as informações que possuía sobre ela; sabia apenas que a união com Chantelouve fora seu segundo casamento, que não tinha filhos, que seu primeiro marido, fabricante de trajes sacerdotais, cometera suicídio por causas ignoradas. E só. Por outro lado, os mexericos que corriam sobre Chantelouve eram inexauríveis!

Autor de um livro sobre a história da Polônia e dos governos do norte da Europa, de uma história de Bonifácio VIII e de seu século, da biografia da bem-aventurada Joana de Valois, fundadora da Ordem da Anunciação, de uma biografia da Venerável Madre Anne de Xaintonge, mestre-escola e fundadora da Companhia de Santa Úrsula, de outras obras do mesmo gênero, publicados pelos editores Lecoffre, Palmé, Poussielgue – volumes que só imaginamos encadernados com marroquim marmorizado ou granulado, preto –, Chantelouve preparava sua candidatura para a Académie des Inscriptions et Belles-Lettres, esperando o apoio do partido dos duques; por isso, uma vez por semana ele recebia em casa carolas influentes, fidalgotes e padres. Era sem dúvida o fardo de sua vida, pois, apesar de seu ar pusilânime e melífluo, era falante e gostava de se divertir.

De outra parte, ele aspirava a ser acolhido pela literatura parisiense que considerava importante, esforçando-se para convidar, uma vez por semana, os literatos, conservando assim sua ajuda, ou pelo menos seu apoio para impedir os ataques no momento em que fosse lançada sua candidatura inteiramente clerical; era provavelmente para atrair seus adversários que imaginara essas reuniões barrocas, às quais, por conta da curiosidade, diga-se, compareciam de fato os mais variados tipos de pessoa.

Contudo, pensando bem, havia ainda outros motivos mais secretos. Sua reputação era de caloteiro, alguém não muito refinado, velhaco! Durtal chegara a perceber que, em cada jantar oferecido por Chantelouve, havia um desconhecido elegante e difundia-se o rumor de que esse conviva era um estrangeiro ao qual mostravam, como se fossem estátuas de cera, os literatos, e do qual tomavam emprestados, antes ou depois, somas grandiosas.

O que não se pode negar, pensou Durtal, é que esse casal vive fartamente e não possui renda alguma. Por outro lado, os livreiros e os jornais católicos pagam ainda menos que os editores seculares e os periódicos laicos. Portanto, apesar de seu nome ser bem conhecido no mundo eclesiástico, é impossível que Chantelouve receba direitos autorais suficientes para manter sua residência em tal estado!

Tudo isso ainda está confuso, concluiu ele. Que essa mulher seja infeliz no íntimo e que não ame o sacristão corrompido que é o marido, isso se pode conceber; mas qual é seu verdadeiro papel no casal? Estará ela a par dos princípios pecuniários de Chantelouve? Seja como for, não consigo ver razão para se interessar por mim. Se for conivente com o marido, o bom senso sugere que ela deveria procurar um amante influente e rico, e ela sabe muito bem que não preencho nenhum dos dois quesitos. Chantelouve está ciente de que sou incapaz de custear as roupas que ela veste ou de contribuir com a marcha titubeante de uma parelha de cavalos. Tenho rendimentos de umas 3 mil libras e mal consigo prover minha própria subsistência!

Portanto, não se trata disso; em todo caso, não seria tranquilizadora uma relação com essa mulher, concluiu Durtal, desalentado com as próprias reflexões. Mas que tolice! A situação em si prova que minha amiga oculta não é a mulher de Chantelouve e, pensando bem, prefiro que assim seja!

VIII

No dia seguinte, todos esses pensamentos turbulentos se apaziguaram. A desconhecida ainda não o abandonara, mas às vezes ela se ausentava e ficava afastada; seus traços, menos nítidos, apagavam-se na bruma; ela perdera um pouco do fascínio, já não ocupava, sozinha, seu espírito.

A ideia que brotara subitamente após as palavras de Des Hermies, de que a desconhecida devia ser a mulher de Chantelouve, de algum modo refreara sua febre. E se fosse ela – e agora as conclusões opostas a que chegara na véspera arrefeciam, pois afinal de contas, refletindo bem, retomando um a um os argumentos dos quais se servira, não há razão alguma para que seja outra senão ela mesma; mas essa relação se apoiava em causas obscuras, e até perigosas, e ele se mantinha atento, evitando ser arrebatado pelos delírios de antes.

No entanto, outro fenômeno se produzia em seu íntimo; nunca havia pensado em Hyacinthe Chantelouve, nunca se sentira apaixonado por ela; o mistério da sua pessoa e da sua vida o intrigava, mas, quando não estava em sua casa, nem sequer pensava nela. E agora ele se surpreendia a remoê-la, a quase desejá-la.

De repente, tirava proveito do rosto da desconhecida e tomava emprestadas algumas de suas características, pois Durtal só possuía vagas lembranças de suas feições, fundindo sua fisionomia àquela que tinha imaginado de uma outra mulher.

Ainda que o aspecto hipócrita e dissimulado de seu marido lhe desagradasse, ele não a considerava menos atraente, porém, seu desejo perdera a intensidade; apesar das desconfianças que suscitava, ela podia ser uma amante interessante, redimindo a ousadia de seus vícios com suas boas graças, mas já não era o ser inexistente, a quimera enaltecida num momento de perturbação.

Por outro lado, se suas conjecturas fossem falsas, se não fosse a sra. Chantelouve a autora das cartas, então a outra, a desconhecida, definhava um pouco, pelo simples fato de ter podido se encarnar numa criatura que ele conhecia. Ela lhe parecia menos distante, embora ainda fosse este o caso; e depois, sua beleza se transformava, pois ela se apropriava, por sua vez, de certos traços da sra. Chantelouve, e, se esta última ganhava com essas comparações, ela, ao contrário, padecia por causa desses empréstimos, gerados pelos pensamentos confusos que se instalaram em Durtal.

Num caso como no outro, fosse a sra. Chantelouve ou outra, ele se sentia mais leve, mais calmo; no fundo, de tanto repisar essa história, já não sabia se gostava mais de sua quimera, ainda que enfraquecida, ou daquela Hyacinthe que, em sua realidade, ao menos não traria a desilusão de um corpo de bruxa Carabosse e o rosto devastado pela idade da Marquesa de Sévigné.

Aproveitando essa trégua, voltou ao trabalho; mas não restavam as forças que presumia; quando quis começar o capítulo sobre os crimes de Gilles de Rais, constatou que era incapaz de emendar duas frases. Partia em busca do marechal, chegava a apreendê-lo, mas a escrita na qual queria encerrá-lo revelava-se frouxa e inerme, crivada de lacunas.

Largando a pena, deixou-se afundar numa poltrona e, em meio a um devaneio, viu-se instalado em Tiffauges, naquele castelo onde Satã, que tão obstinadamente se recusava a mostrar-se ao marechal, desceria se encarnando nele, sem que ele sequer percebesse, para envolvê-lo, vociferando, em seus júbilos assassinos.

Pois, no fundo, é isso o Satanismo, disse a si mesmo; a questão que faz furor desde que o mundo existe, a das visões exteriores, é subsidiária, se pensarmos bem; o Demônio não precisa se exibir com feições humanas ou bestiais a fim de comprovar sua presença; para que se confirme, basta-lhe eleger domicílio em almas que ele exulcera e incita a cometer crimes inexplicáveis; depois, pode cativá-las insuflando-lhes a esperança de que, em vez de habitá-las como o faz e como com frequência elas ignoram, ele obedecerá às evocações, aparecerá, negociará explicitamente as vantagens que concederá em troca de certas compensações. A vontade de fazer pacto com ele, por si só, poderá às vezes gerar sua efusão em nós.

Todas as teorias modernas de gente como Lombroso e Maudsley, de fato, não facilitam a compreensão sobre os abusos singulares do marechal. Classificá-lo na série dos monomaníacos é bem justo, pois ele o era, se pelo termo monomaníaco entendermos todo aquele que é dominado por uma ideia fixa. Nesse caso, todos nós o somos em maior ou menor grau, desde o comerciante cujas ideias convergem todas para o lucro até os artistas absortos na criação de uma obra. Mas por que o marechal foi um monomaníaco, como aconteceu? É isso que todos os Lombrosos da terra ignoram. As lesões do encéfalo, a aderência da pia-máter ao cérebro não significam absolutamente nada nessas questões. São simples resultantes, efeitos derivados de uma causa que seria necessário explicar e que materialista algum é capaz de fazê-lo. É realmente muito fácil declarar que uma perturbação dos lobos cerebrais produz assassinos e sacrílegos; os famosos alienistas de nosso tempo alegam que a análise do cérebro de uma louca revela uma lesão ou uma alteração da matéria cinzenta. E, de fato, isso ocorre! Resta saber se, numa mulher afetada pela demonomania, por exemplo, a lesão se produziu porque ela é demonomaníaca ou se ela se tornou demonomaníaca por causa dessa lesão, admitindo que exista!

Os traficantes de almas ainda não se submetem à cirurgia, não amputam os lobos supostamente conhecidos, após cuidadosa trepanação; limitam-se a influenciar o discípulo, inculcar-lhe ideias ignóbeis, fomentar seus instintos perversos, levá-los pouco a pouco para os caminhos do vício; é mais seguro. E, se essa ginástica da persuasão altera os tecidos do cérebro, isso prova justamente que a lesão não passa de um derivado e não é causa de um estado psicológico!

Além do mais... além do mais... essas doutrinas que consistem em confundir atualmente criminosos e alienados, demonomaníacos e loucos, se pensarmos bem, são insensatas! Nove anos atrás, uma criança de 14 anos, Félix Lemaître, assassina um garotinho que ele não conhece porque ansiava por vê-lo sofrer e ouvir seus gritos. Abre-lhe a barriga com uma faca, revira a lâmina no orifício ainda morno e depois lhe serra lentamente a garganta. Não demonstra arrependimento algum e, no interrogatório ao qual foi submetido, revela ser inteligente e atroz. O dr. Legrand du Saulle e outros especialistas o vigiaram pacientemente durante meses, sem nunca constatarem nele qualquer sintoma de insanidade, nem mesmo uma patologia obsessiva. E ele havia sido uma criança razoavelmente bem-criada, que nem sequer fora pervertida por outras pessoas!

Seu comportamento era exatamente o mesmo dos demonomaníacos que, de modo consciente ou inconsciente, fazem o mal pelo mal; eles não são mais loucos do que um monge arrebatado em sua cela, ou do que o homem que faz o bem pelo bem. Medicina à parte, eles se encontram em polos opostos da alma, nada mais!

No século XV, as tendências extremas foram representadas por Joana d'Arc e pelo marechal De Rais. Ora, não há razão para que Gilles seja mais insano do que a Donzela, cujos admiráveis excessos não têm relação alguma com vesânias ou desvairos!

Assim mesmo, deve ter havido noites horrendas naquela fortaleza, pensou Durtal, referindo-se ao castelo de Tiffauges, que ele visitara no ano anterior, quando, por causa de seu trabalho, quis viver na paisagem onde vivera Gilles e impregnar-se de suas ruínas.

Ele se instalou na pequena aldeia que se estende embaixo do antigo torreão e constatou o quanto a lenda de Barba Azul se mantivera viva naquela região isolada da Vendeia, nos confins da Bretanha. É um jovem que acabou mal, diziam as moças; mais medrosas, as avós faziam o sinal da cruz quando caminhavam à noite ao pé das muralhas; a lembrança das crianças degoladas persistia; o marechal, conhecido apenas pelo apelido, ainda aterrorizava.

Lá, Durtal ia todos os dias do albergue onde se hospedava ao castelo, que se erguia sobre os vales dos rios Crûme e Sèvre, diante das colinas escoriadas por blocos de granito, disseminadas de formidáveis carvalhos cujas raízes, emergindo do solo, assemelhavam-se a ninhos assombrosos de grandes serpentes.

A impressão era a de ter sido transportado para a Bretanha; eram o mesmo céu e a mesma terra; um céu melancólico e grave; um sol que, parecendo mais velho que em outros lugares, dourava debilmente o luto das florestas seculares e o musgo idoso sobre o arenito; uma terra que se estendia ociosamente a perder de vista em matagais estéreis, manchados de poças d'água ferruginosa, crivados de rochas, cravejados com as campânulas rosadas das urzes, pelas pequenas bainhas amarelas dos juncos e dos tufos de giestas.

Sentia-se que aquele firmamento cor de ferro, aquele solo famélico, esparsamente púrpura pela flor sanguinolenta do trigo-sarraceno, aquelas estradas ladeadas por pedras sobrepostas, sem gesso nem cimento, aquelas veredas bordejadas de arbustos inextricáveis, aquelas plantas peluciosas, aqueles campos incultos, aqueles mendigos estropiados, devorados pelos vermes e engessados de sujeira, até mesmo aquele rebanho, rústico e pequeno, aquelas vacas atarracadas, aqueles carneiros negros de olhos azuis com a expressão clara e fria de tríbades e eslavas perpetuavam-se, absolutamente semelhantes, numa paisagem imutável há séculos!

Aqueles campos de Tiffauges, apesar de desvirtuados por uma chaminé de fábrica um pouco mais longe, perto do rio Sèvre, mantinham-se em perfeita harmonia com o castelo, que continuava em pé nos seus escombros. O castelo destacava-se, imenso, protegido em território ainda demarcado pelas ruínas das torres, em meio a uma planície convertida num miserável pomar de hortelãos. Fileiras azuladas de repolhos, pés de cenoura raquíticos e de nabos tísicos estendiam-se ao longo daquele enorme círculo, onde cavalarias haviam esgrimido no entrechoque de espadas, onde procissões haviam desfilado em meio à fumaça dos incensos e ao canto dos salmos.

Uma pequena choupana fora construída num canto, onde as camponesas, de volta ao estado selvagem, já não compreendiam o sentido das palavras e só acordavam do torpor quando viam uma moeda de prata; então as agarravam e entregavam as chaves.

Na época, podia-se passear ali horas a fio, rebuscando as ruínas, sonhando e fumando um cigarro tranquilamente. Infelizmente, algumas partes eram inacessíveis. Do lado de Tiffauges, o torreão ainda se achava cercado por um grande fosso, dentro do qual cresciam árvores imponentes. Era preciso passar por cima das copas que alcançavam a beirada do fosso, aos pés do observador, para alcançar, do outro lado, um pórtico ao qual há muito não se chegava por nenhuma ponte levadiça.

Contudo, acedia-se facilmente a uma outra parte, na orla do rio Sèvre; ali, as alas laterais do castelo, coberto de viburnos de borlas brancas e de heras, ainda estavam intactas. Esponjosas, secas como pedra-pomes, as torres, prateadas pelos liquens e douradas pelo musgo, erguiam-se inteiras até o limite das ameias, cujos restos se desgastavam gradualmente sob as ventanias noturnas.

No interior, as salas se sucediam, tristes e geladas, talhadas no granito com suas abóbadas, semelhantes ao porão das embarcações; depois, pelas escadas em espiral, entrava-se e saía-se de cômodos parecidos, interligados por corredores abobadados que davam para redutos de uso desconhecido e para nichos profundos.

Na parte de baixo, aqueles corredores estreitíssimos, por onde era impossível caminhar a dois, desciam em suave declive, bifurcando-se num emaranhado de passagens até alcançarem verdadeiras masmorras, cuja granulação das paredes cintilava à luz das lanternas, como micas de aço, fagulhando como salpicos de açúcar. Nas celas superiores e nos calabouços inferiores, tropeçava-se em saliências de terra dura, onde se abria, ora no meio ora num canto, alguma boca descerrada de poço ou alçapão.

Finalmente, no alto de uma das torres, a que se erguia à esquerda da entrada, havia uma galeria revestida de estuque com um banco talhado; ali se postavam, sem dúvida, os homens armados que atiravam contra os invasores através de seteiras estranhamente abertas abaixo deles, sob suas pernas. Nessa galeria, a voz, mesmo a mais baixa, seguia o circuito das paredes e era ouvida de uma extremidade do círculo à outra.

Em resumo, o exterior do castelo revelava uma praça-forte construída para resistir a longos cercos; e o interior, agora desnudo, sugeria a ideia de prisão onde os corpos, minados pela água, deviam apodrecer em poucos meses.

Saindo-se de novo para a horta, sorvia-se no ar uma sensação de bem-estar, de alívio, mas a angústia voltava a imperar quando, atravessando-se a plantação de repolhos, chegava-se às ruínas isoladas da capela e descia-se a uma cripta por uma porta que conduzia ao subsolo.

A capela datava do século XI. Pequena, atarracada, ela se erguia sob uma abóbada de arcos cintados, sustentados por colunas maciças de capitéis esculpidos de losangos e bastões episcopais. A pedra do altar ainda subsistia. Uma claridade salobra, que parecia crivada de lâminas de chifre, derramava-se pelas aberturas, iluminando parcamente as trevas das paredes, a fuligem comprimida do chão, onde também se via uma abertura por um orifício de alçapão ou poço.

À noite, depois do jantar, ele subira frequentemente a encosta e seguira os muros fissurados das ruínas. Em noites claras, uma parte do castelo se recolhia na sombra e outra, ao contrário, se projetava, tingida de prata e azul, como se roçada por luminosidades mercuriais, acima do rio Sèvre, em cujas águas saltavam, como dorso de peixes, borrifos de luar.

O silêncio era opressivo; depois das nove horas, nem sequer um cão, nem sequer uma alma. Ele voltava ao quarto triste da hospedaria, onde uma velha, vestida de preto, com a cabeça coberta por uma touca medieval, o aguardava com uma vela, a fim de trancar a porta assim que ele entrasse.

Tudo isso, dizia Durtal a si mesmo, é o esqueleto de uma torre morta; para reavivá-lo, seria necessário reconstituir as carnes opulentas que cobriam aqueles ossos de arenito.

Os documentos são precisos; aquela carcaça de pedra era magnificamente revestida e, a fim de inserir Gilles em seu contexto, seria necessário recordar toda a suntuosidade da mobília do século XV.

Seria preciso recobrir aquelas paredes com lambris de madeira da Irlanda ou com tapeçarias de urdidura vertical, de ouro e fio de Arras, tão cobiçadas na época; seria necessário pavimentar a cor crua do solo com tijolos verdes e amarelos ou com ladrilhos brancos e pretos; necessário pintar a abóbada, cobri-la de estrelas douradas ou espargi-la com balestras sobre fundo azul, ressaltando o escudo de ouro com cruz de sable do marechal!

E os móveis espalhados nos cômodos onde Gilles e seus amigos dormiam; aleatoriamente, dispunham-se assentos senhoriais com dosséis, bancos e cadeiras; contra os tabiques, aparadores de madeira esculpida, representando em baixo-relevo, em seus painéis, a Anunciação e a Adoração dos Magos, abrigando sob o baldaquim de sua renda castanha estátuas pintadas e douradas de Santa Ana, Santa Margarida e Santa Catarina, tão frequentemente reproduzidas pelos fabricantes de arcas da Idade Média. Seria necessário instalar os baús cobertos de couro de porca, pregados e chapeados, para as mudas de roupa e as túnicas, e também arcas com dobradiças de metal trabalhado, revestidas de pele ou de tecidos colados, sobre os quais anjos louros se destacavam em relevos de ourivesaria sobre fundos de velhos missais. E, finalmente, seria necessário erguer os leitos sobre os degraus atapetados e recobri-los com lençóis, travesseiros em fronhas perfumadas, suas mantas, protegê-los com baldaquinos esticados sobre chassis, cercá-los de cortinas bordadas com brasões ou mosqueados de astros.

Seria preciso também que tudo fosse reconstituído nos outros cômodos, dos quais restavam apenas as paredes e as altas chaminés, lareiras espaçosas, sem trasfogueiros, ainda calcinadas pelos braseiros remotos; seria preciso imaginar igualmente as salas de jantar, as refeições terríveis que Gilles deplorava, enquanto seu processo era examinado em Nantes. Em prantos, ele confessava ter atiçado a fúria dos sentidos com a brasa dos alimentos; e os repastos que desprezava podem ser facilmente restabelecidos; à mesa com

Eustache Blanchet, Prelati, Gilles de Sillé e todos os seus fiéis amigos, na grande sala onde os pratos pousavam sobre credências, com ânforas cheias de água de nêsperas, rosas e anafas para a ablução das mãos, Gilles comia tortas de carne, de salmão e de brema, filhotes de coelhos ao vinho rosé, aves pequenas, batatas recheadas ao molho quente, empadas lombardas, garças, cegonhas, grous, pavões, alcaravões e cisnes assados, cervos ao caldo de uva, lampreias de Nantes, saladas de briônia, lúpulo, rabeira e malva, pratos fortes, temperados com manjerona e macis, coentro e salva, peônia e alecrim, manjericão e hissopo, malagueta e gengibre, pratos aromatizados, ácidos, que fustigavam o estômago e incitavam a beber, confeitaria pesada, tortas de flor de sabugueiro ou de rabanete, doce de arroz e avelã, salpicado de cinamomo, guisados que necessitavam de copiosos goles de cervejas e de sucos fermentados de amora, vinhos secos ou tanados e xaroposos, hipocrazes embriagadores, carregados em canela, amêndoas e almíscar, licores fortíssimos, mosqueados de partículas de ouro, bebidas excitantes que estimulavam a luxúria das conversas e, no fim das refeições, naquele castelo sem castelãs, punham os convivas em frenética agitação e os lançavam em sonhos monstruosos!

Há ainda os trajes a mencionar, pensou Durtal; e imaginou, dentro do fausto castelo, Gilles e seus amigos vestidos não com a armadura incrustada das campanhas, mas em roupas usadas no interior, em suas túnicas de repouso; e ele, em conformidade com o luxo circundante, imaginou-o com roupas cintilantes, com aquelas espécies de casaco pregueado que se alargava como saiote franzido abaixo da cintura, pernas cobertas por calças justas de malha escura e, na cabeça, um chapeirão fofo ou em forma de folhas de alcachofra, como o de Carlos VII no retrato do Louvre, o torso envolto em tecidos desenhados com losangos de fio de ouro ou em damasco entretecido de fios de prata e guarnecido de marta.

Pensou também no vestuário feminino, nos vestidos de tecidos preciosos com ramagens estampadas, com mangas e busto estreitos, forro revirado sobre os ombros, saias que, justas na frente, abriam-se atrás em longa cauda, num redemoinho orlado de pelaria branca. E, para dentro da indumentária cujas peças ele recriava mentalmente, como que num manequim ideal, semeando o corpete recortado de aberturas com colares de grandes pedras, cristais violáceos ou leitosos, cabochões venados, gemas de reflexos hesitantes e ondulados, um corpo de mulher deslizou, preencheu o vestido, inflou o corpete, insinuou-se sob chapéu de duas pontas do qual pendiam franjas e sorriu com as feições ressurgidas da desconhecida e da sra. Chantelouve. E ele a olhava, radiante, sem sequer perceber que era ela, quando o gato, pulando em seu colo, desviou o fluxo de seus pensamentos, trazendo-o de volta ao quarto.

— Pronto, ela novamente! – E ele começou, contra a própria vontade, a rir da perseguição da desconhecida que o acossava até em Tiffauges. — É uma grande tolice se deixar tomar por devaneios – disse ele, espreguiçando-se. — Mas isso é tão bom, o resto é tão vulgar e vazio!

Sem dúvida, a Idade Média foi uma grande época, prosseguiu, acendendo um cigarro. Para uns, totalmente branca e, para outros, absolutamente negra; nenhuma nuance intermediária; época de ignorância e de trevas, repetem os normalistas e os ateus; época dolorosa e requintada, afirmam os eruditos religiosos e os artistas.

Mas é incontestável que as classes imutáveis, nobreza, clero, burguesia, povo, naquele tempo tinham a alma mais elevada. Pode-se afirmar que a sociedade apenas declinou nos quatro séculos que nos separam da Idade Média.

Verdade que o senhor era, na maior parte do tempo, um indivíduo formidavelmente bronco; um bandido salaz e beberrão, um tirano jovial e sanguinário; mas tinha cérebro infantil e espírito fraco; a Igreja o espreitava; e, para libertar o Santo Sepulcro, aquela gente trazia suas riquezas, abandonava casa, filhos, mulher, aceitava fadigas irreparáveis, sofrimentos extraordinários, perigos inauditos!

Com seus pios heroísmos, resgatavam a vileza de seus usos. Desde então, a raça se modificou. Reduziu, às vezes até abandonou, os instintos de carnificina e estupro, mas os substituiu pela monomania dos negócios, pela paixão ao lucro. E fez ainda pior: afundou-se em tamanha abjeção que os exercícios mais imundos dos vadios a atraiu. A aristocracia se disfarça de dançarina hindu, veste saiotes de bailarina e fantasias de palhaço; agora, faz acrobacias em público, salta dentro dos aros, levanta pesos sobre a serragem pisoteada do circo!

O clero, que foi admirável, apesar de alguns poucos conventos devastados pelo excesso de luxúria, pela fúria do Satanismo, alçou-se a arrebatamentos sobre-humanos e alcançou Deus! Os santos abundam através desses tempos, os milagres se multiplicam e, sem deixar de lado a onipotência, a Igreja é gentil com os humildes, consola os aflitos, defende os fracos, alegra-se com a plebe. Hoje em dia ela odeia os pobres, e o misticismo falece num clero que reprime pensamentos ardentes, prega a sobriedade espiritual, a continência das postulações, o bom senso da oração, a burguesia da alma! No entanto, aqui ou ali, longe desses padres tépidos, no fundo dos claustros ainda choram verdadeiros santos, monges que rezam até morrer por cada um de nós. Ao lado dos demoníacos, eles formam o único ponto de ligação entre os séculos medievais e o nosso.

Na burguesia, o aspecto sentencioso e satisfeito existe desde os tempos de Carlos VII. A cupidez, contudo, era reprimida pelo confessor e, aliás, tanto quanto o operário, o comerciante era mantido pelas corporações que denunciavam fraudes e dolos, destruíam as mercadorias rejeitadas, tributavam, ao contrário, com preços justos, a boa qualidade das atividades. De pai para filho, artesãos e burgueses exerciam o mesmo ofício. As corporações lhes asseguravam trabalho e salário; eles não estavam, como hoje em dia, submetidos às flutuações do mercado, esmagados pelo peso do capital; não existiam grandes fortunas, e todos viviam; tranquilos em relação ao futuro, sem pressa, criavam maravilhas da arte suntuosa cujo segredo está perdido para sempre!

Todos aqueles artesãos que, se tivessem valor, transpunham os graus de aprendiz, de companheiro de mestre, aperfeiçoavam-se em sua posição, tornando-se verdadeiros artistas. Enobreciam as mais simples ferragens, as mais vulgares faianças, os mais ordinários baús e arcas; aquelas corporações, que adotavam como padroeiros santos cujas imagens, frequentemente invocadas, ilustravam suas bandeiras, preservaram durante séculos a existência honrada dos humildes e exaltaram o nível espiritual daqueles que elas protegiam.

Agora, tudo isso acabou; a burguesia substituiu a nobreza, que afundou na senilidade ou na abjeção; é a ela que devemos a imunda eclosão das sociedades de atletas e de rega-bofes, os círculos de apostas coletivas e de corridas. Hoje, o negociante tem um único objetivo, explorar o operário, fabricar quinquilharias, trapacear na qualidade das mercadorias, fraudar o peso dos víveres que vendem.

Quanto ao povo, retiraram-lhe o indispensável temor do velho inferno e, ao mesmo tempo, notificaram-lhe que ele não devia mais, após sua morte, esperar qualquer recompensa por seus sofrimentos e seus males. Assim sendo, ele atamanca um trabalho mal pago e bebe. De vez em quando, depois de ingurgitar líquidos demasiadamente intensos, ele se rebela e então o abatem, pois uma vez solto, ele se revela um bárbaro estupidamente cruel!

Meu Deus, que desperdício! E pensar que este século XIX se exalta e lisonjeia a si mesmo! Só sabe dizer uma coisa: progresso! Progresso de quem? Progresso de quê? Pois este século miserável não inventou lá grande coisa!

Nada foi edificado e tudo foi destruído. Neste momento, ufana-se da eletricidade, que imagina ter descoberto! Ora, ela já era conhecida e manipulada desde os tempos mais remotos, e, se os antigos não puderam explicar sua natureza, sua essência, os modernos são igualmente incapazes de demonstrar as causas dessa força que transporta a faísca e carrega, fanhosa, a voz ao longo de um fio! Ele supõe também ter inventado o hipnotismo, enquanto, no Egito e na Índia, os sacerdotes e os bramas conheciam e praticavam a fundo essa terrível ciência; não, o que este século descobriu foi a falsificação dos alimentos, a desnaturação dos produtos. Nisso, foi mestre. E chegou até a adulterar o excremento, de tal forma que as assembleias legislativas tiveram de votar, em 1888, uma lei destinada a reprimir a fraude dos estrumes... isso é o cúmulo!

A campainha soou. Abrindo a porta, ele recuou.

A sra. Chantelouve estava à sua frente.

Ele fez uma mesura, estupefato, enquanto ela, sem dizer palavra, dirigiu-se sem rodeios ao seu gabinete de trabalho. Ali, virou-se, e Durtal, que a seguira, encarou-a.

— Sente-se, por favor – disse ele, caminhando até a poltrona, apressando-se em endireitar com os pés o tapete que o gato deixara enrolado, desculpando-se pela desordem.

Ainda de pé, ela fez um gesto vago e, com voz bem calma e baixa, disse-lhe:

— Fui eu que enviei aquelas cartas tão loucas... Vim até aqui para me livrar dessa febre nefasta, para acabar com isso de uma maneira bem franca; como o senhor mesmo escreveu, nenhuma relação entre nós é possível...

esqueçamos, portanto, o que aconteceu... e, antes que eu parta, diga-me que não me quer mal...

Ele reagiu:

— Mas de maneira alguma! – Não aceitava aquela capitulação. De sua parte, não estava louco ao lhe responder com páginas ardentes; de boa-fé, ele a amava...

— O senhor me ama! Mas não sabia que aquelas cartas vinham de mim! Ama uma desconhecida, uma quimera. Pois bem, admitindo que seja verdade, a quimera não existe mais, visto que estou aqui!

— Está enganada, eu sabia perfeitamente que, atrás do pseudônimo de sra. Maubel, ocultava-se a sra. Chantelouve.

E explicou-lhe com detalhes, evidentemente sem lhe revelar seus momentos de dúvida, como havia arrancado a máscara.

— Ah! – disse ela, após ter refletido; seus cílios adejando sobre os olhos ainda perturbados. — De qualquer modo – recomeçou, encarando-o –, o senhor não poderia ter me identificado já nas primeiras cartas, às quais respondeu com clamores apaixonados. Não era, portanto, a mim que se dirigiam aqueles clamores!

Ele contestou essa observação, confundindo-se com as datas dos acontecimentos e das mensagens, e ela mesma acabou perdendo o fio de suas objeções. Tudo se tornou tão ridículo que eles se calaram. Então, ela sentou-se e começou a rir.

Aquele riso estridente, agudo, que expunha dentes magníficos, mas pequenos e pontudos, e delatava lábios zombeteiros, o incomodou. Ela não me dá a menor importância, pensou ele, e, já insatisfeito com o rumo que tomara a conversa, furioso por ver aquela mulher tão diferente de suas cartas afogueadas, tão calma, Durtal lhe perguntou em tom ressentido:

— Posso saber por que está rindo desse jeito?

— Perdão, é o nervosismo, isso me acontece com frequência no ônibus; mas deixemos isso, sejamos sensatos e conversemos. O senhor dizia que me ama...
— Sim.
— Pois bem, admitindo que o senhor também não me seja indiferente, a que isso poderá nos levar? E meu pobre amigo sabe muito bem que de início, alegando razões muito bem refletidas, recusou-me o encontro que num momento de loucura lhe pedi!
— Mas se recusei foi porque não sabia que se tratava da senhora! Eu lhe disse que foram apenas alguns dias mais tarde que, sem querer, Des Hermies me revelou seu nome. Acha que hesitei, assim que soube? Não, pois logo lhe supliquei que viesse!
— Que seja, mas há de me dar razão quando digo que as primeiras cartas que escreveu se endereçavam a outra mulher!

Por um instante, ficou pensativa. Durtal começava a sentir um tédio prodigioso com aquela discussão a que sempre voltava. Julgou prudente não responder, buscando um modo de escapar daquele impasse.

Ela mesma acabou livrando-o do embaraço.
— Não discutamos mais, não acharemos a saída – disse ela com um sorriso. — Vejamos, a situação é a seguinte: eu sou casada com um homem muito bom, que me ama e cujo único crime, em resumo, é o de se acomodar à felicidade um tanto insípida que tem à mão. Fui eu que escrevi primeiro, sou eu a culpada e, pode crer em mim, sofro por ele. Quanto ao senhor, cabe-lhe criar obras, escrever belos livros; e não precisa de uma cabeça de vento a se meter em sua vida; está, portanto, claro que o melhor é que, continuando sinceramente amigos, nós fiquemos por aqui.
— E é a mulher que me escreveu cartas tão intensas que agora me fala de razão, sensatez e não sei mais o quê!

— Ora, sejamos francos, o senhor não me ama!
— Eu!

Ele lhe tomou as mãos com delicadeza; ela o consentiu, olhando-o com determinação.

— Ouça, se tivesse me amado, teria ido me ver; no entanto, depois de tantos meses, nem sequer procurou saber se eu estava viva ou morta...

— Mas entenda que eu não podia esperar ser acolhido pela senhora nos termos em que agora nos encontramos; além disso, em seu salão há sempre convidados, e seu marido; em sua casa, a senhora não seria nem um pouquinho minha!

Ele apertou sua mão com mais força, aproximando-se ainda mais dela; e ela o olhava com olhos enevoados, nos quais ele revia a mesma expressão dolente, quase dolorosa, que o seduzira. Ele começou a perder o controle diante daquele rosto sensual e lastimoso, mas, num gesto de extrema firmeza, ela soltou suas mãos.

— Vamos nos sentar e falar de outra coisa! Seu apartamento é encantador. Que santo é este? – prosseguiu, examinando sobre a lareira o quadro em que um monge ajoelhado rezava ao lado de um chapéu de cardeal e uma jarra.

— Não sei.

— Vou descobrir para você; em casa, tenho um livro sobre as vidas dos Santos; deverá ser fácil encontrar um cardeal que abandona o manto púrpura para ir viver numa cabana. Espere um pouco. São Pedro Damião esteve nessa situação, creio; mas não tenho certeza. Tenho memória tão fraca, vejamos, ajude-me um pouco.

— Mas eu não sei!

Aproximando-se dele, ela pôs a mão em seu ombro:

— Está aborrecido comigo? Diga.

— Arre! Eu a desejo freneticamente, sonho com esse encontro há oito dias e a senhora vem aqui me dizer que tudo está acabado, que não me ama...

Ela esboçou uma expressão meiga.

— Mas, se não o amasse, teria vindo? Entenda bem que a realidade matará o sonho; entenda que é melhor não nos expormos a horríveis arrependimentos! Ora, já não somos crianças. Não, deixe-me, não me aperte assim. – Muito pálida, ela se debatia nos braços dele. — Juro que, se não me largar, vou embora e o senhor não me verá novamente.

Sua voz tornou-se sibilante e seca. Ele a soltou.

Batendo os saltos no chão, ela continuou num tom melancólico:

— Sente-se ali, atrás da mesa, faça isso por mim. Será então impossível ser amiga, apenas amiga, de um homem? No entanto, seria ótimo poder vir vê-lo sem temer pensamentos ruins. – Ela se calou um instante, antes de acrescentar: — Sim, só nos encontrarmos desse jeito. E, se não tivermos coisas sublimes para nos dizer, ficaremos calados; é bastante agradável preservar o silêncio!

Depois de um suspiro, concluiu:

— As horas passam e preciso voltar para casa.

— Sem me deixar esperança alguma? – disse ele, segurando suas mãos enluvadas. — Diga-me, vai voltar?

Balançando levemente a cabeça, ela não respondia; e, ao ver que ele se tornava suplicante, cedeu:

— Ouça, se prometer não me pedir nada e se comportar, depois de amanhã, às nove da noite, voltarei aqui.

Ele prometeu tudo o que ela quis. Depois de ter-lhe beijado as mãos, seus lábios roçaram seus seios, que lhe pareceram tão firmes, ela segurou-lhe as mãos nervosamente, trincou os dentes e ofereceu-lhe seu pescoço para que ele o beijasse.

Em seguida, ela se foi apressadamente.

— Ufa! – exclamou ele, fechando a porta; sentia-se ao mesmo tempo satisfeito e desgostoso. Satisfeito porque a achava enigmática e distinta, enfim, encantadora. Agora, sozinho, pensava nela, apertada em seu vestido preto, debaixo do casaco de pele cuja gola tépida o acariciara, enquanto ele lhe beijava o pescoço longo; sem joias, mas com as orelhas consteladas de fagulhas azuis de safira, um chapéu de lontra verde-escuro sobre os cabelos louros, um tanto revoltos, luvas três-quartos de suede fulvo que, tal como o velilho de seu chapéu, exalava um odor estranho em que parecia haver um pouco de canela perdida em meio a perfumes mais intensos, aroma remoto e suave que as mãos dele ainda preservavam quando as aproximava do nariz; e ele revia seus olhos confusos, aquelas águas cinzentas e surdas subitamente arranhadas por clarões, seus dentes úmidos e rangentes, sua boca doentia e apaixonada.

— Ah, depois de amanhã, será realmente bom poder beijar tudo isso!

E desgostoso também, tanto em relação a si mesmo quanto a ela. Censurava-se por ter sido grosseiro e triste, sem entusiasmo. Deveria ter-se mostrado mais expansivo e menos reservado; mas a culpa era dela! Pois ela o havia deixado atônito! A desproporção entre a mulher que gemia, voluptuosa e angustiada, em suas cartas, e a mulher que vira, tão senhora de si mesma e sedutora, era realmente imensa!

Não importa, as mulheres são sempre surpreendentes, pensou. E essa é uma que realizou a coisa mais difícil que possa existir: vir à casa de um homem após lhe ter enviado cartas tão desmedidas! E eu fico com essa cara de tolo, desajeitado, sem saber o que dizer; mas ela, num instante, mostra o desembaraço de uma pessoa que se sente em casa, ou como visita numa sala de estar. Nenhum acanhamento, gestos desenvoltos, palavras banais e aqueles olhos que compensam tudo! Não deve ser uma pessoa fácil, prosseguiu ele, pensando no tom áspero com que ela se livrou de seus braços. E, contudo, tem seu lado criança, disse ele, sonhador, lembrando, mais que palavras, certas inflexões de voz realmente ternas, certos olhares melancólicos e afáveis. Depois de amanhã, será necessário agir com prudência, concluiu Durtal, dirigindo-se ao gato, que, não tendo nunca antes visto uma mulher, tinha fugido à chegada da sra. Chantelouve, refugiando-se sob a cama. Agora, avançava, quase rastejante, farejando a poltrona onde ela havia sentado.

No fundo, pensando bem, é uma pessoa extremamente esperta essa sra. Hyacinthe! Não quis um encontro num café ou na rua. Ela evitou também que este se desse no reservado de um restaurante ou um hotel. E, não podendo duvidar, pelo simples fato de eu não convidá-la à minha casa, de que eu nem sequer pensava em acolhê-la neste lar, ela, deliberadamente, veio até aqui. Aliás, toda aquela cena inicial, pensando friamente, não passou de uma bela dissimulação. Se não estivesse em busca de uma relação, ela não teria subido até aqui; não, queria se fazer de rogada e, como toda mulher, aliás, oferecer apenas o que estava disposta a dar. E eu fiquei desarmado, sua chegada desmontou meu sistema. E que importância tem? Ainda assim ela se mostrou bastante desejável, recompôs-se Durtal, feliz por afastar as reflexões desagradáveis e entregar-se às visões enlouquecedoras que dela preservara. Depois de amanhã, talvez não venha a ser tão simples assim, pensou, revendo os olhos dela e imaginando-os durante o jogo amoroso, falazes e lamentosos, despindo-a, fazendo surgir do casaco de pele, do vestido apertado, um corpo branco e franzino, tépido e dócil. Ela não tem filhos, e isso é uma séria promessa de carnes quase jovens, mesmo aos 30 anos.

Uma lufada de juventude o deixou inebriado. Durtal se surpreendeu ao ver o próprio reflexo no espelho: os olhos cansados brilhavam; o rosto parecia mais juvenil, menos desgastado; o bigode, menos desleixado; os cabelos, mais negros. Felizmente, eu estava bem barbeado, pensou. Mas, devagar, enquanto meditava, via naquele espelho, habitualmente tão pouco consultado, que os traços se relaxavam e os olhos se ofuscavam. Sua estatura, não muito alta, que parecia ter-se alongado com os sobressaltos de sua alma, diminuía novamente; a tristeza retornava à sua expressão pensativa. Não é exatamente o tipo de físico que apraz às mulheres, concluiu ele; então, o que ela quer de mim? Pois, no fim das contas, seria muito fácil trair o marido com outro! Ah! Basta de remoer devaneios; deixemos isso de lado; recapitulando, gosto dela com a cabeça, e não com o coração; isso é importante. Em tais condições, seja como for, serão somente amores efêmeros e tenho quase certeza de que me sairei bem, sem cometer loucuras!

IX

No dia seguinte, ele acordou como adormecera na noite anterior: pensando nela. Pôs-se a elucubrar novamente sobre os episódios, ruminando conjecturas, justificando seus motivos; mais uma vez, perguntou-se: por que, quando estive em sua casa, ela não deu mostras de que eu lhe agradava? Jamais um olhar, jamais uma palavra que me sondasse, me estimulasse; por que essa troca de cartas? Seria tão fácil insistir para que eu comparecesse a um jantar, tão simples criar uma oportunidade de ficarmos a sós, em sua casa ou em território neutro.

E respondia a si mesmo: porque teria sido mais banal e menos divertido! Talvez ela trate esses assuntos com astúcia e saiba que a razão do homem se assusta diante de tudo que ele desconhece, que a alma fermenta no vácuo, e assim quis excitar meu espírito e desarmá-lo, antes de tentar o ataque usando sua verdadeira identidade.

É necessário admitir, se essas previsões forem justas, que isso faria dela uma pessoa estranhamente matreira. No fundo, talvez não passe de uma romântica exaltada ou uma fingida; diverte-se inventando pequenas aventuras, apimentando com acepipes os pratos vulgares.

E Chantelouve, o marido? – pensava agora Durtal. Devia vigiar a mulher, cujas imprudências podiam revelar algumas pistas; além disso, como ela conseguia vir às nove horas da noite, quando teria sido mais simples alegar compras no Bon Marché ou uma sessão nas termas, para visitar um amante à tarde ou pela manhã?

Para esta última pergunta, não tinha resposta; mas, aos poucos, ele cessou de se perguntar o que quer que fosse, pois a obsessão por aquela mulher o lançou num estado semelhante ao que experimentara quando bramia pela desconhecida que imaginara ao ler aquelas cartas.

Esta tinha se desvanecido completamente; ele já nem se recordava de sua fisionomia; a sra. Chantelouve, tal qual de fato era, sem fusão, sem feições emprestadas, dominava-o por inteiro, incendiando-lhe o cérebro e os sentidos. Surpreendeu-se desejando-a alucinadamente, ansioso pela promessa do dia seguinte. E se não viesse? Esse pensamento causou-lhe um arrepio, pois talvez não conseguisse sair de casa ou quisesse fazê-lo esperar a fim de aguçá-lo ainda mais.

Já é hora de acabar com isso – pensou Durtal, pois aquelas convulsões da alma provocavam-lhe um desperdício de forças que o inquietava. Na verdade, temia que, após a agitação febril de suas noites, ele viesse a se revelar um paladino bem miserável!

Não pensarei mais nisso – decidiu, partindo para a casa de Carhaix, onde jantaria com o astrólogo Gévingey e Des Hermies.

Isso mudará minhas ideias – murmurava, subindo às cegas pela escuridão da torre. Des Hermies, escutando seus passos, abriu a porta, lançando sobre a noite espiralada uma pincelada de luz.

Durtal alcançou a porta, viu o amigo sem casaco, em mangas de camisa, com um avental à cintura.

— Como você pode ver, estou em pleno fogo criativo! – disse ele, espreitando uma panela que fervia no fogão e consultando, como se fosse um manômetro, seu relógio pendurado na parede. Tinha o olhar firme e confiante do mecânico que vigia sua máquina. — Veja! – disse ele, levantando a tampa.

Durtal inclinou-se e, através de uma nuvem de vapor, notou nas marolas ferventes da panela uma espécie de trapo encharcado.

— É isso o pernil?
— Sim, meu amigo; ele está costurado nesse pano de

modo tão apertado que não deixa o ar penetrar. Está cozinhando dentro desse belo caldo que parece cantar e no qual coloquei, com um punhado de ervas, algumas cabeças de alho, rodelas de cenoura, cebolas, noz-moscada, louro e tomilho! Você verá o resultado, se... se Gévingey não tardar a chegar, porque o pernil à inglesa não pode ser cozido demais, para não perder a consistência.

A esposa de Carhaix apareceu.

— Vamos, entre. Meu marido está aqui.

Durtal o avistou limpando os livros. Apertaram-se as mãos; Durtal folheou aleatoriamente os volumes já limpos sobre a mesa e perguntou:

— São obras técnicas sobre o metal e sobre a fundição dos sinos ou sobre o aspecto litúrgico relacionado a eles?

— Sobre a fundição? Não; em algumas partes, esses livros tratam de antigos fundidores, dos sineiros, como eram chamados nos bons tempos; é possível descobrir neles alguns detalhes sobre a liga de cobre e fino estanho; o senhor constatará, acredito, que a arte do fabricante de sinos está em declínio há três séculos. Será que isso se deve ao fato de que, sobretudo na Idade Média, os fiéis jogavam joias e metais preciosos na fundição, modificando assim a liga? Ou será porque os fundidores já não fazem preces a Santo Antônio, o Eremita, enquanto o bronze ferve dentro da fornalha? Ignoro. A verdade é que, atualmente, os sinos são criados a granel; têm voz, mas carecem de uma alma pessoal, os sons são idênticos; não passam de criados dóceis e indiferentes, ao passo que, naquele tempo, eram um pouco como aqueles antigos serviçais que faziam parte da família, cujas dores e prazeres compartilhavam. Mas que importância tem isso para o clero e os paroquianos? Hoje em dia, esses auxiliares dedicados à realização do culto perderam todo simbolismo!

"E, no entanto, está tudo aí. Agora há pouco, o senhor me perguntava se esses livros tratam dos sinos do ponto de vista litúrgico; sim, a maioria explica em detalhes o sentido de cada uma das partes que os compõem; mas, no geral, as interpretações são simples e sem variações."

— E quais são elas?

— Oh! Se isso lhe interessa, vou resumir em poucas palavras. Segundo o *Rationale* de Guillaume Durand, a rigidez do metal representa a força do pregador; a percussão do badalo contra as bordas exprime a ideia de que esse pregador deve flagelar-se, para corrigir os próprios vícios, antes de repreender os pecados alheios. A trave de madeira na qual o sino é suspenso significa, pela sua forma mesmo, a cruz de Cristo; e a corda, que outrora servia para puxar essa trave, alegorizava a ciência das Escrituras, que decorre do mistério da própria Cruz.

"Os liturgistas mais antigos nos revelam símbolos quase semelhantes. Jean Beleth, que vivia em 1200, afirma também que o sino é a imagem do pregador, mas acrescenta que seu vaivém, quando posto em movimento, ensina que o padre deve, alternadamente, elevar e baixar sua linguagem, a fim de deixá-la mais ao alcance da multidão. Para Hugo de São Vítor, o badalo é a língua do oficiante que se choca com duas beiradas do vaso, anunciando assim, ao mesmo tempo, as verdades dos dois Testamentos; finalmente, se consultarmos o mais antigo dos liturgistas, Fortunatus Amalarius, descobriremos simplesmente que o corpo do sino designa a boca do pregador, e o badalo, sua língua."

— Mas – exclamou Durtal, um tanto decepcionado – não é... como dizê-lo? Muito profundo.

A porta se abriu.

— Como vai? – disse Carhaix, apertando a mão de Gévingey e apresentando-o a Durtal.

Enquanto a mulher do sineiro acabava de pôr a mesa, Durtal examinou o recém-chegado.

Era um homem baixo, com um chapéu de feltro preto e

flácido, vestido como um condutor de ônibus, numa capa de pano azul com capuz.

A cabeça era oval e alongada. O crânio, como que encerado por uma substância sicativa, parecia ter brotado acima dos cabelos, que pendiam até o pescoço, duros como filamentos de coco seco; o nariz era adunco, as narinas se abriam largas como dois porões, acima de uma boca desdentada, encoberta por um farto bigode grisalho como a barbicha, que alongava seu queixo curto; à primeira vista, ele sugeria a ideia de um artífice, de um xilogravurista ou de um miniaturista de imagens santas ou de estatuetas religiosas; porém, observando-o com mais vagar, percebendo-se seus olhos próximos do nariz, redondos e cinzentos, quase vesgos, escrutando-se sua voz solene, seus modos obsequiosos, era de perguntar de que sacristia tão especial saíra aquele homem.

Tirando o agasalho, mostrou-se vestido com uma casaca preta de carpinteiro; uma corrente de ouro que lhe rodeava o pescoço perdia-se, serpenteando, no bolso intumescido de um velho colete; mas Durtal ficou mesmo boquiaberto quando Gévingey exibiu as mãos, pondo-as complacentemente em evidência sobre os joelhos assim que se sentou.

Eram grossas, enormes, mosqueadas de pontos cor de laranja, terminado em unhas embranquecidas e bem aparadas, os dedos cobertos de grandes anéis, cujos engastes envolviam toda uma falange.

Ao notar o olhar de Durtal em suas mãos, ele sorriu:

— Está examinando essas joias caras, não é? Elas são compostas de três metais: ouro, platina e prata. Este anel aqui tem um escorpião, signo sob o qual nasci; este outro, com seus dois triângulos acoplados, um com a cabeça para cima e outro apontando para baixo, reproduz a imagem do macrocosmo, do selo de Salomão, do grande pentagrama;

quanto a este pequenino que está vendo – prosseguiu ele, mostrando um anel feminino engastado com uma safira mínima entre duas rosas –, este é uma lembrança que me foi dada por uma pessoa para quem fiz a gentileza de elaborar o mapa astral.

— É mesmo? – exclamou Durtal, um tanto espantado com aquela presunção.

— O jantar está pronto – anunciou a mulher do sineiro.

Ao se desfazer do avental, Des Hermies estava vestido em trajes de cheviote, parecia menos lívido, as bochechas coradas pelo calor do fogão. Ele aproximou as cadeiras.

Carhaix serviu a sopa e todos se calaram, enchendo as colheres na beira dos pratos, onde o caldo estava menos quente; em seguida, a mulher colocou o famoso pernil à frente de Des Hermies, para que ele o fatiasse.

Era de um vermelho magnífico e gotas suculentas escorriam sob a ação da faca. Todos se extasiaram ao provar aquela carne robusta aromatizada por um purê de nabos derretidos, edulcorados por um molho branco com alcaparras.

Des Hermies submeteu-se a uma enxurrada de elogios. Carhaix enchia os copos e, um pouco embaraçado por Gévingey, cobria-o de atenções, a fim de fazer com que esquecesse a recente desavença entre ambos. Des Hermies o ajudou e, pretendendo também ser útil a Durtal, conduziu a conversa para os mapas astrais.

Então, Gévingey subiu ao púlpito. Em seu tom satisfeito, falou do imenso trabalho, dos seis meses de cálculos que um mapa astral exigia, da surpresa das pessoas quando ele declarava que uma obra como aquela valia muito mais que o preço que ele pedia, 500 francos. Concluindo, disse que não podia oferecer sua ciência por qualquer bagatela.

— Mas, hoje em dia, duvidam da Astrologia, que foi venerada na Antiguidade – prosseguiu ele após uma pausa. — Na

Idade Média, igualmente, ela foi quase santificada. Aliás, senhores, pensem no portal de Notre Dame de Paris; as três portas, que os arqueólogos, não sendo iniciados na simbologia cristã e ocultista, designam com os nomes de porta do Juízo, porta da Virgem, porta de Santa Ana ou de São Marcelo, representam, na verdade, a Mística, a Astrologia e a Alquimia, as três grandes ciências da Idade Média. Hoje, vemos as pessoas dizendo: tem certeza de que os astros influenciam a existência humana? Mas, senhores, sem entrar em detalhes reservados aos adeptos, por que essa influência espiritual é mais estranha do que a influência física que certos astros, tais como a Lua, por exemplo, exercem sobre os órgãos da mulher e do homem?

"Sendo médico, sr. Des Hermies, deve saber que, na Jamaica, os drs. Gillespin e Jakson e, nas Índias Orientais, o dr. Balfour constataram a influência das constelações sobre a saúde humana. A cada mudança de lua, o número de doentes aumenta: os acessos agudos de febre condizem com as fases de nosso satélite. Afinal, os lunáticos existem; basta ver, no campo, em que época os loucos se põem a delirar! Mas de que adianta querer convencer os incrédulos?", acrescentou com uma expressão acabrunhada, contemplando seus anéis.

— No entanto – ponderou Durtal –, parece-me que a Astrologia está de volta ao centro de interesse; há atualmente dois astrólogos que produzem horóscopos na quarta página dos jornais, ao lado de anúncios de remédios misteriosos.

— Que vergonha! Esses aí nem sequer conhecem os rudimentos dessa ciência; são simples farsantes que esperam assim ganhar algum dinheiro; nem adianta falar deles, posto que não existem! De resto, é necessário dizer, só na América e na Inglaterra há quem saiba estabelecer o tema genetlíaco e construir um mapa astral.

— Receio que – disse Des Hermies – não só esses pretensos astrólogos, mas também todos os magos, teósofos, ocultistas e cabalistas atuais tampouco sabem coisa alguma; os que conheço são, indubitavelmente, perfeitos ignaros e incontestáveis imbecis.

— É a pura verdade, senhores! Em sua maioria, essa gente não passa de folhetinistas fracassados ou jovens incultos que buscam explorar o gosto popular, cansado do positivismo! Eles fazem cópias disfarçadas de Eliphas Lévi, falsificam Fabre d'Olivet, escrevem tratados sem pé nem cabeça, que eles próprios não saberiam explicar. Pensando bem, é lastimável!

— Ainda mais porque eles acabam ridicularizando as ciências que, em sua mixórdia, contêm certamente verdades omissas – acrescentou Durtal.

— Lamentável também – disse Des Hermies – é que, além dos simplórios e parvos, essas seitazinhas abrigam igualmente terríveis charlatões e tremendos fanfarrões.

— Péladan, entre outros, quem não conhece esse mago mequetrefe, esse fantoche do Sul? – exclamou Durtal.

— Oh! Esse então...

— Resumindo – retomou Gévingey –, toda essa gente é incapaz de obter na prática qualquer efeito; o único neste século que, sem ser santo nem diabólico, desvendou esse mistério foi William Crookes.

E, como Durtal parecia duvidar da veracidade das aparições confirmadas por esse inglês, declarando que teoria alguma podia explicá-las, Gévingey perorou:

— Se me permitem, senhores, podemos escolher entre doutrinas distintas e, se ouso dizer, bem nítidas. Ou a aparição é formada pelo fluido proveniente do médium em transe e combinado com o fluido das pessoas presentes, ou então há no ar seres imateriais, os chamados elementais, que se manifestam em condições mais ou menos conhecidas; ou ainda, e aí está a teoria espírita pura, esses fenômenos se devem às almas evocadas dos mortos.

— Eu sei – disse Durtal –, e isso me aterroriza. Sei também que existe o dogma hindu da migração das almas que erram após a morte. Essas almas desencarnadas vagam até que venham a reencarnar e, de avatar em avatar, alcancem a pureza completa. Pois bem, a mim parece suficiente viver uma só vez; prefiro o nada, a cova, a todas essas metamorfoses; acho mais consolador! No que tange à evocação dos mortos, só em pensar que o salsicheiro da esquina pode abrigar a alma de Hugo, Balzac ou Baudelaire, conversar com ele me faria perder as estribeiras, se eu acreditasse. Ah, não, por mais abjeto que seja, o materialismo é menos vil!

— O Espiritismo, com outro nome, é a antiga Necromancia condenada e amaldiçoada pela Igreja – disse Carhaix.

Gévingey olhou para os anéis e esvaziou o copo.

— De qualquer maneira – prosseguiu –, os senhores têm de admitir que essas teorias são defensáveis, especialmente a dos elementais, que, satanismo à parte, parece a mais verídica, a mais clara. O espaço é povoado de micróbios; seria assim tão surpreendente que transbordasse de espíritos e larvas? Na água e no vinagre pululam animálculos, o microscópio nos mostra; por que o ar, inacessível à vista e aos instrumentos do homem, não fervilharia, como os outros elementos, de seres mais ou menos corporais, de embriões mais ou menos maduros?

— Talvez seja por isso que os gatos, de repente, olham com curiosidade para o vazio e seguem com o olhar algo que passa e que não podemos ver – disse a sra. Carhaix.

— Não, obrigado – agradeceu Gévingey a Des Hermies, que lhe oferecia uma nova porção de salada de dente-de-leão com ovos.

— Meus amigos – disse o sineiro –, estão esquecendo

só uma doutrina, a única, a da Igreja, que atribui a Satã todos esses fenômenos inexplicáveis. O catolicismo os conhece há tempos. Ele não precisou esperar as primeiras manifestações dos espíritos, que ocorreram em 1847, creio, nos Estados Unidos, na família Fox, para decretar que o Diabo estava por trás dos fenômenos sobrenaturais. Isso sempre existiu. A prova pode ser achada em Santo Agostinho, pois ele precisou enviar um padre à diocese de Hipona para pôr fim a barulhos e movimentações de objetos e móveis, análogos aos assinalados pelo Espiritismo. No tempo de Teodorico também, São Cesário livrou uma residência assombrada por lêmures. Só existem dois reinos – entendem? –, o de Deus e o do Diabo. Ora, como Deus está fora dessas intrigas imundas, os ocultistas, os espíritas, queira-se ou não, acabam satanizando o fenômeno!

— Assim mesmo – disse Gévingey –, o Espiritismo cumpriu uma missão imensa. Ele transgrediu o limiar do desconhecido, arrombou as portas do santuário. Realizou, no extranatural, uma revolução semelhante àquela efetuada, no nível terreno, em 1789, na França! Democratizou a evocação, abrindo inteiramente uma via; só lhe faltaram líderes iniciados, e ele agitou aleatoriamente, sem ciência, os bons e os maus espíritos; agora, contém tudo dentro de si, é o desperdício do mistério, pode-se dizer!

— O mais triste em tudo isso – exclamou Des Hermies, rindo – é que não se vê coisa alguma. Sei que há experiências bem-sucedidas, mas aquelas a que assisto não dão em nada, fracassam.

— Não é nem um pouco surpreendente – disse o astrólogo, cobrindo seu pedaço de pão com geleia de laranja ácida cristalizada. — A primeira lei a se observar na Magia e no Espiritismo é a de afastar os incrédulos, pois, com bastante frequência, seu fluido contraria o da vidente ou do médium!

— Como então ter certeza sobre a realidade dos fenômenos? – inquiriu Durtal.

Carhaix se levantou.

— Volto em dez minutos.

Ele vestiu o capote, e seus passos se perderam na escadaria da torre.

— É mesmo – murmurou Durtal, consultando o relógio. — Faltam quinze para as oito.

Seguiu-se um momento de silêncio na sala. Tendo todos recusado repetir a sobremesa, a sra. Carhaix retirou a toalha e estendeu um pano encerado sobre a mesa. O astrólogo fazia seus anéis girarem em torno dos dedos; Durtal modelava uma bolinha de miolo de pão; Des Hermies inclinou-se lateralmente, retirando do bolso da calça a tabaqueira japonesa para enrolar um cigarro.

Em seguida, enquanto a mulher do sineiro desejava boa-noite aos convivas e se retirava para seu quarto, Des Hermies apanhou a chaleira e a cafeteira.

— Quer ajuda? – propôs Durtal.

— Quero. Se você puder apanhar os cálices e abrir as garrafas de licor, será de grande auxílio.

Abrindo o armário, Durtal vacilou, aturdido pelo som dos sinos que sacudiam as paredes e ecoavam dentro da sala.

— Se houver espíritos por aqui, eles devem estar singularmente pulverizados – disse, pondo os cálices sobre a mesa.

— O sino dissipa os fantasmas e expulsa os demônios – respondeu solenemente Gévingey, enchendo o cachimbo.

— Tome – disse Des Hermies a Durtal –, vá despejando devagar a água quente no coador. Preciso alimentar o fogo; a temperatura caiu bastante; meus pés estão gelados.

Carhaix voltou, apagando a lanterna.

— O sino estava com boa voz esta noite; com esse tempo seco...

E tirou a balaclava e o paletó.

— O que acha dele? – perguntou Des Hermies, dirigindo-se em voz baixa a Durtal e designando o astrólogo, que estava perdido na fumaça de seu cachimbo.

— Em repouso, parece uma velha coruja e, quando fala, me faz pensar num vagabundo eloquente e triste.

— Só um! – disse Des Hermies a Carhaix, que lhe mostrava um cubo de açúcar acima de sua xícara de café.

— É verdade que o senhor está escrevendo atualmente a história de Gilles de Rais? – perguntou Gévingey a Durtal.

— Exato. Neste momento, estou profundamente envolvido com esse homem nos assassinatos e nas luxúrias do Satanismo.

— E, sobre esse tema – exclamou Des Hermies –, vamos recorrer a seus profundos conhecimentos. Só o senhor pode responder a meu amigo uma das perguntas mais obscuras do Diabolismo!

— Qual?

— A do Incubato e do Sucubato.

Gévingey não respondeu imediatamente.

— Isso está ficando bem sério – disse ele, enfim. — Nesse ponto, estamos abordando uma questão ainda mais temível que a do Espiritismo. Mas seu amigo já está a par desse assunto?

— E como! Ele sabe sobretudo que as opiniões divergem! Del Rio e Bodin, por exemplo, consideram os íncubos como demônios masculinos que copulam com as mulheres, e os súcubos como demônias que travam com os homens atividades carnais.

"Segundo as teorias deles, o íncubo recolhe o sêmen que o homem perde nos sonhos e dele se serve. De maneira que duas perguntas se impõem: a primeira, saber se uma criança pode nascer dessa conjunção; essa procriação foi considerada possível pelos doutos da Igreja, que chegam a afirmar que as crianças provenientes dessa relação são mais pesadas que as outras e são capazes de secar três amas de leite, sem engordar; a segunda, saber qual é o pai dessa criança: o demônio que copulou com a mãe ou o homem cujo sêmen foi recolhido. A isso Santo Tomás responde, com argumentos mais ou menos sutis, que o verdadeiro pai é o homem, não o íncubo."

— Para Sinistrari de Ameno – observou Durtal –, os íncubos e os súcubos não são exatamente demônios, mas espíritos animais, intermediários entre o demônio e o anjo, espécie de sátiros, de faunos, tais como os venerados pelo paganismo; espécies de diabretes e de duendes, como os exorcizados pela Idade Média. Sinistrari acrescenta que eles não têm nenhuma necessidade de provocar a ejaculação no homem adormecido, uma vez que possuem testículos e são dotados de virtudes prolíficas...

— Certo, não há mais nada – disse Gévingey. — Görres, tão sábio, tão preciso, em sua *Mystique*, passa rapidamente por essa questão, chega a negligenciá-la, como faz a Igreja, que, aliás, se cala, pois não aprecia abordar esse assunto e não vê com bons olhos o padre que o aborda.

— Perdão – interveio Carhaix, sempre pronto a defender a Igreja –, ela nunca hesitou em se pronunciar sobre essas torpezas. A existência de súcubos e íncubos é atestada por Santo Agostinho, Santo Tomás, São Boaventura, Dionísio, o Cartuxo, o papa Inocêncio VIII e tantos outros! Essa questão está, portanto, totalmente resolvida, e todo católico deve acreditar nisso; ela se apresenta também nas vidas dos Santos, se não me engano. Na lenda de Santo Hipólito, Tiago de Voragine conta que um padre, tentado por um súcubo nu, lançou-lhe a estola sobre a cabeça, e que dele só sobrou, à sua frente, o cadáver de uma mulher qualquer que o Diabo havia animado para seduzi-lo.

— Certo – concordou Gévingey com os olhos cintilantes. — A Igreja reconhece o sucubato, admito; mas deixe-me falar e verá que minha observação tem razão de ser!

— Os senhores sabem muito bem – retomou a palavra, dirigindo-se a Des Hermies e a Durtal – o que os livros ensinam; mas faz cem anos que tudo mudou, e os fatos que vou revelar-lhes, embora perfeitamente conhecidos pela Cúria do Papa, são ignorados por vários membros do clero e, de qualquer modo, não se encontram registrados em livro algum.

"Atualmente, são menos os demônios e com mais frequência os mortos evocados que exercem o papel indispensável de íncubo e súcubo. Em outras palavras, outrora, no caso do sucubato, para o ser vivo a ele submetido o que havia era a Possessão. Pela evocação dos mortos, que une ao aspecto demoníaco o aspecto carnal atroz do vampirismo, já não há possessão no sentido estrito do termo, mas algo bem pior. Então, a Igreja não soube o que fazer. Ou devia guardar silêncio ou então revelar que a evocação dos mortos, já proibida por Moisés, era possível, e essa confissão era perigosa, pois vulgarizava o conhecimento de atos mais fáceis de produzir agora do que antigamente, desde que, sem saber, o Espiritismo apontou o caminho!

"Por isso a Igreja se calou. Entretanto, Roma não ignora nem um pouco o desenvolvimento assustador da prática do íncubo nos claustros em nossos dias!"

— Isso prova como é terrível suportar a castidade na solidão – disse Des Hermies.

— Isso prova, principalmente, que as almas são fracas e já não sabem rezar – retrucou Carhaix.

— Seja como for, senhores, para uma elucidação completa desse tema, preciso dividir os seres afetados pelo incubato e sucubato em duas classes:

"A primeira é composta por pessoas que se dedicaram, pessoal e diretamente, à ação demoníaca dos Espíritos.

Estas são bem raras; todas morrem pelo suicídio ou são vítimas de algum tipo de morte violenta.

"A segunda é composta de gente à qual foi imposta, por via de malefícios, a visita desses Espíritos. Essa classe é bem numerosa, sobretudo nos conventos assediados pelas sociedades demoníacas. Em geral, essas vítimas acabam enlouquecendo. Os asilos de loucos estão repletos delas. Os médicos e até mesmo a maioria dos padres não fazem ideia da causa dessa demência, mas esses casos são curáveis. Um taumaturgo que conheço salvou diversos enfeitiçados que, sem ele, continuariam berrando sob os açoites das duchas terapêuticas! Existem certas fumigações, certas exsuflações, certos mandamentos embutidos em amuletos e escritos numa folha de pergaminho virgem e benzido três vezes que quase sempre acabam por libertar o doente!"

— Uma pergunta – interrompeu Des Hermies. — A mulher recebe a visita do íncubo quando está dormindo ou acordada?

— É necessário estabelecer uma distinção. Se essa mulher não está enfeitiçada, se foi ela mesma que quis se unir voluntariamente a um espírito de vício impuro, estará sempre acordada quando ocorrer o ato carnal.

"Se, ao contrário, essa mulher for vítima de um sortilégio, o pecado é cometido quando ela está adormecida ou quando está perfeitamente desperta, mas, nesse caso, encontra-se num estado cataléptico que a impede de se defender. O mais poderoso exorcista de nossos tempos, o homem que mais se aprofundou nesse assunto, o doutor em teologia Johannès, me dizia ter salvado religiosas que eram cavalgadas incessantemente, sem trégua, durante dois, três, quatro dias, por íncubos!"

— Mas, ora, eu conheço esse padre – disse Des Hermies.

— E o ato ocorre da mesma maneira que na realidade? – perguntou Durtal.

— Sim e não. Nesse ponto, a imundice dos detalhes me constrange – disse Gévingey, enrubescendo levemente. — O que posso lhes contar é mais do que estranho. Saibam, pois, que o órgão do ser íncubo se bifurca e penetra, ao mesmo tempo, os dois orifícios.

"Outras vezes, ele se alonga e, enquanto um dos membros age pelas vias lícitas, o outro alcança a parte inferior do rosto... Os senhores podem imaginar como a vida acaba sendo abreviada por essas operações, que se multiplicam em todos os sentidos!"

— E o senhor tem certeza de que esses fatos existem?

— Absoluta certeza.

— Vejamos, tem provas? – inquiriu Durtal.

Gévingey calou-se um instante e depois prosseguiu:

— O assunto é demasiadamente sério e eu já falei em excesso sobre isso para não ir até o fim. Não sou alucinado nem louco. Pois bem, senhores, certa vez, dormi num quarto onde morava o mestre mais terrível que o Satanismo possui atualmente...

— O cônego Docre – arriscou Des Hermies.

— Exato. E eu não estava dormindo; era dia claro; juro que o súcubo veio, irritante e palpável, tenaz. Felizmente, me recordei das fórmulas de salvação, ainda assim... Enfim, no mesmo dia, corri à casa desse dr. Johannès que mencionei. Ele me livrou imediatamente e para sempre, espero, do malefício.

— Se não temesse ser indiscreto, eu lhe perguntaria como era o súcubo cujo ataque o senhor rechaçou.

— Ora, como todas as mulheres nuas – respondeu, hesitante, o astrólogo.

"Teria sido interessante se ele tivesse exigido um presentinho, uma gratificaçãozinha", pensou Durtal, mordendo a língua.

— E o senhor sabe que fim levou o terrível Docre? – perguntou Des Hermies.

— Não, graças a Deus; deve estar no Sul, nos arredores de Nîmes, onde residia outrora.

— Mas, afinal de contas, o que faz esse padre? – quis saber Durtal.

— O que faz? Evoca o Diabo, alimenta camundongos brancos com hóstias consagradas por ele mesmo; sua paixão sacrílega é tanta que mandou tatuar a imagem da Cruz na sola dos pés, para poder estar sempre pisando no Salvador!

— Pois bem – murmurou Carhaix, enquanto o bigode emaranhado se espetava, e os olhos se inflamavam –, pois bem, se esse padre abominável estivesse aqui, nesta sala, juro que respeitaria seus pés, mas o faria descer a escada com a cabeça!

— E a missa negra? – indagou Des Hermies.

— Ele a celebra com mulheres e gente ignóbil; acusam-no também, abertamente, de heranças obtidas após mortes misteriosas. Infelizmente, não há leis que reprimam o sacrilégio, e como processar judicialmente um homem que faz adoecer à distância e mata lentamente, sem deixar vestígios de veneno na autópsia?

— É o Gilles de Rais moderno! – disse Durtal.

— Sim, porém menos selvagem, menos franco, mais hipocritamente cruel. Esse não degola; sem dúvida, limita-se a despachar sortilégios ou sugerir o suicídio às pessoas; pois ele é, creio eu, um mestre na arte da indução – disse Des Hermies.

— Por acaso ele é capaz de insinuar à vítima que beba aos poucos uma substância tóxica por ele designada, capaz de dissimular as fases de uma enfermidade? – perguntou Durtal.

— Evidente que sim; os arrombadores de portas abertas,

que são os médicos atuais, reconhecem perfeitamente a possibilidade de fatos semelhantes. As experiências de Beaunis, Liégeois, Liébaut e Bernheim são conclusivas; pode-se mesmo provocar o assassinato de determinada pessoa por outra que foi sugestionada, sem que esta se lembre das razões que a levou ao crime.

— Estou pensando numa coisa – lançou Carhaix, que refletia sem dar ouvidos à discussão sobre a hipnose. — Penso na Inquisição; ela tinha mesmo razão de existir, pois somente ela seria capaz de alcançar esse padre decaído que a Igreja expurgou.

— Ainda mais que – acrescentou Des Hermies com seu sorriso oblíquo – há um bom exagero sobre a ferocidade dos inquisidores. Sem dúvida, o benevolente Bodin fala de introduzir longas farpas entre a unha e a carne dos dedos dos feiticeiros, o que, segundo ele, constitui a mais excelente das torturas; propõe também o suplício pelo fogo, que qualifica de morte requintada, mas apenas para afastar os magos de uma vida detestável e salvar-lhes a alma! E depois há Del Rio, que declara que não se deve torturar os demoníacos depois de comer, evitando assim que vomitem. Estava preocupado com o estômago deles, o bondoso senhor. Por acaso não foi ele também que decretou que não se devia repetir a tortura duas vezes no mesmo dia, para que o medo e a dor tivessem tempo de serenar?... Admitam que era mesmo um homem delicado esse bom jesuíta!

— Docre – retomou Gévingey, sem ouvir as palavras de Des Hermies – é o único indivíduo que redescobriu os antigos segredos e obtém resultados na prática. Peço que acreditem em mim, ele é um pouco mais forte do que todos os imbecis e matreiros dos quais já falamos. Aliás, eles conhecem esse cônego medonho, pois ele provocou em vários deles graves oftalmias que os oftalmologistas não conseguem curar. Por isso eles tremem quando se pronuncia à sua frente o nome de Docre!

— Mas, afinal, como um padre pôde chegar a esse ponto?

— Ignoro. Se quiser obter mais esclarecimentos sobre ele – respondeu Gévingey, dirigindo-se a Des Hermies –, pergunte a seu amigo Chantelouve.

— Chantelouve! – exclamou Durtal.

— Sim, ele e a esposa conviveram bastante com ele outrora; mas espero, pelo bem do casal, que tenham há muito tempo cortado relações com esse monstro.

Durtal não ouvia mais nada. A sra. Chantelouve conhecia o cônego Docre! Essa agora! Seria ela também uma satanista? Não, ela não tinha de modo algum jeito de possuída. Realmente, esse astrólogo é maluco, pensou ele. Logo ela! E a reviu, pensando que, no dia seguinte, ela provavelmente se entregaria a ele. Ah! Aqueles olhos tão estranhos, olhos envoltos em densas nuvens crivadas de luzes!

Ela voltava agora, dominando-o inteiramente, como antes de subir à torre. "Mas, se não o amasse, por que teria vindo?" Essa frase que ela pronunciara, ele a ouvia ainda, com a inflexão terna da voz, com a imagem de sua fisionomia zombeteira e meiga!

— Ora, você está sonhando! – disse Des Hermies, batendo em seu ombro. — Vamos embora, que já são dez horas.

Ao chegarem à rua, eles apertaram a mão de Gévingey, que residia do outro lado do rio, e saíram andando.

— E então? Você achou meu astrólogo interessante? – quis saber Des Hermies.

— Ele é um pouco louco, não?

— Louco? Não sei.

— Ora, vamos, todas essas histórias são inverossímeis!

— Tudo é inverossímil – disse placidamente Des Hermies.

Depois de ter levantado a gola do capote, ele continuou:

— Contudo, admito que Gévingey me surpreende quando garante ter sido visitado por um súcubo. A boa-fé dele é indubitável, pois sinto que é uma pessoa vaidosa e doutoral, mas exata. Ora, sei muito bem que no hospital La Salpêtrière esse caso não foi esquecido e tampouco é raro. Mulheres sofrendo de epilepsia histérica veem fantasmas ao lado, em pleno dia, e copulam com eles quando estão em estado cataléptico, e todas as noites vão se deitar com visões que lembram em tudo os seres fluídicos do incubato; mas essas mulheres são histéricas e epilépticas, e Gévingey, de quem sou médico, não o é!

"Além disso, no que podemos acreditar e o que pode ser provado? Os materialistas se empenharam em revisar os processos da magia de antanho. Eles encontraram nas ursulinas de Loudun, nas religiosas de Poitiers e até mesmo na história das miraculadas de Saint-Médard os sintomas da grande histeria: contraturas generalizadas, rigidez muscular, letargias, enfim até o famoso arco histérico.

"Muito bem, e o que isso demonstra? Que aquelas demonomaníacas eram histéricas e epilépticas? Com toda certeza; as observações do dr. Richet, grande conhecedor dessas matérias, são conclusivas; mas em que isso invalida a Possessão? Do fato de que inúmeras doentes de La Salpêtrière não estão possuídas, ainda que sejam histéricas, é possível inferir que outras mulheres vítimas da mesma doença não o estejam? E, depois, seria preciso também demonstrar que todas as demonopatas são histéricas, e isso é falso, pois há mulheres ponderadas, estáveis, que o são, aliás sem se darem conta!

"E, mesmo admitindo que este último ponto seja mentira, resta ainda elucidar a insolúvel questão: uma mulher está possuída porque é histérica, ou está histérica porque é possuída? Só a Igreja tem resposta para isso; não a ciência.

"Sinceramente, pensando bem, a ousadia dos positivistas é desconcertante! Eles decretam que o Satanismo não existe; atribuem tudo à grande histeria e nem sequer sabem o que é esse mal absurdo e quais são as causas! Claro, não há dúvida, Charcot determina muito bem as fases da crise, assinala as atitudes ilógicas e passionais, os movimentos bufos; descobre as zonas histerogênicas e, manejando adequadamente os ovários, consegue travar ou acelerar as crises, mas, no que diz respeito a preveni-las, a conhecer as fontes e os motivos delas, a curá-las, ah, essa é outra história! Tudo fracassa diante dessa doença inexplicável, espantosa, que comporta, por conseguinte, as interpretações mais diversas, sem que nenhuma delas possa jamais ser considerada correta! Isso porque, no fundo, há uma alma, uma alma em conflito com o corpo, uma alma imersa na loucura dos nervos!

"Tudo isso, meu velho, é um enigma obscuro; o mistério está em todas as partes, e a razão tropeça nas trevas tão logo pretende avançar."

— Bom – disse Durtal, que se achava diante da sua porta –, visto que tudo é defensável e nada é certo, aceitemos a ideia do sucubato! No fundo, é mais literária e mais limpa!

X

Foi um dia longo. Acordado desde o alvorecer, pensando na sra. Chantelouve, ele não conseguiu ficar quieto e inventou pretextos para sair de casa. Faltavam licores imprevistos, bombons e balas, e isso era imprescindível ao encontro marcado para aquele dia. Foi pelo caminho mais longo até a Avenue de l'Opéra para comprar as finas essências de sidra e um licor de canela cujo gosto evoca a ideia de uma confeitaria farmacêutica do Oriente. Trata-se, disse a si mesmo, não tanto de agradar Hyacinthe, mas de fazê-la provar um elixir desconhecido que a surpreenda.

Voltou carregado de compras, saiu outra vez e, na rua, sentiu-se esmagado por um tédio imenso.

Após uma caminhada interminável à beira do cais, acabou entrando numa cervejaria. Deixando-se cair num banco, abriu o jornal.

No que pensava agora, olhando as notícias populares sem lê-las de fato? Em nada. Nem mesmo nela. Depois de ter analisado todas as conjecturas, sempre seguindo a mesma pista, seu espírito chegara a um ponto morto e mantinha-se inerte. Durtal sentia-se apenas cansado, entorpecido, como se imerso num banho morno ao fim de uma viagem noturna.

Preciso voltar cedo para casa, pensou, quando conseguiu se recuperar. O velho Rateau não deve ter feito, conforme lhe implorei, uma faxina completa, e eu não quero que haja poeira hoje sobre os móveis.

São seis horas; e se eu fosse jantar num local decente? Recordou-se de um restaurante na vizinhança onde certa vez comera tranquilamente. Debicou um peixe não muito fresco, uma carne flácida e fria, pescou em seu molho lentilhas mortas, sem dúvida assassinadas por um inseticida;

e finalmente saboreou ameixas velhas, cujo sumo recendia a mofo, a um só tempo aguado e tumular.

De volta à sua casa, acendeu primeiro a lareira do quarto e do gabinete; em seguida, pôs-se a inspecionar os outros cômodos.

Não se enganara; o zelador havia feito a faxina com sua pressa e brutalidade habituais. No entanto, tinha tentado limpar os vidros dos quadros, pois seus dedos haviam deixado marcas na superfície.

Durtal enxugou-as com um tecido úmido, desfez as dobras que vincavam os tapetes, fechou as cortinas, poliu com um pano os bibelôs e os colocou em ordem; em toda parte, havia cinza de cigarro, vestígios de tabaco, lascas de lápis apontados, penas sem bico e devoradas pela ferrugem. Descobriu igualmente casulos de pelo de gato, rascunhos rasgados, pedaços de papel espalhados, lançados pelas vassouradas em todos os cantos.

Chegou a se perguntar como pôde tolerar por tanto tempo seus móveis escurecidos e cobertos de poeira; e, à medida que espanava, sua indignação contra Rateau aumentava. E ainda isso! As velas estavam amareladas, assim como os castiçais. Trocou-as. — Assim está melhor! – Organizou a desordem convicta de sua mesa de trabalho, espaçou os cadernos de anotações e os livros atravessados por corta-papéis e colocou um antigo in-fólio sobre uma cadeira. Símbolo do trabalho, pensou, rindo. Depois, foi até o quarto, lustrou com uma esponja úmida o mármore da cômoda, alisou a coberta da cama, endireitou os quadros com fotografias e gravuras e entrou no banheiro. Ali, desalentado, parou. Numa estante de bambu, acima da pia do lavatório, havia uma barafunda de frascos. Ele apanhou energicamente os recipientes de perfume, limpou os gargalos e as tampas com uma lixa, esfregou as etiquetas com borracha e miolo de pão, em seguida ensaboou a bacia de porcelana, deixou de molho os pentes e as escovas em água saturada de amoníaco, pôs para funcionar seu vaporizador e borrifou o ambiente com pó de lilás-da-pérsia, lavou os encerados do chão e das paredes, bruniu o bidê, enxugou o encosto e os pés do assento sanitário. Tomado por uma ânsia de limpeza, esfregava, raspava, escovava, encharcava e secava sem parar. Agora, já não queria mal ao zelador; achava mesmo que o homem não lhe deixara objetos suficientes para lustrar, restaurar.

Depois, fez a barba, abrilhantou o bigode, lavou-se outra vez minuciosamente e, vestindo-se, perguntou-se se devia calçar as botas abotoadas ou as pantufas, achou que as botas eram menos familiares e mais dignas, mas resolveu deixar a gravata folgada e vestir uma jaqueta, supondo que esses trajes despojados de artista apeteceriam à visitante.

Agora, sim!, disse a si mesmo, após uma última escovada nas roupas. Percorreu os outros cômodos, atiçou o fogo e deu finalmente comida ao gato, que rondava, aturdido, farejando os objetos limpos, considerando-os sem dúvida diferentes daqueles nos quais, distraidamente, roçava-se todos os dias.

E já ia se esquecendo do lanche! Durtal aproximou a chaleira do fogo, distribuiu sobre uma antiga bandeja laqueada as xícaras, o bule, o açucareiro, doces e balas, cálices de borda ornamentada, a fim de tê-los à mão, tão logo estimasse que seria o bom momento de servi-los.

Dessa vez, estava tudo pronto; o apartamento meticulosamente asseado, agora ela pode chegar, pensou, alinhando nas estantes alguns livros cujas lombadas sobressaíam mais do que as dos outros. Está tudo no lugar, exceto... Exceto a ampola do candeeiro, que está manchada no bojo, à altura do pavio, com pontos amarelados e riscas de sarro do cachimbo; mas isso sou incapaz de remover, e tampouco estou a fim de queimar os dedos; além do mais, abaixando um pouco o quebra-luz, ninguém percebe.

Vejamos, como me comportarei quando ela chegar? Sentando-se na poltrona, ele se fez essa pergunta. Ela entra, muito bem, tomo-lhe as mãos, beijo-as; depois a trago até este cômodo, convido-lhe para sentar-se perto da lareira, nesta poltrona. Quanto a mim, ponho-me diante dela, nesta pequena cadeira e, avançando um pouco, tocando em seus joelhos, ela estará ao meu alcance e posso cingir suas mãos; daí a fazer com que ela se incline na minha direção, e neste instante me levantarei, é um passo bem simples. Beijarei então seus lábios e estarei salvo!

Mas não, nem tanto assim! Pois é nesse momento que começa o embaraço. Não me imagino conduzindo-a até meu quarto. O desnudar-se, a cama, isso só é tolerável quando os dois já se conhecem bem. Nesse aspecto, os prelúdios amorosos são medonhos e me aterrorizam. Só seriam concebíveis num jantar a dois, com um pouquinho de vinho que a estimulasse, eu gostaria que ela fosse tomada por um estado de embriaguez, que só despertasse quando estivesse deitada, sob beijos sorrateiros à meia-luz. Na falta de jantar, esta noite, ela e eu precisamos evitar embaraços mútuos, que realcemos a miséria desse ato com um semblante de paixão, com um turbilhão espantoso da alma; portanto, preciso possuí-la aqui mesmo, e que ela possa imaginar que perco a cabeça, quando é ela que sucumbe.

Isso não é coisa simples de preparar neste cômodo, que carece de um sofá ou um divã. Para que seja bem feito, convém que eu a derrube sobre o tapete; assim lhe restará, como a todas mulheres, retrair-se com o braço encobrindo parcialmente o rosto; quanto a mim, tomarei o cuidado de abaixar a luz do candeeiro antes que ela se levante.

Muito bem, vou preparar uma almofada para ela pôr sob a nuca. Ele apanhou uma e a enfiou sob a poltrona. E se eu já soltasse os suspensórios? Porque eles provocam com frequência risíveis atrasos. Ele os soltou e ajustou a fivela de cinto para que a calça não caísse. Mas ainda há esse problema danado das saias! Admiro os romancistas que fazem com que virgens sejam defloradas vestidas, apertadas em seus espartilhos, e tudo isso naturalmente, depois de alguns beijos, um piscar de olhos, como se fosse possível! Como é cansativo lutar contra todos esses adornos, perder-se nas pregas engomadas da roupa íntima! Devo então esperar que a sra. Chantelouve tenha previsto esse caso e evitado, na medida do possível e em seu próprio interesse, tais complicações ridículas!

Ele consultou o relógio; oito e meia. Inútil esperar que ela chegue em menos de uma hora, pensou Durtal, pois, como todas as mulheres, ela se atrasará. Que diabos poderá ela contar ao coitado do Chantelouve, para lhe explicar a saída de hoje à noite?

Pouco importa, isso não me diz respeito. Hum! Essa chaleira perto da lareira parece um convite para um banho; mas, não, o pretexto do chá quente afasta essa ideia grosseira. E se Hyacinthe não vier?

Ela virá, disse a si mesmo, subitamente comovido: pois, afinal de contas, que interesse ela teria de se afastar agora, sabendo que é impossível me provocar mais? Depois, pulando de um pensamento a outro, sempre no mesmo círculo: vai ser sem dúvida um desastre; após a satisfação, provavelmente virá a desilusão; pois bem, melhor assim, estarei livre, porque essas histórias me impedem de trabalhar!

Que miséria! Estou retrocedendo, infelizmente só na alma, aos meus 20 anos. Estou esperando uma mulher, depois de anos a desdenhar os apaixonados e as amantes; e a cada cinco minutos olho o relógio e, contra a vontade, permaneço atento esperando escutar o som de seus passos na escada!

Não, é preciso admitir, a flor do sentimentalismo, a erva daninha da alma, é difícil de ser extirpada e volta sempre a brotar! Nada acontece durante vinte anos e, repentinamente, sem que se saiba como e por quê, ela desabrocha e cresce em tufos inextricáveis! Oh, Deus, como sou parvo!

Ele teve um sobressalto em sua poltrona. A campainha soou suavemente. Ainda não são nove horas, não deve ser ela, murmurou, abrindo a porta.

Era ela.

Ele lhe apertou as mãos, agradeceu sua pontualidade. Ela disse que não se sentia bem:

— Eu só vim para que não ficasse me esperando!

Isso o inquietou.

— Estou com uma enxaqueca terrível – disse ela, passando os dedos enluvados sobre a testa.

Ele a ajudou a tirar o casaco de pele e pediu-lhe que se sentasse na poltrona; já se preparava para se aproximar dela e, conforme prometera a si mesmo, sentar-se numa cadeira, quando ela recusou a poltrona e escolheu um assento baixo longe do fogo, perto da mesa.

Em pé, ele se inclinou e tomou sua mão.

— Como sua mão é escaldante – disse ela.

— Estou um pouco febril. Tenho dormido tão mal. Se soubesse o quanto penso na senhora! Aliás, para mim, a senhora está sempre aqui.

Ele lhe falou do odor persistente de canela, recendendo ao longe, em meio a odores menos distintos, provindos de suas luvas. Em seguida, roçando os lábios em seus dedos, disse: — Quando for embora, a senhora deixará ainda mais um pouco de sua presença.

Ela se ergueu, suspirando:

— O senhor tem um gato; como se chama?

— Mouche.

Ela o chamou. O animal fugiu imediatamente.

— Mouche! Mouche! – chamou Durtal.

Mas Mouche, refugiado sob a cama, não saiu.

— Ele é um pouco selvagem, entende? Nunca viu uma mulher antes.

— Ora, quer me fazer acreditar que nunca recebeu mulheres aqui.

Ele lhe jurou que não, confirmando ser ela a primeira...

— E talvez não fizesse muita questão de que esta primeira aqui viesse, admita.

Ele corou:

— Mas por quê?

Ela esboçou um gesto vago.

— Estou apenas implicando com você – respondeu ela, sentando-se enfim na poltrona. — Além do mais, nem sei por que me permito lhe fazer perguntas assim tão indiscretas.

Ele se sentou diante dela; tinha enfim conseguido dispor a cena tal qual desejara e agora partiria para o ataque.

Seus joelhos roçaram nos dela.

— Sabe muito bem que não há indiscrição alguma. Aqui, sozinha, você tem todos os direitos...

— Não, não tenho direito algum e não quero tê-los!

— Por quê?

— Porque... Ouça – sua voz tornou-se firme e grave. — Ouça bem, quanto mais reflito, mais lhe suplico que não destrua nosso sonho. E depois... Quer que seja franca? Tão franca que vou lhe parecer sem dúvida um monstro de egoísmo? Pois bem, pessoalmente, não me agradaria estragar a felicidade... como direi, consumada, extrema... que me proporciona nossa relação. Estou ciente de que isso está ficando confuso e não me explico bem. Enfim, entenda que o possuo quando e como quero, do mesmo modo como durante muito tempo possuí Byron, Baudelaire, Gérard de Nerval, estes que amo...

— O que quer dizer?

— Quero dizer que me basta desejá-los, desejar o senhor, agora, antes de adormecer...
— E?
— E o senhor seria inferior à minha quimera, ao Durtal que adoro e cujas carícias enlouquecem minhas noites!

Estupefato, ele olhou para ela. Seus olhos estavam dolentes e turvos; parecia mesmo não mais enxergá-lo e falar ao vazio. Ele hesitou e, num lampejo, lembrou-se das cenas de íncubo sobre as quais falara Gévingey; elucidaremos essa questão mais tarde, disse a si mesmo; enquanto isso... e a puxou delicadamente pelos braços, ergueu-se até ela e, bruscamente, beijou-lhe a boca.

Ela, como se levasse um choque elétrico, levantou-se. Ele a abraçou, beijando-a com violência; então, com gemidos suaves, como se arrulhasse, ela deixou a cabeça pender para trás e introduziu sua perna entre as dele.

Durtal soltou um grito de raiva ao sentir que ela mexia os quadris. Agora ele entendia, ou assim pensava! Ela queria uma volúpia avara, uma espécie de pecado solitário, de gozo abafado...

Ele a repeliu. Hyacinthe ficou extremamente pálida, ofegante, com os olhos cerrados e as mãos estendidas para a frente, como uma criança amedrontada... Em seguida, a cólera de Durtal desapareceu, pois estava louco por ela; avançando na sua direção, tomou-a novamente nos braços, mas ela se debateu, gritando:

— Não, eu lhe imploro, largue-me!

Ele a mantinha bem colada ao seu corpo, tentando fazer com que ela cedesse.

— Eu imploro, deixe-me partir!

O tom da sua voz lhe pareceu tão desesperado que ele a soltou. Depois se perguntou se não deveria derrubá-la brutalmente sobre o tapete e tentar violentá-la. Mas os olhos dela, desvairados, o assustaram.

Ela arfava, lívida, com os braços caídos, apoiada contra a biblioteca.

— Ah! – exclamou ele, andando pelo aposento, a esbarrar nos móveis. — Ah! Devo de fato amá-la para que, apesar de todas as suas súplicas e sua recusa...

Ela juntou as mãos para afastá-lo.

— Então é isso? – continuou ele, exasperado. — Afinal, do que é feita?

Ela abriu os olhos e, magoada, disse:

— Eu já sofro demais. Por favor, me poupe!

Em seguida, ela se pôs a falar do marido, de seu confessor, tornando-se incoerente; Durtal ficou assustado. Ela se calou um instante e, depois, com voz melodiosa, prosseguiu:

— Diga-me que irá à minha casa amanhã à noite.

— Mas eu também estou sofrendo!

Ela pareceu não ouvir; seus olhos enevoados iluminavam-se vagamente com o brilho débil de suas pupilas. Num tom melancólico, Hyacinthe murmurou:

— Diga, meu amigo, diga-me que irá.

— Irei – respondeu ele por fim.

Ela então se recompôs e, sem dizer palavra, saiu da sala; ele a seguiu, silencioso, até a entrada; ela abriu a porta, virou-se, tomou as mãos dele e roçou delicadamente os lábios sobre elas.

Pasmo, Durtal não compreendia mais nada. O que significa isso?, perguntou-se, voltando para a sala, recolocando os móveis no lugar, restabelecendo a ordem dos tapetes pisoteados. Pois é, eu também precisaria pôr um pouco de ordem no meu cérebro; raciocinemos, se é que é possível:

Aonde ela quer chegar? Pois, afinal, ela tem um objetivo! Não quer consumar o ato em si. Temerá ela, segundo suas próprias palavras, uma desilusão? Será que se dá conta de como são grotescos esses abalos sentimentais? Ou então será ela, como creio, uma sedutora melancólica e terrível que só pensa em si? Seria então uma espécie de egoísmo obsceno, um desses pecados complexos que se encontram na Suma dos Confessores... Neste caso, se trata de uma... mulher provocadora!

E, depois, há ainda essa questão do incubato, que vem se enxertar ao resto; ela admite, e de modo tão plácido, que convive de bom grado, nos sonhos, com seres vivos e mortos; será ela uma satanista? E o cônego Docre, que a conheceu, terá algo a ver com isso?

Tantas questões impossíveis de responder. E o que revela agora esse convite imprevisto para amanhã? Talvez só queira se entregar em casa, onde deve sentir-se mais à vontade ou, quem sabe, considere mais excitante o pecado cometido próximo do marido, dentro de um quarto? Talvez o deteste, e esta seja uma vingança premeditada, ou então conte com o medo do risco para fustigar os próprios sentidos?

Pode ser também que se trate simplesmente de uma derradeira afetação, uma pausa em seus escrúpulos, um aperitivo antes da refeição; afinal, as mulheres são tão engraçadas! Talvez, ela tenha adotado esse compasso de espera para melhor se distinguir, com esse subterfúgio, das rameiras. Ou, então, pode haver uma causa física, uma moratória indispensável, uma necessidade carnal de me fazer esperar?

Durtal buscou ainda outras razões, mas nada descobriu.

No fundo, retomou ele, constrangido pelo próprio fracasso, apesar de tudo, no fundo, fui um imbecil. Deveria ter sido mais brutal, não me deter diante de suas súplicas e de seus ardis; deveria ter-lhe violentado a boca, desnudado seus seios. Ao menos estaria acabado, ao passo que, agora, é preciso recomeçar tudo. Que diacho, tenho mais o que fazer!

Quem sabe se, neste exato momento, ela não me desdenha completamente? Talvez esperasse de mim maior virulência, mais ousadia; não, sua voz pungida não era fingimento, seus pobres olhos não simulavam o desvairo. E o que significaria então o beijo quase respeitoso, pois havia uma inapreensível nuance de respeito e gratidão no beijo que cobriu minha mão!

Tudo está muito confuso. Enquanto isso, com toda essa barafunda, esqueci-me de me restaurar bebendo meu chá. E se descalçasse minhas botinas, agora que estou sozinho, pois meus pés estão doloridos de tanto andar de um lado para outro.

Melhor ainda, eu deveria ir deitar-me, pois neste momento sou incapaz de trabalhar ou ler. E puxou o cobertor.

Realmente, nada aconteceu conforme previsto; no entanto, o plano não havia sido mal arquitetado, concluiu, deitando-se entre os lençóis. Com um sopro, apagou a chama, enquanto o gato, mais tranquilo, passava por cima dele, leve como uma brisa, e se acomodava silenciosamente em seu lugar.

XI

Contrariando suas previsões, ele dormiu profundamente a noite toda e, na manhã seguinte, despertou lúcido e animado, bem tranquilo.

A cena da véspera, que devia exacerbar seus sentidos, produziu efeito absolutamente oposto; a verdade é que Durtal não era nem um pouco desses que se sentem atraídos pelos obstáculos. Ele tentava, uma única vez, arremeter contra eles e, assim que se considerava incapaz de derrubá-los, afastava-se sem o menor desejo de recomeçar a luta. Se a sra. Chantelouve havia desejado aguçá-lo ainda mais por meio dessas etapas elaboradas e desses atrasos, ela estava muito enganada. Pela manhã, o entusiasmo já evanescia, e ele se sentia entediado com toda aquela pantomima, enfastiado daquelas esperas.

Um travo amargo começava também a se mesclar às suas reflexões. Ele queria mal a essa mulher por ter lhe feito perder seu tempo de tal maneira e censurava a si mesmo por ter-se deixado manipular daquele modo. Além disso, algumas frases cuja impertinência não o tinham inicialmente surpreendido agora o melindravam. Como aquela em que, mencionando seu riso nervoso, a sra. Chantelouve dissera, num tom negligente: "isso me acontece com frequência no ônibus"; e principalmente outra, em que afirmara não precisar de sua permissão nem de sua própria pessoa para possuí-lo. Essas frases lhe pareciam no mínimo indecorosas em relação a um homem que não tinha corrido atrás dela e que, no fim das contas, nada lhe propusera.

Não se preocupe, eu a domarei assim que puder – disse a si mesmo.

Perante a sensatez daquela manhã, sua obsessão por aquela mulher minguava.

Com resolução, ele decidiu:

Digamos, só mais dois encontros; o desta noite, em sua casa, que por sinal é inútil e não conta, pois não pretendo dar margem para que eu seja abordado e, tampouco, de minha parte, tentarei o ataque; na verdade, não tenho a menor vontade de ser surpreendido em flagrante delito por Chantelouve, arriscando-me a cair nas mãos da polícia ou na mira de um revólver. E depois, um último encontro, aqui. Se ela não ceder, que assim seja, assunto encerrado; que vá exercer seus dons de sedutora em outra parte!

E ele almoçou, cheio de apetite, instalando-se à mesa de trabalho e remexeu o material esparso de seu livro.

Eu estava, pensou ele, percorrendo seu último capítulo, no momento em que as experiências de alquimia, em que as evocações diabólicas fracassam. Prelati, Blanchet, todos os manipuladores de metais e feiticeiros que cercam o marechal admitem que, para atrair Satã, seria necessário que Gilles lhe cedesse sua alma ou cometesse certos crimes.

Gilles recusa-se a alienar a própria vida e a entregar a alma, mas pensa sem aversão nos assassinatos. Esse homem, tão corajoso nos campos de batalha, tão destemido quando acompanha e defende Joana d'Arc, treme diante do Demônio, amedronta-se quando pensa na vida eterna, quando pensa em Cristo. E o mesmo vale para seus cúmplices; para certificar-se de que não revelarão as torpezas impressionantes que o castelo oculta, ele lhes ordena jurar pelo Santo Evangelho que guardarão segredo, certo de que nenhum deles romperá o juramento, pois, na Idade Média, o mais impávido dos bandidos não ousaria assumir a irremissível iniquidade de enganar Deus!

Ainda assim, ao mesmo tempo que seus alquimistas se afastam de seus fornos impotentes, Gilles se entrega a pândegas terríveis, e sua carne, incendiada pelas essências desordenadas das bebedeiras e comilanças, entra em erupção e ferve em pandemônio.

Ora, não havia mulher alguma no castelo; por sinal, Gilles parece execrar o sexo em Tiffauges. Depois dos embates com meretrizes nas expedições guerreiras e das relações, ao lado de Xaintrailles e La Hire, mantidas com as prostitutas da corte de Carlos VII, ele parece ter sido tomado de desprezo pelas formas femininas. Assim como as pessoas cujo ideal de concupiscência se altera e desvia, ele certamente acaba por se enfastiar da delicadeza da pele, do odor de mulher que todos os sodomitas abominam.

Então passa a depravar as crianças do coro de sua capela; por sinal, ele escolhera esses pequenos religiosos, "belos como anjos". E eles foram os únicos que amou, os únicos poupados por seus arroubos de assassino.

Mas, em pouco tempo, o acepipe das poluções infantis pareceu-lhe sem graça. A lei do Satanismo que determina ao eleito do Mal descer a espiral do pecado até seu último degrau, mais uma vez, seria promulgada. A alma de Gilles necessitaria atingir a purulência para que, nesse sacrário vermelho constelado de abscessos, o Baixíssimo pudesse fixar morada!

E as litanias do cio ergueram-se em meio ao vento salgado dos abatedouros. A primeira vítima de Gilles foi um garotinho cujo nome é desconhecido. Ele o esganou, cortou-lhe os pulsos, retirou o coração, arrancou os olhos e levou-o aos aposentos de Prelati. Com objurgações apaixonadas, ambos o ofereceram ao Diabo, que não se manifestou. Exasperado, Gilles fugiu. Prelati enrolou os tristes despojos num pano e, tremendo, saiu noite afora para inumá-los em terra santa, ao lado de uma capela dedicada a São Vicente.

O sangue dessa criança, que Gilles conservou para escrever suas fórmulas evocatórias e seus manuais de magia, disseminou-se em terríveis sementeiras que germinaram, e logo Rais pôde armazenar a mais exorbitante safra de crimes que se conhece.

De 1432 a 1440, ou seja, durante os oito anos compreendidos entre o retiro do marechal e sua morte, os habitantes de Anjou, de Poitou e da Bretanha vagam chorando pelas estradas. Todas as crianças desaparecem; os pastores são raptados nos campos; as garotinhas que saem da escola, os meninos que vão jogar bola ao longo das ruelas ou brincar às margens dos bosques não voltam mais.

No curso de uma investigação determinada pelo duque da Bretanha, os escribas de Jean Touscheronde, comissário do duque para esses assuntos, montam listas intermináveis de crianças nunca mais encontradas.

Desaparecido, em Rochebernart, o filho de uma mulher chamada Péronne, "uma criança que ia à escola e aprendia mui bem", disse a mãe.

Desaparecido, em Saint-Étienne de Montluc, o filho de Guillaume Brice, "que era pobre e vivia de esmolas".

Desaparecido, em Machecoul, o filho de Georget le Barbier, "que foi visto, certo dia, colhendo maçãs atrás do palácio Rondeau e nunca mais foi encontrado".

Desaparecido, em Thonaye, o filho de Mathelin Thouars, "que ainda se ouve, queixando-se e chorando pela criança, que tinha cerca de 12 anos".

E também em Machecoul, no dia de Pentecostes, o casal Sergent deixa em casa o filho de 8 anos e, ao voltar do campo, "não encontra mais a dita criança, coisa que muito os admira e entristece".

Em Chantelou, foi Pierre Badieu, mascate na paróquia, que disse ter visto na propriedade de Rais, mais ou menos um ano antes, dois irmãos de 9 anos, que eram filhos de Robin Pavot, desta mesma comunidade. "E nunca mais, desde essa época, eles foram vistos ou tiveram seu paradeiro descoberto."

Em Nantes, foi Jeanne Darel que deu queixa, dizendo que "no dia do Santo Padre, ela perdeu na cidade seu filho chamado Olivier, com a idade de 7 ou 8 anos, e, desde então, não o viu nem ouviu falar dele".

E as páginas da investigação seguem se acumulando, revelando centenas de nomes, narrando o sofrimento das mães que interrogam os transeuntes pelos caminhos, os gritos de dor das famílias nas casas das quais as crianças são raptadas, assim que se afastam para revolver a terra e semear o cânhamo. Essas frases retornam, como refrãos desolados, ao fim de cada depoimento: "podemos vê-las em prantos dolorosos", "ouvimos muitos lamentos". Em todos os lugares por onde o sanguinário Gilles passa, as mulheres choram.

Assustado, o povo diz, de início, que fadas malvadas, gênios maléficos exterminam sua progenitura, mas, aos poucos, surgem suspeitas medonhas. Conforme o marechal se desloca, conforme vai de sua fortaleza de Tiffauges ao castelo de Champtocé, e de lá ao de La Suze ou a Nantes, deixa em seu rasto um rio de lágrimas. Ele atravessa um vale e, no dia seguinte, crianças somem. Trêmulo, o camponês constata também que, em todos os cantos por onde passaram Prelati, Roger de Bricqueville, Gilles de Sillé, todos íntimos do marechal, os garotinhos despareceram. Finalmente, horrorizado, ele nota que uma velha, Perrine Martin, anda vagando, vestida de cinza, com o rosto coberto por uma estamenha preta, como o de Gilles de Sillé; que essa velha aborda as crianças, e suas palavras são tão sedutoras, e sua expressão, assim que ela levanta o véu, é tão hábil, que todas a seguem até a orla do bosque, onde os homens as levam embora amordaçadas, dentro de um saco. E o povo, amedrontado, chama essa provedora de carne, essa ogra, de La Meffraye, nome de uma ave de rapina.

Esses emissários se espalhavam por todas as aldeias e vilas, caçando crianças sob as ordens do monteiro-mor, o senhor de Bricqueville. Insatisfeito com seus batedores, Gilles se instalava nas janelas do castelo e, quando jovens mendigos, atraídos pela reputação de sua generosidade, pediam esmola, ele os selecionava com o olhar, convidava a subir aqueles cuja fisionomia o incitasse ao estupro, e os jogava dentro de uma masmorra até que, sentindo-se com apetite, o marechal exigisse sua ceia carnal.

Quantas crianças ele degolou, após as ter deflorado? Isso ele mesmo ignorava, tantos foram os estupros e crimes cometidos! Os textos da época contam de setecentas a oitocentas vítimas, mas esse número é insuficiente e parece inexato. Regiões inteiras foram devastadas; no vilarejo de Tiffauges já não havia gente jovem; em Suze, sumiu uma geração inteira de garotos; em Champtocé, todo o fundo de uma torre estava repleto de cadáveres; uma testemunha, citada na investigação, Guillaume Hylairet, também declara: "que certo Du Jardin ouviu dizer que foi encontrado no dito castelo um tonel cheio de criancinhas mortas".

Ainda hoje, os vestígios desses assassinatos persistem. Faz dois anos, em Tiffauges, um médico descobriu um alçapão contendo uma massa informe composta de crânios e ossos!

O fato é que Gilles confessou horrendas imolações e seus amigos as confirmaram com detalhes escabrosos.

Ao anoitecer, quando os sentidos estão aguçados, como se afetados pelo sumo intenso das carnes gordurosas, inflamados pelas bebidas abrasadoras impregnadas de especiarias, Gilles e seus amigos vão para um cômodo afastado do castelo. É para lá que são levados os garotinhos que ficam presos nos porões. Eles são despidos e amordaçados; o marechal os apalpa e os violenta, depois os corta a golpes de adaga, se aprazendo ao desmembrá-los pedaço por pedaço. Em outras ocasiões, ele lhes racha o peito e suga o ar dos pulmões; também lhes abre o ventre, fareja-o, com as mãos alarga a chaga e senta-se em cima. Então, enquanto chafurda na lama encharcada das vísceras mornas, ele se vira um pouco e observa por cima do ombro, a fim de contemplar as convulsões supremas, os derradeiros espasmos. Foi ele mesmo quem disse: "Ao desfrutar das torturas, das lágrimas, do pavor e do sangue, minha satisfação era maior do que aquela proporcionada por todos os demais prazeres".

Depois, deixa de lado essas satisfações fecais. Um trecho ainda inédito do processo nos revela que: "o dito senhor se aquecia com meninos e algumas vezes com meninas, penetrando-lhes pelo ventre, afirmando alcançar mais prazer e menos dor do que quando o fazia pelas vias naturais". Depois disso, ele lhes serrava lentamente a garganta, despedaçava-os, e o cadáver, os panos e as roupas eram postos nas chamas da lareira, cheia de lenha e folhas secas, e as cinzas que resultavam eram lançadas em parte nas latrinas, em parte ao vento, do alto de uma torre, em parte nos fossos e nas valas.

Logo suas fúrias se agravaram; até então, ele saciara com seres vivos ou moribundos a ira de seus sentidos; cansado de macular as carnes ofegantes, começou a se dedicar aos mortos.

Artista apaixonado, beijava com gritos eufóricos os membros bem-feitos de suas vítimas; estabelecia um concurso de beleza sepulcral; e, quando uma daquelas cabeças cortadas ganhava um prêmio, ele a erguia pelos cabelos e beijava ardentemente seus lábios frios.

O vampirismo o satisfez durante meses. Ele conspurcou as crianças mortas, apaziguou a febre de seus anseios no gelo ensanguentado dos túmulos. Chegou a ponto de um dia, quando a provisão de crianças se esgotara, estripar uma mulher grávida e divertir-se com o feto! Em seguida, após tais excessos, caía, prostrado, em modorras horríveis, em estados comatosos profundos, semelhantes a certo tipo de letargia que abateu o sargento Bertrand, depois de ter violado várias sepulturas. Mas, se é possível admitir que esse sono pesado é uma das fases conhecidas dessa condição ainda mal analisada do vampirismo; se pudermos acreditar que Gilles de Rais tenha sido uma aberração genésica, um virtuose em dores e assassinatos, é preciso aceitar que ele se distingue dos mais faustosos criminosos, dos mais delirantes sádicos num detalhe que parece extra-humano, tamanho é seu horror!

Quando esses prazeres aterradores, essas perversidades monstruosas não lhe bastavam mais, ele as corroeu com a essência de um pecado raro. Já não se tratava, simplesmente, da crueldade resoluta, sagaz, da fera a brincar com o corpo da vítima. Sua ferocidade não se restringiu à carne; agravou-se, tornou-se espiritual. Ele quis fazer a criança sofrer no corpo e na alma; por meio de um embuste satânico, ele iludiu a gratidão, ludibriou o afeto, roubou o amor. E assim, superando a infâmia do homem, ingressou com firmeza na última treva do Mal.

Imaginou o seguinte:

Quando uma das pobres crianças era trazida ao seu quarto, Bricqueville, Prelati, Sillé a penduravam pelo pescoço num gancho preso à parede; no instante em que a criança sufocava, Gilles mandava soltá-la e desfazer o nó da corda. Então, com cuidado, ele pegava o menino no colo e o alentava, acariciava, mimava, enxugava-lhe as lágrimas e, apontando para seus cúmplices, dizia: "esses homens são malvados, mas – está vendo? – eles me obedecem; não tenha medo, vou salvar sua vida e devolvê-lo à sua mãe"; e, enquanto a criança, louca de alegria, o abraçava e lhe queria bem naquele momento, ele lhe fazia lentamente uma incisão na nuca, deixando-a, conforme sua própria expressão, "lânguida", e, quando a cabeça, já parcialmente desatada, o reverenciava em meio a uma torrente de sangue, ele apalpava o corpo, virava-o e o estuprava, com um longo rugido.

Depois desses jogos abomináveis, ele pôde acreditar que a arte do carniceiro espremera através de seus dedos seu último caldo, ressudando seu derradeiro pus, e, num grito de orgulho, disse ao grupo de parasitas: "Não há neste mundo ninguém que ouse fazer isso!".

Mas, se o além do Bem e os longes do amor são acessíveis a certas almas, o além do Mal é inatingível. Extenuado pelas profanações e pelos assassinatos, o marechal não podia ir adiante por esse caminho. Por mais que tivesse sonhado com estupros inigualáveis, torturas mais refinadas e lentas, estava acabado; os limites da imaginação humana chegavam ao fim; ele os tinha até ultrapassado, diabolicamente. Insaciável, arfava diante do vazio e podia confirmar o axioma dos demonógrafos, de que o Demônio engana todas as pessoas que se entregam ou querem entregar-se a ele.

Sem poder descer mais, ele quis voltar atrás, mas então o remorso o soterrou, o arpoou, atormentando-o sem trégua.

Ele viveu noites expiatórias, encurralado por fantasmas, urrando mortalmente como um bicho. É visto correndo nas partes desertas do castelo; chora, cai de joelhos e jura por Deus que fará penitência, promete criar fundações caritativas. Institui uma colegiada em Machecoul em homenagem aos Santos Inocentes; fala em se trancar num claustro, ir a Jerusalém, mendigando o pão.

Mas, em seu espírito volúvel e exaltado, as ideias se sobrepõem, depois passam, deslizando umas sobre as outras, e aquelas que desaparecem deixam ainda sua sombra sobre aquelas que as seguem. Bruscamente, chorando de desespero, ele se precipita em novas devassidões, delira em meio a desvarios tamanhos que se lança sobre uma criança que lhe trazem, fura-lhe as pupilas, revolve com os dedos o leite sanguinolento dos olhos, depois empunha um pau cravado de espinhos e bate em sua cabeça até o cérebro saltar do crânio!

E, quando o sangue espirra e a massa cerebral se esparrama, ele cerra os dentes e ri. Feito um bicho acossado, ele foge para o bosque, enquanto seus cúmplices lavam o chão, desembaraçando-se prudentemente do cadáver e das roupas.

Ele erra pelas florestas que cercam Tiffauges, florestas escuras e densas, profundas, como aquelas que a Bretanha ainda possui em Carnoët.

Caminhando aos prantos, enlouquecido, afasta os fantasmas que o afligem, observa e, repentinamente, percebe a obscenidade das árvores velhíssimas.

A natureza parece se perverter à sua frente, como se sua própria presença a depravasse; pela primeira vez, ele compreende a imutável salacidade dos bosques, descobre a poesia libertina nas matas.

A certa altura, a árvore lhe parece um ser vivo, em pé, de cabeça para baixo, enterrada na cabeleira de suas raízes, erguendo as pernas para o alto, afastando-as, depois se subdividindo em novas coxas que se abrem por sua vez, tornando-se cada vez menores, à medida que se distanciam do tronco; ali, entre essas pernas, enfia-se outro galho, numa fornicação imóvel que se repete e diminui, de ramo em ramo, até o topo; e, mais uma vez, o tronco lhe parece um falo que sobe e desaparece sob uma saia de folhas, ou então, ao contrário, sai de uma pelagem verde e mergulha no ventre aveludado do solo.

Essas imagens o aterrorizam. Revê as peles infantis, peles de um branco translúcido dos pergaminhos, nas cortiças pálidas e lisas das longas faias; redescobre a epiderme elefantina dos mendigos na crosta negra e rugosa dos velhos carvalhos; depois, perto das bifurcações dos galhos, buracos se escancaram, orifícios em que a casca se almofada às margens de entalhes ovais, fendas enrugadas que simulam emunctórios imundos ou a genitália escancarada dos bichos. E ainda, das articulações dos galhos, vêm-lhe outras visões, cavidades axilares, sovacos frisados de liquens cinzentos; ou então, dentro dos troncos das árvores, feridas que se alongam em forma de grandes lábios, sob tufos de veludo ruivo e buquês de musgo!

Por todos os lados, as formas obscenas surgem da terra, jorrando desordenadamente no firmamento que se sataniza; as nuvens incham-se formando mamilos, fendem-se configurando nádegas, arredondam-se com a forma de odres fecundos, dispersam-se em rastros disseminados de esperma písceo; e harmonizam-se com o festim sombrio das matas, tornando-se imagens de coxas gigantes ou anãs, de triângulos femininos, de grandes V, de bocas de Sodoma, de cicatrizes que se abrasam, de entranhas úmidas! E essa paisagem de abominação transforma-se. Gilles vê então, sobre os troncos, inquietantes pólipos, cistos horríveis. Percebe exostoses e úlceras, chagas talhadas a prumo, tubérculos cancroides, cáries atrozes; um leprosário da terra, uma clínica venérea de árvores na qual aparece, na curva de uma aleia, uma faia vermelha.

E, diante daquelas folhas purpúreas que caem, ele se acredita molhado por uma chuva de sangue; enfurecido, sonha que sob a casca de uma árvore habita uma ninfa florestal, e lhe agradaria macular essas carnes de deusa, ele gostaria de trucidar a Dríade, estuprá-la numa dimensão não conhecida pelas loucuras humanas!

Tem inveja do lenhador que poderá ferir e matar aquela árvore e, atormentado, apavora-se, urra, escuta, desvairado, a floresta que responde aos seus gritos de desejo com uma vaia estridente de ventos; prostrado, ele chora, retoma a marcha até se extenuar e, chegando ao castelo, desmorona pesadamente sobre a cama.

E os fantasmas se tornam mais distintos agora que ele dorme. Desaparecem os enlaçamentos lúbricos dos galhos, o acasalamento de essências diversas de madeira, as fissuras que se dilatam, as brenhas que se entreabrem; esgotam-se os prantos das folhagens açoitadas pela brisa; os brancos abscessos das nuvens se fundem no cinzento do céu; e, em meio a um imenso silêncio, passam íncubos e súcubos.

Os corpos que ele massacrou e cujas cinzas mandou jogar nos fossos ressuscitam em estado de larva e o atacam nas partes baixas. Ele se debate, chafurda no sangue, levanta-se num sobressalto e, agachado, avança de quatro, feito um lobo, até o crucifixo e, rugindo, morde seus pés.

Em seguida, uma reviravolta repentina o perturba. Ele treme diante daquele Cristo cujo rosto convulso o observa. Roga por piedade, implora que o poupe, soluça, chora e, quando já não aguenta mais, começa a gemer baixinho e, aterrorizado, ouve, chorando na sua própria voz, o pranto das crianças que clamavam pelas mães e gritavam por misericórdia!

E Durtal, comovido por essa visão imaginária, fecha seu caderno de anotações e, dando de ombros, julga bastante mesquinhos seus conflitos espirituais por causa de uma mulher cujo pecado, como o seu, afinal de contas, não passa de um pecado burguês, um pecado avaro.

XII

O pretexto dessa visita, que poderia parecer estranha para Chantelouve, a quem não vejo há meses, é fácil de achar, pensava Durtal, caminhando pela Rue de Bagneux. Supondo que ele esteja em casa esta noite – algo pouco provável, pois o que significaria então esse encontro? Poderei recorrer, nesse caso, ao fato de ter sabido por Des Hermies do ataque de gota que ele sofreu e, por isso, resolvi visitá-lo.

Ele subiu a escada da residência de Chantelouve. Era uma velha escada com corrimãos de ferro fundido, bem larga, os degraus revestidos de azulejos vermelhos e com frisos de madeira. Iluminavam-na aquelas lâmpadas antigas de refletor, embutidas numa espécie de caixa metálica pintada de verde.

Aquela casa de outros tempos recendia a água estagnada, mas exalava também um odor clerical, liberando a essência dessa intimidade um pouco solene de que carecem as construções pretensiosas de nossos dias. Ela não parecia capaz de abrigar as promiscuidades dos apartamentos novos, onde vivem indiferentemente concubinas e famílias ajustadas e pacatas. A casa o agradava e ele concluiu que, naquele ambiente austero, Hyacinthe tornava-se ainda mais desejável.

Tocou a campainha. Uma serviçal o fez entrar no salão por um longo corredor. De relance, ele constatou que, depois de sua última visita, nada havia mudado.

Era o mesmo cômodo espaçoso de pé-direito alto, com inúmeras janelas, uma lareira ornamentada com uma reprodução em bronze da Joana d'Arc de Frémiet, entre dois abajures de porcelana japonesa, com globo. Reconheceu o piano de cauda, a mesa cheia de álbuns, o divã, as poltronas Luís XV com forro estampado. Diante de cada janela, palmeiras estioladas em vasos azuis com base de falso ébano. Nas paredes, quadros religiosos e inexpressivos, um retrato de Chantelouve ainda jovem, em pose de três--quartos do corpo, com uma das mãos pousada na pilha de livros que escrevera; somente uma antiga iconóstase russa em prata esmaltada e um daqueles Cristos esculpidos em madeira no século XII por Bogard de Nancy, deitado em leito de veludo, dentro de uma moldura antiga de madeira dourada, elevavam um pouco a banalidade daquela mobília de burgueses que festejam a Páscoa e recebem senhoras de associações caritativas e padres.

Um fogo intenso se inflamava na lareira; o salão estava iluminado por um longo abajur em renda rosada.

— Isto fede a sacristia! – murmurava Durtal no instante em que a porta se abriu.

A sra. Chantelouve entrou, vestida com um penhoar branco felpudo, exalando um perfume de amêndoa. Apertou a mão de Durtal, sentou-se à sua frente, e ele notou, sob o penhoar, meias de seda violácea dentro de sapatinhos envernizados e trançados.

Falaram do tempo; ela se queixava do inverno persistente, declarando que, embora os aquecedores se encontrassem sempre em atividade, ela estava sempre tiritante e gelada; e ofereceu suas mãos para que ele as sentisse, de fato frias; depois, mostrou-se preocupada com a saúde dele, achando-o pálido.

— Meu amigo me parece bem triste – disse ela.

— Não é para menos – retorquiu ele, tentando atrair seu interesse.

Ela não respondeu imediatamente; depois disse:

— Ontem, pude ver o quanto o senhor me deseja! Mas por que, por que chegar a esse ponto?

Durtal esboçou um gesto vago de contrariedade.

— O senhor é de fato uma pessoa singular – prosseguiu

ela. — Hoje, reli um de seus livros e chamou-me a atenção a seguinte frase: "Nada melhor que a mulher que não possuímos". Ora, vamos, admita que estava coberto de razão ao escrevê-la!

— Depende, pois eu não estava apaixonado na época!

A sra. Chantelouve balançou a cabeça.

— Acho que devo prevenir meu marido de sua presença.

Durtal guardou silêncio, perguntando-se que papel ele realmente desempenhava para aquele casal.

Chantelouve apareceu, acompanhado da esposa. Vestia um roupão e trazia à boca um porta-penas.

Colocando-o sobre a mesa e garantindo a Durtal que sua saúde havia sido recobrada, ele se queixou dos trabalhos incessantes e de seus imensos fardos.

— Fui obrigado a abrir mão de jantares e recepções, mal saio de casa – disse ele. — Nem tenho mais vida social, fico atrelado o dia inteiro à minha mesa.

E, respondendo a uma pergunta de Durtal sobre a natureza desses trabalhos, ele mencionou toda uma série de volumes sobre as vidas dos Santos; obra vultuosa, não assinada, encomendada por uma editora de Tours para ser exportada.

— Pois é – disse sua mulher, rindo –, está escrevendo sobre santos realmente negligenciados.

E, como Durtal exigia com seu olhar uma explicação, Chantelouve acrescentou, rindo por sua vez:

— É verdade o que ela diz; os Santos me são impostos, e eu diria que o editor se compraz, levando-me a celebrar a sujeira! Tenho de descrever bem-aventurados que, em grande parte, são deploravelmente imundos: Labre, cuja podridão e fedor repugnavam até mesmo os hóspedes dos estábulos; Santa Cunegunda, que, por humildade, desleixava o próprio corpo; Santa Oportuna, que nunca usou água e só lavava seus lençóis com lágrimas; Santa Sílvia, que nunca lavou o próprio rosto; Santa Radegunda, que jamais trocou de cilício e dormia sobre um monte de cinzas; e de quantos outros terei de cingir as cabeças desgrenhadas com uma auréola de ouro!

— Há coisa pior – interveio Durtal. — Leia a vida de Maria Alacoque e verá que, para se mortificar, ela recolheu com a língua os dejetos de um doente e chupou um apostema do dedo do pé de uma aleijada!

— Eu sei, mas confesso que, longe de me comoverem, essas imundices me causam repugnância.

— Prefiro São Lúcio, o mártir – disse a sra. Chantelouve. — Esse tinha o corpo tão transparente que podia ver através do próprio peito os excrementos em seu coração; esses excrementos são para nós, pelo menos, suportáveis. Além do mais – prosseguiu ela, após uma pausa –, essa falta de asseio me faria ter ojeriza de mosteiros e tornaria odiosa para mim essa Idade Média dos senhores!

— Perdoe-me, minha querida – disse o marido –, mas você comete nesse ponto um grande erro. A Idade Média nunca foi, como acredita, uma época sórdida, pois os banhos eram então frequentes. Em Paris, por exemplo, onde esses estabelecimentos eram numerosos, seus proprietários percorriam as ruas, avisando que a água estava quente. Só a partir da Renascença a sujeira se implantou na França. Quando pensamos que a deliciosa rainha Margot tinha o corpo impregnado de perfumes, mas encardido como o fundo de uma estufa! E Henrique IV, que se gabava de possuir os pés fedorentos e as axilas pestilentas!

— Por favor, eu lhe peço, poupe-nos desses detalhes – disse sua mulher.

Durtal observava Chantelouve enquanto este falava. Era um homem rotundo e pequeno, mal conseguia cruzar as mãos sobre seu ventre proeminente. Tinha bochechas rubicundas, e os cabelos, mais compridos na nuca e besuntados,

eram puxados para as têmporas, onde formavam meias-
-luas. Tinha chumaços de algodão rosa nos ouvidos, estava
bem escanhoado, parecia um tabelião bem-humorado e devoto. Mas o olhar vivaz e ladino desmentia aquela aparência
jovial e virtuosa; pressentia-se, por trás de seus olhos, um
homem de negócios intrigante e astuto que, em seu trato
melífluo, era capaz de um golpe traiçoeiro.

Como ele deve estar ansioso para me pôr porta afora,
pensou Durtal, pois certamente não ignora as tramoias
da esposa.

Mas, se Chantelouve desejava livrar-se dele, isso era imperceptível. Com pernas e mãos cruzadas, como um padre,
ele parecia agora se interessar bastante pelos trabalhos de
Durtal.

Um pouco inclinado, como se assistisse a uma peça de
teatro, ele replicou:

— Sim, conheço o assunto; faz algum tempo, li um livro
sobre Gilles de Rais que me pareceu bem-feito; uma obra
do abade Bossard.

— É de fato o texto mais erudito e mais completo já
escrito sobre o marechal.

— Mas – retrucou Chantelouve – há ainda um ponto que
não consigo entender; não acho uma explicação para que Gilles de Rais tenha sido apelidado de Barba Azul, pois sua história não tem relação alguma com o conto do bom Perrault.

— A realidade é que o verdadeiro Barba Azul não é Gilles de Rais, mas um rei bretão chamado Conomor; restos
de seu castelo persistem desde o século VI nos confins da
floresta de Carnoët. A lenda é simples: esse rei pede a Guerech, conde de Vannes, a mão de sua filha, Trifina. Guerech
recusa por ter ouvido dizer que esse rei, constantemente
viúvo, matava suas mulheres; finalmente, São Gildas lhe
prometeu devolver a filha sã e salva, quando ele o desejasse,
e a união foi celebrada.

"Alguns meses depois, Trifina descobriu que, de fato, Conomor matava suas companheiras tão logo engravidavam. Ela estava grávida e tentou fugir, mas foi alcançada pelo marido, que lhe cortou o pescoço. Aflito, o pai exigiu que São Gildas cumprisse a promessa, e o santo ressuscitou Trifina.

"Como pode ver, essa lenda está muito mais próxima da história de Barba Azul do velho conto elaborado pelo engenhoso Perrault. Agora, quanto a saber como e por que o apelido Barba Azul se transferiu do rei Conomor para o marechal, não faço a menor ideia; a resposta se perde na noite dos tempos!"

— Mas então diga, o senhor deve estar extremamente envolvido com o satanismo de seu Gilles de Rais – indagou Chantelouve após um silêncio.

— Estou. E seria até mesmo interessante se essas cenas não estivessem tão distantes de nós; realmente, mais apetitoso e menos antiquado seria descrever o Diabolismo de nossos dias!

— Sem dúvida – concordou Chantelouve com bonomia.

— Pois – continuou Durtal, que o observava – acontecem coisas espantosas neste momento! Falaram-me de padres sacrílegos, de certo cônego que reproduziria as cenas sabáticas da Idade Média.

Chantelouve se manteve inerte. Depois, tranquilamente, descruzou as pernas e, olhando para o teto, disse:

— Meu Deus, é possível que algumas ovelhas negras consigam penetrar no rebanho de nosso clero; mas elas são tão raras que não merecem a menor atenção.

Em seguida, ele desviou o assunto, falando de um livro sobre a Fronda que acabara de ler.

Durtal compreendeu que Chantelouve se recusava a falar sobre suas relações com o cônego Docre. Um tanto constrangido, silenciou.

— Meu amigo – disse a sra. Chantelouve, dirigindo-se ao marido –, o senhor se esqueceu de regular seu candeeiro; está fumegando; mesmo com a porta fechada, posso sentir daqui o cheiro de fumaça.

Pareceu tratar-se de um subterfúgio para removê-lo dali. Chantelouve levantou-se e, com um sorriso vago, pediu desculpas por ter de retomar seu trabalho. Apertou a mão de Durtal, rogou-lhe que os visitasse com maior frequência e, ajeitando o roupão sobre a barriga, saiu da sala.

Ela o acompanhou com o olhar e, por sua vez, levantou-se, foi até a porta, certificou-se de que estava bem fechada; depois caminhou até Durtal, que estava apoiado na lareira, e, sem dizer palavra, pôs as mãos sobre seu rosto e pousou os lábios sobre sua boca, abrindo-a.

Ele gemeu, exaltado.

Ela o observava com olhos indolentes e diáfanos, e ele via fagulhas prateadas correndo sobre a superfície deles; ele a cerrou entre seus braços, deixando-a espantada, mas atenta; delicadamente, ela se afastou, suspirando, enquanto ele, embaraçado, foi sentar-se um pouco mais longe dela, com as mãos crispadas.

Coisas vãs ocuparam-lhes o tempo; ela, elogiando sua serviçal, que se jogaria no fogo se recebesse ordem para isso; ele, reagindo com gestos de aprovação e surpresa.

E então, bruscamente, ela levou a mão à testa.

— Ai! – exclamou. — Sofro cruelmente quando penso que ele está bem ali, trabalhando! Não, meus remorsos seriam demasiados; é estúpido o que digo, mas, se ele fosse outro homem, um homem mundano, dado a conquistas... tudo seria diferente.

Ele a ouvia, entediado com a mediocridade de seus queixumes; no fim, sentindo-se totalmente calmo, aproximou-se dela e disse:

— A senhora fala de remorsos, mas, se nos lançarmos

ao mar ou se persistirmos em ficar no porto, por acaso o pecado não será o mesmo, com ínfima nuance?

— Sim, eu sei. É o que diz meu confessor, com mais rigor, decerto; mas, não, suas palavras não são justas.

Ele se pôs a rir, imaginando que o remorso talvez fosse o condimento capaz de salvar o fastio das paixões enfadadas, e em seguida brincou:

— Por falar em confessor, se eu fosse um casuísta, acho que tentaria inventar novos pecados; mas não o sou e, entretanto, à força de procurar, creio ter encontrado um.

— O senhor? – exclamou ela, rindo também. — E eu posso cometê-lo?

Ele a observou; parecia uma garotinha gulosa.

— Só a senhora pode responder; agora, preciso afirmar que não se trata de um pecado absolutamente novo, pois se insere na região conhecida da Luxúria. Mas é negligenciado desde o paganismo; em todo caso, mal definido.

Ela o ouvia com toda a atenção, acomodada em sua poltrona.

— Não me deixe impaciente – rogou –, vamos aos fatos, que pecado é esse?

— Não é fácil explicá-lo; ainda assim, tentarei. Na província da Luxúria, existem, se não me engano, o pecado ordinário, o pecado contra a natureza, a bestialidade e – podemos acrescentar, não é mesmo? – o demonismo e o sacrilégio. Muito bem, além de tudo isso, há o que chamarei de Pigmalionismo, que abrange, ao mesmo tempo, o onanismo cerebral e o incesto.

"Imagine então um artista que se apaixone pela própria cria, por sua obra, uma Herodíades, uma Judite, uma Helena, uma Joana d'Arc, que ele tivesse descrito ou pintado e, evocando-a, acabasse por possuí-la em sonho! Pois bem, esse amor é pior do que o incesto normal. Neste último crime, o culpado só poderá cometer um atentado parcial, pois a filha não nasceu unicamente da substância dele, mas também de outra carne. Há, portanto, no incesto, logicamente, algo de quase natural, ainda que estranho, parcialmente lícito, enquanto no pigmalionismo o pai viola sua filha de alma, a única que é realmente pura e dele mesmo, a única que ele pôde conceber sem a participação de outro sangue. O delito é, portanto, inteiro e completo. Pois não haverá também um desprezo à natureza, ou seja, à obra divina, visto que, ao contrário do que ocorre com a bestialidade, o objeto do pecado não é um ser palpável e vivente, mas um ser irreal, criado por uma projeção do talento, ser que é maculado, ser quase celeste, posto que frequentemente imortalizado, e tudo isso através do gênio, do artifício?

"Podemos ir ainda mais longe, se quiser; suponha que um artista pinte um santo e se apaixone por ele. Isso acumularia um crime contra a natureza e um sacrilégio. Seria notável!"

— E talvez delicioso!

Essa palavra o deixou atônito; ela se levantou, abriu a porta e chamou o marido.

— Meu amigo – disse ela —, Durtal descobriu um novo pecado!

— Essa não! – exclamou Chantelouve, surgindo no vão da porta. — A edição das virtudes e dos vícios é uma edição *ne varietur*. Não se podem inventar novos pecados, mas nada perdemos com isso. Afinal de contas, que pecado é este?

Durtal lhe expôs sua teoria.

— Mas isso não passa de uma expressão refinada do sucubato; não é a obra concebida que se anima, mas um súcubo que, à noite, ganha suas formas!

— De qualquer modo, é preciso admitir que esse hermafroditismo cerebral, que se fecunda sem nenhum auxílio, representa ao menos um pecado distinto, pois é um privilégio dos artistas, um vício reservado aos eleitos, inacessível às multidões!

— Que aristocrata do obsceno o senhor me sai! – retrucou Chantelouve, rindo. — Mas vou mergulhar novamente nos meus vícios das santas; é uma atmosfera mais benigna e mais fresca. Não me despeço, Durtal, eu o deixo prosseguir com minha mulher essas pequenas galanterias satânicas.

Isso foi dito da forma mais simples e mais bonachona possível, porém com um vestígio de ironia.

Durtal a sentiu. Deve estar ficando tarde, pensou, quando a porta se fechou atrás de Chantelouve; consultou o relógio: eram quase onze horas. Levantou-se para partir.

— Quando a verei novamente? – murmurou bem baixinho.

— Amanhã, em sua casa, às nove horas.

Ele a fitou com um olhar mendicante. Hyacinthe percebeu, mas preferiu instigá-lo.

Beijou-o maternalmente na testa, depois consultou outra vez os olhos dele.

Seus olhos ainda pareciam suplicantes, pois ela respondeu à premente pergunta com um longo beijo, cerrando-os; depois, deslizou a boca até os lábios dele, sorvendo sua dolorosa emoção.

Em seguida, tocou a sineta e convidou a serviçal a iluminar o caminho de Durtal. Descendo a escada, ele se sentiu satisfeito por ela ter-se comprometido enfim a entregar-se no dia seguinte.

XIII

Como fizera duas noites antes, ele se pôs a limpar o apartamento, instalando uma desordem metódica, enfiando uma almofada sob a falsa bagunça do sofá; em seguida, abasteceu a lareira para esquentar todos os cômodos.

Mas faltava-lhe a impaciência; a promessa silenciosa que tinha obtido, de que a sra. Chantelouve não o deixaria palpitante desta vez, o acalmava; agora que sua incerteza chegara ao fim, ele já não vibrava com a mesma agudeza quase dolorida até então suscitada pela espera febril daquela mulher. Sentia-se entorpecido, atiçando as brasas do fogo; ela ainda ocupava seu espírito, mas de uma forma imóvel e muda; quando muito, veio-lhe à mente a questão de saber como agiria, a fim de não se comportar de maneira ignóbil quando chegasse o momento. Essa questão que tanto o havia preocupado dois dias antes ainda o deixava incomodado, mas inerte. Desistiu então de resolvê-la, dando margem ao acaso, dizendo a si mesmo que era inútil elaborar planos, visto que, quase sempre, as estratégias mais preparadas acabavam abortando.

Depois, rebelou-se contra si mesmo, acusando-se de frouxidão, e começou a andar para sacudir aquele torpor que atribuía aos eflúvios ardentes do fogo. E essa agora! Será que, de tanto esperar, seus desejos estavam esgotados ou cansados? Mas, não, visto que aspirava pelo instante em que poderia acariciar aquela mulher! Acreditou ter encontrado a explicação para sua falta de entusiasmo na inquietação inevitável que antecede o primeiro contato. Esta noite só será realmente perfeita quando isso tiver acabado, pensou ele; o aspecto grotesco desaparecerá; o conhecimento carnal terá sido realizado; poderei voltar a possuir Hyacinthe sem a solicitude inconfessável de suas formas, sem me preocupar com minha aparência, sem a indecisão de meus gestos. Bem que eu gostaria, disse a si mesmo, de já estar vivendo esse momento!

Sentado sobre a mesa, o gato levantou repentinamente as orelhas, fixou a porta com seus olhos negros e fugiu; a campainha soou; Durtal foi abrir.

Os trajes dela lhe agradaram; debaixo do casaco de pele, que ele logo retirou, ela usava um vestido cor de ameixa, tão escuro que parecia preto, vestido de tecido espesso e macio que a delineava, apertado nos braços, afunilado na cintura, acentuando a curva dos quadris, esticado sobre o espartilho torneado.

— Está encantadora – disse ele, beijando com ardor suas mãos; seus lábios aceleraram sua pulsação e isso lhe agradou.

Ela se mantinha calada, bem agitada e um tanto lívida.

Ele se sentou diante dela; ela o observava com seus olhos misteriosos, mal despertos; recuperado inteiramente, ele se esquecia de suas reflexões e receios, mergulhando os olhos no lago de suas pupilas, escrutando o vago sorriso daquela boca aflita.

Ele enlaçou seus dedos aos dela; e, pela primeira vez, chamou-a em voz baixa pelo seu nome, Hyacinthe.

Ela o escutava, com o peito arfante, as mãos febris; depois, em tom suplicante:

— Eu lhe imploro, renunciemos a isto; o prazer provocado pelo desejo é suficiente. Vamos, estou sendo sensata; pensei sobre isso durante todo o meu trajeto. Esta noite, deixei meu marido terrivelmente triste. Se soubesse o que sinto... Hoje, fui à igreja e tive medo, me escondi ao ver meu confessor...

Essas queixas ele já conhecia; pensava: pode contar o que quiser, mas nesta noite não escapará; e, em voz alta, respondia-lhe com monossílabos, prosseguindo em sua investida.

Ele se levantou, achando que ela também o faria ou que talvez fosse melhor, se permanecesse sentada, inclinar-se para alcançar sua boca.

— Seus lábios! Seus lábios, ontem! – exclamou ele, aproximando-se de seu rosto, e, oferecendo-lhe a boca, ela se ergueu. Os dois permaneceram abraçados por alguns instantes, mas, quando as mãos de Durtal começaram a acariciá-la, ela recuou.

— Pense em como isso é ridículo – disse ela em voz baixa. — Vai ser preciso tirar a roupa, ficar com a roupa de baixo, e a cena patética de ir para a cama, então!

Ele evitou reagir, tentando delicadamente fazê-la entender com um abraço determinado que ela podia poupá-lo desses embaraços; mas logo ele compreendeu, sentindo a cintura dela enrijecer-se sob suas mãos, que ela não queria absolutamente se entregar diante da lareira, ali, no meio da sala.

— Vamos – disse ela, soltando-se –, se é o que quer!

Afastando-se, ele deixou que ela entrasse no quarto e, pressentindo que ela queria ficar sozinha, Durtal fechou a cortina que, fazendo as vezes de porta, separava os dois ambientes.

Sentando-se outra vez ao lado da lareira, ele se pôs a refletir. Talvez lhe coubesse preparar a cama, não deixando a tarefa aos cuidados dela, mas teria sem dúvida parecido demasiadamente exagerado e direto. Ah! A chaleira! Pegou-a e, sem passar pelo quarto, dirigiu-se ao banheiro e a pôs sobre a pia; depois, arrumou rapidamente sobre a prateleira a lata de pó de arroz, os perfumes e os pentes; de volta ao seu escritório, ele ficou atento.

Ela fazia o mínimo barulho possível, andando como se numa câmara mortuária, na ponta dos pés, e apagou as velas, certamente para ser iluminada apenas pelas brasas rosáceas do fogo.

Ele se sentia totalmente aniquilado; a impressão irritante dos lábios e dos olhos de Hyacinthe parecia-lhe distante! Ela não passava agora de uma mulher se despindo como outra qualquer na casa de um homem. As recordações de cenas semelhantes o acabrunharam; ele se lembrou das raparigas que, da mesma forma, deslizavam sobre o tapete para não serem ouvidas, permanecendo imóveis, envergonhadas, durante um segundo, quando batiam a jarra de água na bacia. E depois, a que servia tudo isso? Agora que ela se entregava, ele não a desejava mais! A desilusão lhe veio antes mesmo que se saciasse, e não depois, como de costume. A aflição em sua alma foi tão grande que quase o levou às lágrimas.

Amedrontado, o gato caminhava atrás da cortina, passando de um cômodo a outro; ele acabou se instalando perto de seu dono, saltando sobre seu colo. Enquanto o acariciava, Durtal dizia a si mesmo:

De fato, ela estava com razão ao dizer que deveríamos interromper essa relação de uma vez. Isso se anuncia grotesco e atroz; errei ao insistir; não, não, afinal a culpa é dela, que queria chegar a tanto e por isso veio até aqui. Ademais, que estupidez refrear os impulsos com esses atrasos! É realmente uma pessoa desajeitada; agora há pouco, ao abraçá-la, eu a cobiçava intensamente, teria sido delicioso talvez, mas agora! E depois, olhe meu estado, pareço um rapaz inexperiente, um recém-casado à espera da esposa! Meu Deus, como isso é ridículo! Vejamos, prosseguiu ele, aguçando os ouvidos e não percebendo mais nenhum ruído; deve ter deitado; de qualquer modo, preciso ir ao seu encontro.

Com certeza, era do espartilho que ela fazia questão de se livrar; ora essa, teria sido melhor não usá-lo, concluiu ele, e entrou no quarto.

A sra. Chantelouve estava enfiada sob a colcha, com a boca entreaberta e os olhos fechados; mas ele notou que ela olhava através da persiana de seus cílios louros. Durtal sentou-se à beira da cama; ela se enroscou, cobrindo-se até o queixo.

— Está com frio, minha cara?
— Não.

Então ela abriu completamente seus olhos crepitantes. Durtal despiu-se, olhando de relance o rosto de Hyacinthe; às vezes, este desparecia na sombra e às vezes era clareado pelo fulgor do fogo, conforme os humores das lenhas que se consumiam em meio às cinzas. Lepidamente, ele deslizou para debaixo da coberta.

Era como se abraçasse uma morta, um corpo tão frio que regelava o seu; mas os lábios da mulher ardiam, devorando-lhe silenciosamente o rosto. Ele estava perplexo, sentindo aquele corpo enroscando com firmeza o seu, suave e rijo como um cipó! Já lhe era impossível mexer-se ou falar, pois seu rosto era varrido pelos beijos. Ainda assim, conseguiu soltar-se e, com um braço livre, acariciou-a; mas então, subitamente, enquanto ela lhe devorava a boca, seus nervos relaxaram e, naturalmente, não vendo proveito naquilo, ele saiu da cama.

— Eu o detesto! – exclamou ela.
— Por quê?
— Eu o detesto!

Ele teve vontade de responder: "E eu, então?". Estava exasperado e teria dado tudo o que possuía para que ela se vestisse e fosse embora!

O fogo na lareira se extinguia, não clareava mais. Agora, mais calmo, sentado, ele deixava seu olhar vagar na penumbra; pensou em procurar sua camisa de dormir, pois a que usava era engomada, e o tecido, formando ângulos abruptos, estufava-se. Mas Hyacinthe estava deitada sobre ela. Em seguida, constatando a desordem de sua cama, ficou aflito, pois no inverno gostava de dormir bem aconchegado e já previa, sendo incapaz de refazer a cama, uma noite fria pela frente.

Subitamente, ela o enlaçou, apertando-o outra vez com a força de seu corpo; então, sentindo-se mais lúcido, ele se dedicou a ela, fazendo com que se entregasse através de carícias supremas. Com a voz alterada, mais gutural, mais grave, ela proferia coisas ignóbeis ou exclamações bobas que o incomodavam, como "meu querido", "minha alma", "não, isso é demais". Ainda assim, excitado, ele possuiu aquele corpo que parecia ranger se contorcendo, e teve a extraordinária impressão de uma queimadura espasmódica envolvida por uma bandagem glacial.

Depois, deitaram-se cada um para um lado, exaustos; ele, ofegante, com a cabeça sobre o travesseiro, surpreso e assustado, achando tais delícias extenuantes, amedrontadoras. Por fim, pulou por cima da mulher, saltou da cama e foi acender as velas. Em pé sobre a cômoda, o gato permanecia imóvel, observando os dois, alternadamente. Ele sentiu, imaginou sentir um escárnio indizível nas suas pupilas negras; e, enervado, espantou o animal.

Depois de ter alimentado o fogo com mais lenha, Durtal vestiu-se e deixou o quarto livre para Hyacinthe. Mas, com sua voz habitual, ela o chamou bem baixinho. Ele se aproximou da cama; ela se agarrou ao seu pescoço e beijou-o loucamente; depois, deixando seus braços caírem sobre o cobertor, disse:

— O pecado foi cometido. Será que gosta mais de mim agora?

Faltou-lhe coragem para responder, pois sua desilusão era total! A saciedade do após justificava a inapetência do antes. Por ela, sentia repugnância; por si mesmo, horror! Seria então possível ter desejado tanto uma mulher para chegar àquele ponto! Ele a exaltara em seus arrebatamentos, sonhara com seus olhos, mal sabia o quê!

Tinha desejado arrebatar-se com ela, subir além dos delírios murmurantes dos sentidos, saltar para fora do mundo, tomados de êxtases inexplorados e extremos! E o trampolim tinha-se partido; ele permanecia com os pés na lama, pregados ao chão. Então, não havia meios de sair de seu ser, evadir-se da sua cloaca, atingir as regiões onde a alma soçobra, extasiada, em seus abismos?

Arre! A lição havia sido determinante e rude! Justamente quando se entusiasmara, sobrevinham-lhe os arrependimentos e a queda violenta! Não restava dúvida, a realidade não perdoa quando é desdenhada; ela se vinga destruindo o sonho, pisoteando-o e lançando-o destroçado dentro do charco!

— Não se impaciente, meu amigo – disse a sra. Chantelouve atrás da cortina. — Eu sou muito lenta!

Grosseiramente, ele pensou: eu gostaria que você sumisse; e, em voz alta e tom educado, perguntou-lhe se ela precisava de alguma coisa.

Ela era tão atraente, tão misteriosa, refletiu Durtal. Suas pupilas que reverberavam, alternadamente, festas e cemitérios, eram tão imensas e remotas! E, mais uma vez, ela se transformou, em menos de uma hora. Vi uma nova Hyacinthe proferindo imundices de prostituta, bobagens de costureira no cio! No fim, todas essas incoerências das mulheres, reunidas numa só, me aborrecem!

E, após um instante de reflexão, concluiu: é preciso ser muito imaturo para delirar dessa maneira!

Parecia que a sra. Chantelouve repercutia seu pensamento, pois, ao atravessar a porta, rindo nervosamente, ela murmurou:

— Na minha idade, seria conveniente ser menos louca!

Olhou-o e, embora ele desse um sorriso forçado, ela compreendeu:

— Esta noite vai dormir bem – disse com voz tristonha,

aludindo às queixas de Durtal, que lhe contara antes ter perdido o sono por causa dela.

Ele suplicou que ela se sentasse e se aquecesse; mas Hyacinthe não sentia frio.

— No entanto, apesar da temperatura tépida do quarto, você estava gelada na cama.

— Nem um pouco, sou assim mesmo; no verão e no inverno, tenho as carnes frescas.

No mês de agosto, seu corpo frígido seria bem agradável, pensou Durtal, mas agora!

Ele lhe ofereceu caramelos, que ela recusou, mas aceitou o licor de canela, que ele serviu em minúsculos cálices de prata; ela bebeu apenas um gole e, amigavelmente, os dois conversaram sobre o gosto daquele fármaco, no qual ela descobria um aroma de cravo, temperado por flor de canela embebida em água de rosa destilada.

Depois ele ficou calado.

— Meu pobre amigo – disse ela –, como eu o amaria se fosse mais confiante, se tivesse menos prevenção!

Ele pediu-lhe que se explicasse.

— O que quero dizer é que você é incapaz de esquecer de si mesmo e deixar-se simplesmente amar. Que pena, fica raciocinando o tempo todo!

— Eu, não!

Ela o beijou com ternura.

— Ora, vamos, assim mesmo gosto muito de você.

A dolência comovida de seu olhar o deixou surpreso. Via nele uma espécie de gratidão e assombro. Realmente, não é difícil contentá-la, disse a si mesmo.

— No que está pensando?
— Em você!

Ela soltou um suspiro e perguntou:
— Que horas são?
— São dez e meia.

— Preciso ir embora, pois ele me aguarda. Não, não me diga nada.

Ela passou a mão no próprio rosto. Ele a segurou com delicadeza pela cintura e a beijou, mantendo-a perto do corpo até alcançarem a porta.

— Voltará em breve, não é mesmo?

— Sim, voltarei.

Ele entrou de volta.

Ao fechar a porta, ele pensou: pronto, está feito. Suas sensações estavam emaranhadas e confusas. Sua vaidade estava satisfeita; seu amor-próprio já não sangrava; havia alcançado seu objetivo, tinha possuído aquela mulher. Por outro lado, a obsessão acabara; ele reconquistava toda a liberdade de espírito; mas quem sabe os aborrecimentos que lhe reservava aquela relação? Assim mesmo, em seguida, ele se enterneceu.

No fundo, o que ele censurava nela? Ela amava como podia; era, resumindo, uma mulher ardente e triste. O dualismo típico de uma amante na qual um vestígio de rameira insurgia na cama, ao passo que, vestida e em pé, sua meiguice de salão, certamente menos tola do que as mulheres que ele frequentava, era um condimento delicioso; sua entrega carnal era excessiva e bizarra. Afinal, o que mais ele queria?

Por fim, acabou por se recriminar; era culpa dele se tudo dava errado. Faltava-lhe apetite, o que de fato o atormentava era o eretismo de seu cérebro. Seu corpo estava gasto, a alma debilitada, inapta para o amor, lassa de carinhos antes mesmo de os receber, e tão enojada depois de tê-los suportado! Seu coração estava estéril, infecundo. E, depois, que enfermidade seria aquela de macular antecipadamente com a reflexão todos os prazeres, difamar todos os ideais assim que os alcançava! Nada mais podia tocar sem que tudo estragasse. Na sua miséria espiritual, tudo, exceto a arte, não passava de uma recreação mais ou menos enfadonha, uma diversão mais ou menos vã. Ah! Assim mesmo, pobre mulher, temo que só poderei lhe causar dissabores! Se ao menos ela consentisse em não mais voltar! Mas, não, ela não merece ser tratada desse modo; e, tomado de piedade, jurou a si mesmo que, na próxima visita dela, ele seria carinhoso e cuidaria de persuadi-la de que a desilusão que ele tão mal dissimulara de fato não existia!

Ele tentou pôr alguma ordem em sua cama, arrumar as cobertas reviradas, recompor a forma dos travesseiros amassados e, depois, deitou-se.

Apagou a lamparina. No escuro, sua agonia cresceu. Profundamente angustiado, disse a si mesmo: pois é, eu estava coberto de razão quando escrevi que a única coisa boa são as mulheres que não tivemos.

E descobrir, dois ou três anos depois, que a mulher é inacessível, honesta e casada, vivendo fora de Paris, fora da França, longe, talvez morta; descobrir que ela o amava, ao passo que era impossível crer nisso quando ela estava presente! Isso é um sonho! Os amores que valem a pena são os reais e intangíveis, esses amores feitos de melancolias remotas e saudades! Além disso, não há envolvimento carnal, não há o fermento da obscenidade.

Amar-se de longe e sem esperança, sem pertencimento, sonhar castamente com seus encantos, com beijos impossíveis, com carícias extintas sobre a fronte esquecida das mortas, ah, isso tem algo de desvairo delicioso e sem contrapartida! Tudo o mais é ignóbil ou vazio. Mas também há de ser bem abominável a existência para que esta seja a felicidade realmente altiva e realmente pura que o céu concede, neste mundo, às almas incrédulas e assombradas pela abjeção eterna da vida.

XIV

Dessa cena ele conservou uma lição terrível e alarmante: a carne que mantém a alma encoleirada se opõe a toda tentativa de separação. Carne que tampouco aceitava ser ignorada em troca de inauditos desejos, aos quais ela só poderia submeter-se em silêncio. Pela primeira vez talvez, ao se recordar de tais torpezas, ele entendeu direito o sentido agora ermo da palavra "castidade"; e Durtal saboreou sua antiga e delicada amplidão.

Tal como alguém que bebeu demais na véspera planeja, no dia seguinte, abster-se de bebidas fortes, assim ele sonhava, naquele dia, com afetos depurados, longe da cama.

Estava ruminando esses pensamentos quando Des Hermies entrou.

Conversaram sobre as maldições amorosas. Espantado com o desânimo e a amargura de Durtal, Des Hermies exclamou:

— Será que ontem não nos entregamos a suculentos prazeres?

Com a mais resoluta má-fé, Durtal sacudiu a cabeça.

— Então – prosseguiu Des Hermies –, você é um ser superior e inumano! Amar sem esperança, no vazio, seria perfeito, se não fosse preciso contar com as intempéries do espírito! A castidade, sem objetivo religioso, não tem razão de ser, a menos que fraquejem os sentidos, mas então é uma questão do corpo que os médicos empíricos resolvem mais ou menos mal; em resumo, tudo, aqui no mundo terreno, termina no ato que você reprova. O coração, reputado como a parte nobre do homem, tem a mesma forma do pênis, que é considerado sua parte vil; isso é bastante simbólico, pois todo amor do coração acaba no órgão ao qual ele se assemelha. A imaginação humana, quando se põe a dar vida a seres artificiais, fica reduzida a reproduzir os movimentos dos animais que se propagam. Veja as máquinas, o jogo dos pistões nos cilindros: são como Romeus de aço dentro de Julietas de ferro fundido. As expressões humanas não diferem nem um pouco do vaivém de nossas máquinas. É uma lei que precisa ser adulada por quem não é impotente nem santo. Ora, você não é nem um nem outro, acho; ou então, se, por razões inconcebíveis, você quiser viver sob o feitiço da impotência, siga a receita de um velho ocultista do século XVI, o napolitano Piperno: ele afirma que a pessoa que ingerir verbena não deve se aproximar de uma mulher durante sete dias; compre um pote, moa e veremos.

Durtal começou a rir.

— Há de existir um meio-termo: jamais se entregar ao ato carnal com aquela que se ama e, para se ter paz, frequentar, quando não se puder fazer de outro modo, aquelas que não amamos. Sem dúvida, em certa medida, assim evitaríamos os possíveis desgostos.

— Não. Apesar disso, seríamos levados a imaginar que sentimos com a mulher que cobiçamos delícias carnais absolutamente diferentes das que sentimos com as outras, e a coisa também acabaria mal! Além disso, as mulheres às quais não fôssemos indiferentes não têm espírito tão caridoso e discreto para admirar a sabedoria desse egoísmo, pois no fundo é isso! Mas diga-me uma coisa: e se você calçasse as botinas? São quase seis horas e o cozido da dona Carhaix não pode esperar.

Quando chegaram, a carne já havia sido retirada da panela, deitada num prato sobre um leito de legumes. Carhaix, afundado numa poltrona, lia seu breviário.

— O que há de novo? – perguntou ele, fechando o livro.

— Nada de novo, a política não nos interessa, e as propagandas americanas do general Boulanger são tão entediantes para você quanto para nós, suponho; por outro lado, as histórias dos jornais são ainda mais confusas e cretinas do que de costume. E você tome cuidado, vai acabar se queimando – prosseguiu Des Hermies, dirigindo-se a Durtal, que se preparava para engolir uma colherada de sopa.

— A verdade é que esse caldo de tutano, sabiamente dourado, é uma fornalha líquida! Mas, a propósito das novidades, como dizer que não há nenhuma importante? E esse processo do espantoso padre Boudes, que vai se apresentar diante do tribunal de Aveyron! Depois de ter tentado envenenar seu pároco com o vinho do Sacrifício e de esgotar a lista de todos os outros crimes, como abortos, estupros, atentados ao pudor, falsificações, roubos qualificados e usura, ele acabou se apropriando da caixa de esmolas do Purgatório e pondo no prego o cibório, o cálice, todos os instrumentos do culto! Nada mau esse padre, hein?

Carhaix ergueu os olhos ao céu.

— Se não for condenado, será um padre a mais em Paris – disse Des Hermies.

— Por quê?

— Por quê? Ora, porque todos os eclesiásticos que fracassam nas províncias ou que tiveram sérios atritos com seus superiores são enviados para cá, onde passam despercebidos, quase se fundindo à multidão; eles fazem parte da corporação desses clérigos chamados de "padres habituais".

— O que vem a ser isso? – indagou Durtal.

— São os padres ligados a uma paróquia. Você sabe que, além do pároco ou do capelão, dos vigários, do clero oficial, há em cada igreja padres adjuntos ou suplentes; é destes que falo. Eles fazem os trabalhos mais árduos, celebram as missas matutinas, quando todo mundo está dormindo, ou as missas tardias, quando todo mundo está fazendo a digestão. São estes também que se levantam à noite para levar o sacramento aos pobres, que velam os cadáveres dos devotos ricos e, nos enterros, pegam friagem debaixo dos pórticos das igrejas, sofrem insolação no cemitério, ou aguentam as tempestades de neve e chuva diante das covas. São eles que aguentam o trabalho pesado; por 5 ou 10 francos, também substituem os colegas mais graduados, aos quais essas tarefas entediam; em suma, são pessoas desventuradas, na maioria; para se livrarem deles, são enviados a uma igreja e mantidos sob vigilância, esperando que lhes seja retirada a autorização de rezar as missas e que por fim sejam afastados do sacerdócio. Isso significa que as paróquias das províncias transferem para a capital os padres que, por uma razão ou outra, deixaram de agradar.

— Certo, mas e os vigários e os demais padres titulares, o que fazem, já que se desobrigam de suas tarefas, lançando-as sobre os ombros dos outros?

— Eles cuidam da obra elegante e fácil, aquela que não exige caridade alguma, esforço algum! Ouvem as confissões de suas paroquianas em vestidos rendados, preparam crianças asseadas para o catecismo, pregam, fazem o papel de vedete nas cerimônias em que, para despertar os fiéis, são empregadas pompas teatrais! Em Paris, além dos padres habituais, o clero se divide assim: padres mundanos e prósperos; estes são colocados na Madeleine, em Saint-Roch, em igrejas cuja clientela é rica; são tratados com deferência, jantam fora, passam a vida nos salões, cuidam somente das almas que se ajoelham sobre rendas; e os outros, que são empregados administrativos eficientes, em sua maior parte, mas não têm nem a educação nem a fortuna necessárias para socorrer os ociosos em suas fraquezas, esses vivem mais afastados e frequentam apenas os pequeno-burgueses; consolam-se mutuamente da vulgaridade jogando cartas ou proferindo lugares-comuns e piadas sujas na hora da sobremesa!

— Ora, vamos, Des Hermies – interveio Carhaix –, você exagera; pois eu também tenho a pretensão de conhecer os padres, e estes são, até mesmo em Paris, gente corajosa que cumpre seu dever. São cobertos de opróbrios e afrontas, são acusados por toda uma escória pelos seus vícios imundos! No entanto, é preciso dizer também que padres como Boudes e o cônego Docre são, graças a Deus, exceções; e fora de Paris, no campo, por exemplo, há verdadeiros santos no clero!

— Os padres satânicos talvez sejam raros, com efeito, e as luxúrias do clero e as patifarias do episcopado são evidentemente exageradas por uma imprensa ignóbil; mas não é isso que eu censuro. Se fossem apenas dados a jogatinas e à libertinagem... mas são indiferentes, são indolentes, são imbecis, são medíocres! Pecam contra o Espírito Santo, o único pecado que o Misericordioso não perdoa!

— São homens de seu tempo – disse Durtal. — Não se pode exigir que se encontre no banho-maria dos seminários a alma da Idade Média!

— Além disso – prosseguiu Carhaix –, nosso amigo esquece que existem ordens monásticas impecáveis, os cartuxos, por exemplo...

— Por certo, e os trapistas e os franciscanos, mas são ordens enclausuradas que vivem ao abrigo de um século infame; veja, ao contrário, a ordem de São Domingos, que é uma sociedade fútil. É de lá que vem gente como Jacques Monsabré e Henri Didon. Não é preciso dizer mais nada!

— São os hussardos da religião, os alegres e antigos lanceiros, os regimentos chiques e janotas do papa, enquanto os bons capuchinhos são os soldados das almas – disse Durtal.

— Se ao menos eles apreciassem os sinos! – exclamou Carhaix, meneando a cabeça. — Faça o favor, passe o Coulommiers – disse à mulher, que retirava da mesa a saladeira e os pratos.

Des Hermies encheu os copos; em silêncio, eles comeram o queijo.

— Diga-me uma coisa – retomou Durtal, dirigindo-se a Des Hermies. — Sabe se a mulher que recebe visita de íncubos tem o corpo necessariamente frio? Em outras palavras, trata-se de uma séria presunção do incubato, como outrora a impossibilidade experimentada pelas bruxas de verter lágrimas, que servia à Inquisição como prova convincente de malefício e magia.

— Posso responder a essa pergunta. Antigamente, as mulheres visitadas por íncubos tinham as carnes frígidas, até mesmo no verão; os livros dos especialistas o atestam; mas agora a maioria das criaturas que se submetem ou atraem as larvas amorosas tem, ao contrário, pele ardente e seca; essa transformação ainda não é generalizada, mas tende a tornar-se. Recordo-me muito bem de que o dr. Johannès, mencionado por Gévingey, quando tentava libertar a doente, muitas vezes era obrigado a normalizar a temperatura do corpo com o uso de loções de iodeto de potássio diluído em água.

— É mesmo! – exclamou Durtal, que pensava na sra. Chantelouve.

— Sabe por onde anda o dr. Johannès? – perguntou Carhaix.

— Hoje vive isolado em Lyon. Acredito que prossegue com suas curas de venefícios e prega o bem-vindo retorno do Paracleto.

— Enfim, que tipo de médico é esse? – indagou Durtal.

— É um padre bastante inteligente e douto. Ocupou posição importante numa comunidade religiosa e dirigiu, em Paris, a única revista realmente mística. Como teólogo, era muito respeitado e foi um mestre reconhecido da jurisprudência divina; depois, teve debates pungentes com a Cúria Papal, em Roma, e com o cardeal arcebispo de Paris. Foram os exorcismos e as lutas contra os íncubos, que ele ia travar nos conventos femininos, que causaram sua desgraça.

"Eu me lembro da última vez que o vi como se fosse ontem! Encontrei-o na Rue de Grenelle, saindo do arcebispado, no mesmo dia em que, após um episódio que me contou, abandonou a Igreja. Posso ver aquele padre caminhando comigo ao longo do bulevar deserto dos Invalides. Ele estava lívido, e sua voz fraca, porém solene, tremia.

"Tinham-no convocado para que se explicasse sobre o caso de uma epiléptica que ele dizia ter curado com o uso de uma relíquia, a túnica inconsútil de Cristo, conservada em Argenteuil. Acompanhado por dois importantes vigários, o cardeal o ouvia de pé.

"Quando ele concluiu e forneceu, além disso, as informações que lhe cobravam sobre suas curas e sortilégios, o cardeal Guibert disse: 'Seria melhor que fosse transferido a La Trappe!'.

"E me recordo, palavra por palavra, de sua resposta: 'Se violei as leis da Igreja, estou pronto a me submeter ao castigo por esse erro; se me consideram culpado, façam um julgamento canônico e eu o acatarei, juro pela minha honra sacerdotal; mas quero um julgamento regular, pois, de direito, ninguém é obrigado a produzir provas contra si mesmo, *nemo se tradere tenetur*, diz o Corpus Juris Canonici'.

"Havia um exemplar de sua revista sobre a mesa. Apontando para uma das páginas, o cardeal prosseguiu: 'Foi o senhor que escreveu isso?'. 'Sim, Eminência.' 'Essas doutrinas são infames!', disse o cardeal e saiu de seu gabinete para um salão vizinho, gritando: 'Fora daqui!'. Então Johannès foi até a porta do salão e, ajoelhando-se na soleira, disse: 'Eminência, não quis ofendê-lo; se o fiz, peço perdão'. O cardeal gritava ainda mais alto: 'Saia, ou chamarei alguém para tirá-lo daqui!'. Johannès levantou-se e se foi. 'Todos os meus laços antigos estão rompidos', disse-me ele, ao partir. Pareceu-me tão sombrio que não tive coragem de lhe perguntar coisa alguma."

Fez-se um silêncio. Carhaix saiu para tocar seus sinos na torre; sua mulher retirou a sobremesa e a toalha de mesa; Des Hermies preparou o café; pensativo, Durtal enrolava seu cigarro.

E Carhaix, quando retornou, como que envolto numa bruma de sons, exclamou:

— Agora há pouco, Des Hermies, você falava dos franciscanos. Sabe que essa ordem devia permanecer tão pobre, a ponto de nem sequer possuir um sino? Verdade que essa regra relaxou-se um pouco, pois era dificílima de ser observada e excessivamente severa! Atualmente, eles têm um sino, mas um só!

— Tal qual a maior parte das abadias, então.

— Não, pois quase todas possuem vários, com frequência, três, em homenagem à santa e tripla Hipóstase!

— Vejamos, há um número limitado de sinos para mosteiros e igrejas?

— Na verdade, antigamente, sim. Existia uma hierarquia religiosa dos sons; os sinos de um convento não deviam soar quando os da igreja começavam a tocar. Eles eram os vassalos, permaneciam respeitosos e inertes em sua posição, enquanto o soberano falava às massas. Esses princípios, consagrados em 1590 por um cânone do Concílio de Toulouse e confirmados por dois decretos da Congregação dos Ritos, já não são reverenciados. Foram abolidas as observâncias de São Carlos Borromeu, segundo as quais as catedrais deveriam ter de cinco a sete sinos, as colegiadas, três, e as igrejas paroquiais, dois; hoje em dia, o número de sinos das igrejas é proporcional à sua riqueza! Mas chega de falatório, onde estão os cálices?

A mulher os trouxe, apertou as mãos dos convidados

e retirou-se. Então, enquanto Carhaix servia o conhaque, Des Hermies disse em voz baixa:

— Eu nada disse diante dela, pois esses assuntos a aborrecem e assustam, mas recebi, hoje de manhã, uma visita singular, a de Gévingey, que parte ao encontro do dr. Johannès, em Lyon. Ele afirma ter sido enfeitiçado pelo cônego Docre, que estaria atualmente de passagem por Paris. O que fizeram juntos, ignoro; mas o fato é que Gévingey está em péssimo estado!

— O que ele tem exatamente? – quis saber Durtal.

— Não faço a menor ideia. Eu o auscultei com cuidado, examinei-o minuciosamente. Ele se queixa de agulhadas no lado do coração. Constatei problemas nervosos, nada mais; o que há de mais preocupante é um estado de definhamento inexplicável para um homem que não é canceroso nem diabético.

— E essa agora – disse Carhaix. — Suponho que já não se enfeitiçam mais as pessoas com imagens de cera e alfinetes, com bonecas que nos velhos tempos eram chamadas de Manie e Dagyde.

— Não, estas são agora práticas antiquadas que desapareceram em quase todos os lugares. Esta manhã pressionei Gévingey, e ele me falou de algumas receitas extraordinárias que o terrível cônego usa. São, ao que parece, os segredos ocultos da magia moderna.

— Ora, mas isso me interessa muito! – exclamou Durtal.

— Eu me limito, obviamente, a repetir o que me foi dito – prosseguiu Des Hermies, acendendo um cigarro. "Pois bem! Docre possui camundongos brancos dentro de gaiolas e costuma levá-los em viagem. Alimenta-os com hóstias consagradas e com uma pasta impregnada de venenos habilmente dosados. Quando esses bichos infelizes ficam saturados, ele os pega, suspende sobre um cálice e, com um instrumento bem pontiagudo, perfura-os transversalmente.

O sangue escorre para dentro do recipiente, e ele o emprega do modo que explicarei daqui a pouco, a fim de castigar mortalmente seus inimigos. Outras vezes, ele faz isso com frangos, com porquinhos-da-índia, porém, nesse caso, não usa sangue, mas a gordura desses animais, que se tornam assim tabernáculos execrados e venenosos.

"E, em outras ocasiões, utiliza uma receita inventada pela sociedade satânica dos Re-Teurgistas Optimates, da qual já lhes falei, e prepara um picado composto de farinha, carne, pão da Eucaristia, mercúrio, sêmen animal, sangue humano, acetato de morfina e óleo de alfazema.

"Finalmente, segundo Gévingey, uma última torpeza seria ainda mais perigosa: ele empanturra peixes com Hóstias Consagradas e tóxicos habilmente graduados; esses tóxicos são escolhidos entre aqueles que transtornam o cérebro ou matam com ataques tetânicos a pessoa que os absorva pelos poros. Depois, quando esses peixes estão bem impregnados com essas substâncias marcadas pelo sacrilégio, Docre os retira da água, deixa-os apodrecer, destila e assim extrai um óleo essencial capaz de enlouquecer alguém com uma única gota!

"Essa gota, ao que parece, é aplicada exteriormente. Assim como ocorre em *A história dos treze*, de Balzac, através de um toque nos cabelos é determinada a demência ou se provoca o envenenamento."

— Puxa! – espantou-se Durtal. — Temo que uma lágrima desse óleo tenha caído sobre o cérebro do pobre Gévingey!

— O que há de intrigante nessa história é menos a bizarrice dessas farmacopeias diabólicas do que o estado de espírito daquele que as inventa e as manipula. Lembre-se de que isso acontece nos dias de hoje, bem perto daqui, e de que foram padres que inventaram esses filtros desconhecidos das feitiçarias da Idade Média!

— Padres! Não, só um deles, e que padre! – observou Carhaix.

— Nada disso. Gévingey é extremamente preciso, ele afirma que outros as utilizam. O enfeitiçamento por meio de sangue venenífero de camundongos ocorreu em 1879, em Châlons-sur-Marne, num círculo demoníaco do qual o cônego de fato fazia parte; em 1883, na Savoie, num grupo de abades decaídos, foi preparado o óleo de que falei. Como estão vendo, Docre não é o único a praticar essa abominável ciência; há conventos que a conhecem; até mesmo alguns seculares suspeitam de sua existência.

— Mas, enfim, admitamos que essas preparações sejam reais e estejam ativas; tudo isso não explica como podem ser aplicadas como malefícios a um homem, de perto ou de longe.

— Isso é outra coisa. Há duas maneiras possíveis de atingir o inimigo visado. A primeira e menos usada é a seguinte: o mago se vale de uma vidente, uma mulher que se chama, nesse mundo, "um espírito vidente"; é uma sonâmbula que, hipnotizada, pode se deslocar espiritualmente para onde quer que desejem. Assim, é possível fazê-la transportar os venenos mágicos a centenas de léguas de distância, até a pessoa designada. Os atingidos dessa maneira, que não avistaram ninguém, enlouquecem ou morrem, sem sequer desconfiarem do venefício. Mas, além de raras, essas videntes são perigosas, pois outras pessoas também podem induzi-las ao estado de catalepsia e arrancar-lhes confissões. Isso explica por que gente como Docre recorre à segunda maneira, que é mais segura. Ela consiste em evocar, assim como no Espiritismo, o espírito de um morto e fazê-lo atingir a vítima com o malefício preparado. O resultado é o mesmo, muda apenas o veículo.

"Pronto – concluiu Des Hermies. — São exatamente estas as confidências que me fez o amigo Gévingey nesta manhã."

— E o dr. Johannès consegue curar as pessoas intoxicadas desse modo? – perguntou Carhaix.

— Consegue. Esse homem realizou, e disso eu tenho certeza, curas inexplicáveis.

— Mas com o quê?

— A esse respeito, Gévingey fala do sacrifício de glória de Melquisedeque, celebrado pelo médico. Não tenho a menor ideia de que sacrifício se trata; mas Gévingey talvez nos explique, se voltar curado!

— Seja como for, eu gostaria de, pelo menos uma vez na vida, contemplar esse cônego Docre – disse Durtal.

— Eu, não; pois é a encarnação do Maldito na terra – exclamou Carhaix, ajudando os amigos a vestir seus casacos.

Ele acendeu sua lanterna e, ao descerem a escada, vendo Durtal se queixar do frio, Des Hermies achou graça.

— Se sua família tivesse conhecido os segredos mágicos das plantas, você não tremeria assim – disse ele. — No século XVI, diziam que a criança podia não sentir calor nem frio durante toda a vida se suas mãos fossem esfregadas com sumo de absinto, antes de completar 12 semanas de idade. Como pode ver, trata-se de uma receita perfumada, menos perigosa do que aquelas de que o cônego Docre faz mau uso.

Ao chegarem à rua, após Carhaix fechar a porta de sua torre, eles aceleraram o passo, pois o vento norte varria a praça.

— Enfim – disse Des Hermies –, Satanismo à parte, e assim mesmo, não, porque se trata de religião, admita que, para dois incrédulos de nossa espécie, dispomos de argumentos singularmente pios. Espero que isso seja lançado à nossa conta, lá em cima.

— Nosso mérito é pouco. Do que falar então? – replicou Durtal. — As conversas que não dizem respeito à religião ou à arte são tão rasteiras e vãs!

XV

No dia seguinte, a lembrança daqueles abomináveis magistérios não lhe saía da cabeça e, fumando ao lado da lareira, Durtal pensou na luta de Docre e Johannès, dois padres a se enfrentarem por causa de Gévingey, por meio de feitiços e exorcismos.

No Simbolismo cristão, pensou ele, o peixe é uma das formas figuradas do Cristo; é sem dúvida por causa disso e a fim de agravar seus sacrilégios que o cônego entope de hóstias os peixes. Seria assim o sistema invertido das feiticeiras da Idade Média, que, ao contrário, escolhiam um bicho imundo, votado ao Diabo, o sapo, por exemplo, para fazê-lo ingerir o corpo do Salvador.

Agora, o que há de verdadeiro nesse pretenso poder dos químicos deicidas? Que fé acrescentar a essas evocações de larvas que, obedecendo a ordens, matam determinada pessoa com óleos corrosivos e sangues pútridos? Tudo isso parece bastante improvável, até um tanto insano!

No entanto, refletindo bem, acaso não redescobrimos hoje, inexplicados e sobrevivendo sob outros nomes, mistérios que por muito tempo foram atribuídos à credulidade medieval? No hospital La Charité, o dr. Luys transfere doenças de uma mulher hipnotizada a outra. Em que isso é menos surpreendente que os artifícios da evocação dos maus espíritos, que os feitiços lançados por magos ou pastores? Uma larva, um espírito volante não são, afinal de contas, mais extraordinários do que um micróbio que vem de longe nos envenenar sem que desconfiemos; a atmosfera pode transportar igualmente espíritos e bacilos. É sabido que ela veicula, sem alterações, emanações, efluências e eletricidade, por exemplo, ou os fluidos de um magnetizador que envia a um indivíduo distante a ordem de atravessar Paris inteira para ir ao seu encontro. A ciência já não contesta esses fenômenos. Por outro lado, o dr. Brown-Séquard rejuvenesce velhos entrevados, reanima impotentes com injeções de órgãos genitais destilados de coelhos e cobaias. Quem sabe se os elixires de longa vida, se os filtros de amor que as bruxas vendiam às pessoas senis ou enfeitiçadas não eram compostos de substâncias similares ou análogas? Ninguém ignora que o sêmen do homem integrava, quase sempre, a confecção dessas misturas. Ora, o dr. Brown-Séquard, após reiteradas experiências, não demonstrou recentemente as virtudes dessa matéria extraída de um homem e instilada em outro?

Por fim, as aparições, os desdobramentos de corpos, as bilocações, para falar como os espíritas, que aterrorizaram a Antiguidade nunca cessaram de existir. Apesar de tudo, é difícil admitir que as experiências procedidas durante três anos e diante de testemunhas pelo dr. Crookes sejam falazes. Então, se ele pôde fotografar espectros visíveis e tangíveis, devemos reconhecer a veracidade dos taumaturgos da Idade Média. Tudo isso é, evidentemente, inacreditável, como era inacreditável há somente dez anos que, por meio da hipnose e da possessão da alma, um ser levasse outro ao crime!

Avançamos desorientados em meio às trevas, isso é certo. Aliás, Des Hermies observou com razão: importa menos saber se os sacrilégios farmacêuticos dos círculos demoníacos são poderosos ou fracos do que constatar o fato incontestável e absoluto de que em nossa época existem ações satânicas e padres pecadores que as preparam.

Ah, se houvesse jeito de encontrar o cônego Docre, de ganhar sua confiança, talvez isso nos permitisse examinar com maior nitidez essas questões. Aliás, interessantes mesmo só os santos, os celerados e os loucos; são os únicos cuja conversa vale a pena. As pessoas sensatas são forçosamente nulas, posto que repisam a eterna cantilena da vida entediante; elas formam a multidão, mais ou menos inteligente, ainda assim multidão, e me aborrecem! Certo, mas como se aproximar desse padre monstruoso? E, enquanto atiçava o fogo, Durtal pensou: por meio de Chantelouve, se ele quisesse, mas não é o caso. Sobra a mulher dele, que deve tê-lo frequentado. Preciso interrogá-la para saber se ela se corresponde com ele, se ainda o vê.

A presença de Hyacinthe Chantelouve em suas reflexões o deixou sombrio. Ele tirou o relógio e murmurou: que chatice tudo isso! Ela vai chegar e será ainda preciso... Se ao menos houvesse a possibilidade de convencê-la da inutilidade dos embates carnais! De toda maneira, ela não deve estar satisfeita, pois à sua carta frenética solicitando um encontro eu respondi, três dias depois, com uma mensagem seca, convidando-lhe a vir aqui esta noite. Faltou-me lirismo, em demasia, talvez!

Levantando-se, ele foi verificar se o fogo estava aceso no quarto e, sem sequer arrumá-lo como das outras vezes, voltou a sentar-se na sala. Agora que aquela mulher já não lhe interessava, galanteios e preocupações desapareciam. Ele a aguardava sem impaciência, com pantufas nos pés.

Resumindo, disse a si mesmo, a única coisa boa entre mim e Hyacinthe foi o beijo que trocamos perto do marido, na sua casa. Não reencontrarei mais o aroma de sua boca e seu ardor! Aqui, o gosto de seus lábios é insosso.

A sra. Chantelouve tocou a campainha mais cedo que de costume.

— Ora, ora – disse ela, sentando-se –, você me escreveu uma bela carta!

— Como assim?

— Ora, vamos, admita sinceramente, meu amigo, está cansado de mim!

Ele protestou, mas ela balançou a cabeça.

— Mas o que me censura? – insistiu ele. — Ter-lhe

enviado uma breve mensagem? Eu estava com visita, apressado, faltou-me tempo para elaborar minhas frases! Ou é pelo fato de não ter marcado um encontro mais cedo? Eu não podia! Já disse, nossa relação exige precauções e não pode ser frequente; e as razões disso eu deixei bem claras, acho...

— Sou tão estúpida que provavelmente não entendi suas razões; você me falou de razões de família, creio eu...

— Sim.

— É um tanto vago!

— No entanto, não posso pôr os pingos nos is e dizer que...

Calou-se, indagando se não chegara o momento de romper com ela sem mais tardar; mas pensou nas informações que poderia obter com ela a respeito do cônego Docre.

— Dizer o quê? Vamos, fale.

Ele meneou a cabeça por um instante, hesitando, não em proferir uma mentira, mas uma insolência, uma baixeza.

— Pois bem – prosseguiu Durtal. — Já que me obriga, confesso, ainda que me custe, que tenho uma amante há alguns anos; e acrescento logo que nossas relações agora são meramente amigáveis...

— Muito bem – disse ela, interrompendo-o –, suas razões de família se explicam.

— E depois – continuou ele com voz mais baixa –, se deseja saber tudo, muito bem, tenho um filho com ela!

— Tem um filho!... Oh, meu pobre amigo. – Ela se levantou e disse: — Só me resta partir. Adeus, você não me verá mais.

Mas ele segurou suas mãos e, ao mesmo tempo satisfeito com sua mentira e envergonhado de sua brutalidade, suplicou-lhe que ficasse mais um pouco.

Como ela se recusava, ele a puxou para si, beijou-lhe os cabelos e a acariciou. As pupilas enevoadas dos olhos dela mergulharam nos seus.

— Ah, venha! – suspirou ela. — Não, deixe-me tirar a roupa antes!

— Ora, não... afinal!

— Sim, sim!

— Pronto, a mesma cena da outra noite está recomeçando – murmurou ele, abatido, deixando seu corpo desabar sobre uma cadeira. Sentia-se soterrado por uma indizível tristeza, oprimido pelo tédio.

Despindo-se ao lado da lareira, a fim de se aquecer, ele aguardou que ela se deitasse. Na cama, ela o envolveu com seus membros dóceis e frios.

— Então é verdade? Não voltarei mais aqui?

Ele não respondia, entendendo que ela não tinha a menor vontade de ir embora, temendo estar lidando decididamente com uma pessoa aderente.

— Então, responda!

Ele enfiou a cabeça entre seus seios e beijou-os para não precisar responder.

— Diga-me isso sobre os meus lábios!

Ele a excitou furiosamente para que se calasse; continuava desiludido, enfastiado, mas feliz por terem chegado ao fim. Ainda deitados, ela passou um braço ao redor de seu pescoço e cobriu-lhe a boca com seus lábios; mas pouco efeito lhe fizeram essas carícias, ele continuava triste e fraco. Então, ela se curvou e caiu sobre ele, fazendo-o gemer.

— Ah! – exclamou ela subitamente, recompondo-se. — Finalmente ouço a sua voz!

Durtal jazia, exausto, esfalfado, incapaz de emendar duas ideias no cérebro, que lhe parecia chocar-se, descolado, contra o crânio.

Mas, finalmente, conseguindo se recuperar, ele se levantou e a deixou só para que se vestisse, indo fazer o mesmo em seu gabinete.

Por uma brecha do reposteiro puxado que separava os dois cômodos, ele avistava o facho de luz lançado pela vela, que estava sobre a lareira em frente.

Hyacinthe, andando de um lado para o outro, apagava ou acendia a chama daquela vela.

— Ora, meu amigo, então você tem um filho – disse ela.

Pronto, ela engoliu minha história, pensou ele.

— Tenho. Uma menina.

— E que idade tem essa criança?

— Vai fazer 6 anos.

E a descreveu, uma lourinha muito inteligente, vivaz, mas de saúde frágil; eram precisas múltiplas precauções, cuidados constantes.

— Você deve passar noites bem dolorosas – acrescentou ela, atrás da cortina, com voz emocionada.

— Certamente, como você pode imaginar. Se eu morresse amanhã, o que seria dessas duas pobres criaturas?

Entusiasmado, acabou acreditando na existência da criança, enternecendo-se com a sorte da menina e da mãe; sua voz estremeceu; lágrimas quase afloraram em seus olhos.

— Você é infeliz, meu amigo – disse ela, erguendo o reposteiro e voltando vestida para a sala. — Então, é por isso que, mesmo quando sorri, sua expressão é triste!

Ele a observava; com toda certeza, naquele instante, não havia dúvidas sobre seu afeto; ela realmente se importava com ele; mas para que então esses acessos furiosos de luxúria? Não fosse isso, talvez pudessem continuar camaradas, pecando moderadamente juntos, amando-se além das imundices carnais; mas, não, isso é impossível, concluiu, vendo aqueles olhos sulfurosos, aquela boca espoliadora, terrível.

Ela estava sentada perto da escrivaninha e brincava com uma caneta.

— Estava trabalhando quando cheguei? Como vai seu livro sobre Gilles de Rais?

— Está avançando, mas me encontro diante de alguns obstáculos; para recriar bem o Satanismo na Idade Média, seria preciso me introduzir nesse meio, pelo menos inventar um, conhecendo os sequazes do Diabolismo de nossos tempos; pois o estado de espírito é, no fim das contas, idêntico; e, se os métodos diferem, o objetivo é o mesmo.

E, fitando-a diretamente, achando que a história da criança a amolecera, ele inflou as velas e a abordou:

— Ah! Se ao menos seu marido quisesse ceder as informações que ele possui sobre o cônego Docre!

Ela permaneceu imóvel, mas seus olhos se agitaram. Não lhe respondeu.

— É verdade. Chantelouve, que desconfia de nossa relação...

Ela o interrompeu:

— Meu marido não tem nada a ver com a ligação que possa existir entre nós; evidentemente, ele sofre quando eu saio, como esta noite, pois sabe aonde vou; mas não aceito nenhum direito de controle, nem da parte dele nem da minha. Como eu, ele é livre para ir aonde desejar. Devo cuidar da casa dele, zelar por seus interesses, tratar dele, amá-lo como companheira dedicada; tudo isso eu faço e de boa vontade. Quanto às minhas ocupações, isso não é da sua alçada, aliás, nem dele nem de ninguém...

Ela disse isso num tom resoluto, com voz límpida.

— Com os diabos! – exclamou Durtal. — Você restringe extraordinariamente o papel do marido num casal.

— Sei que essas opiniões não são as mesmas do mundo em que vivo e tampouco parecem ser as suas; por sinal, no meu primeiro casamento, elas foram fonte de infelicidades e conflitos; mas tenho vontade férrea e dobro aqueles que me amam. Além disso, odeio mentira; por isso, após alguns anos de casamento, quando me apaixonei por uma pessoa, contei francamente a meu marido e confessei minha culpa.

— Seria ousado perguntar como ele acolheu essa confidência?

— A tristeza dele foi tanta que, numa só noite, seus cabelos embranqueceram; nunca foi capaz de aceitar o que ele chamava, injustamente a meu ver, de traição; então se matou.

— Ah! – exclamou Durtal, atônito com os modos plácidos e resolutos daquela mulher. — Mas e se ele a estrangulasse primeiro?

Ela deu de ombros, removeu um pelo de gato que caíra sobre seu vestido.

— Sendo assim – prosseguiu ele, após uma pausa –, agora você é praticamente livre, seu segundo marido tolera...

— Deixemos meu segundo marido em paz, por favor; é um homem excelente que mereceria mulher melhor. Eu só posso elogiar Chantelouve e o amo tanto quanto me é permitido; além do mais, falemos de outra coisa, pois isso já me causou bastante aborrecimento com meu confessor, que me proibiu de chegar perto do altar.

Contemplando-a, via agora outra Hyacinthe, uma mulher obstinada e rígida que ele desconhecia. Nenhuma entonação emocionada, nada, enquanto relatava o suicídio do primeiro marido; parecia nem mesmo imaginar que deveria recriminar-se por um crime. Ela permanecia impiedosa; no entanto, havia pouco, quando lastimava a sorte de Durtal por causa de sua fictícia paternidade, ele a sentira estremecer. Mas talvez se tratasse de pura encenação; como a dele!

Espantava-o a direção que tomara aquela conversa; ele procurou um meio de fazê-la voltar ao ponto de partida, do qual ela o desviara: o satanismo do cônego Docre.

— Enfim, não pensemos mais nisso – disse ela, aproximando-se dele. Sorridente, voltava a ser a mulher que ele conhecia.

— Mas se você não pode mais comungar por minha causa...

Ela o interrompeu:

— Você lastimaria se eu não o amasse? – disse então, beijando seus olhos.

Ele a apertou delicadamente em seus braços, mas, sentindo-a palpitante, por prudência, afastou-se.

— É então bem inexorável esse seu confessor?

— Um homem incorruptível, como os de antigamente. Aliás, eu o escolhi por isso.

— Se eu fosse mulher, acho que escolheria um que, ao contrário, fosse meigo e flexível, que não esmagasse com seus dedos fortes meu pequeno fardo de pecados. Gostaria que fosse indulgente, que lubrificasse a mola das confissões, lançando, com gestos ternos, iscas para as más ações que se ocultam. É verdade que, nesse caso, há o risco de enamorar-se de seu confessor, que talvez não tenha defesas e...

— Mas isso é incesto, pois o confessor é um pai espiritual, e é também um sacrilégio, pois o padre é consagrado. Oh! Que loucura me levou a tudo isso? – exclamou ela, repentinamente exaltada, como se falando sozinha.

Ele a observou. Fagulhas cintilavam em seus extraordinários olhos míopes. Obviamente, sem perceber, ele acabara de surpreendê-la em pleno vício.

— Vejamos então – disse ele com um sorriso –, você ainda me trai com uma falsificação de mim mesmo?

— Não entendo.

— Ora, à noite, você não recebe a visita do íncubo que se parece comigo?

— Não, visto que o possuo em carne e osso, não tenho necessidade alguma de evocar sua imagem.

— Você sabe que é uma mulher bela e satânica?

— É bem possível, conheci tantos padres!

— E se saiu muito bem – retorquiu ele, inclinando-se. — Mas ouça e faça-me um grande favor, minha querida Hyacinthe, em responder-me: você conhece o cônego Docre?

— Conheço, sim!

— Mas, enfim, quem é esse homem sobre o qual ouço falar constantemente?

— Por quem?

— Por Gévingey e Des Hermies.

— Ah! Você frequenta o astrólogo. De fato, esse aí já se encontrou antes com Docre em meu salão, mas eu ignorava que o cônego tinha relações com Des Hermies, que, na época, não ia à minha casa.

— Não há relação alguma. Des Hermies nunca o viu; ele também só ouviu os relatos de Gévingey; em resumo, o que há de verdadeiro em todos os sacrilégios dos quais o religioso é acusado?

— Ignoro completamente. Docre é um homem cortês, culto e educado. Chegou mesmo a ser o confessor de uma alteza real e poderia ter-se tornado bispo, não tivesse deixado o sacerdócio. Ouvi falar muito mal dele, mas no mundo clerical, principalmente, se diz tanta coisa!

— Mas, enfim, você o conheceu pessoalmente?

— Sim, chegou a ser meu confessor.

— Ora, então não é possível que não saiba coisa alguma sobre ele.

— Isso é mesmo presumível. Mas, enfim, já faz horas que você evita ir direto ao assunto; o que quer saber exatamente?

— Tudo aquilo que você quiser me contar; é jovem, bonito ou feio, pobre ou rico?

— Tem 40 anos, é bem-apessoado e gasta muito dinheiro.

— Você acredita que ele pratica feitiços, que celebra a Missa Negra?

— É bem possível.

— Perdoe se insisto em invadir suas trincheiras, se tento arrancar a fórceps cada palavra; se me permite ser absolutamente indiscreto... essa faculdade do incubato...

— É exatamente isso; foi com ele que aprendi; espero que fique satisfeito agora.

— Sim e não. Agradeço sua boa vontade para me responder; sinto que vou longe demais; ainda assim, uma última pergunta. Você conhece um meio que me permitisse ver em pessoa o cônego Docre?

— Ele está em Nîmes.

— Desculpe-me, mas ele se encontra em Paris atualmente.

— Ah! Você está a par disso! Pois bem, se conhecesse um meio para isso, eu não lhe contaria, pode ter certeza. Não seria bom para você frequentar esse padre!

— Admite então que ele é perigoso?

— Não admito nem nego; digo simplesmente que você não tem motivo para conhecer esse padre!

— Tenho, sim; preciso lhe pedir informações para meu livro sobre o Satanismo.

— Pois encontre-as de outra maneira. Além disso – prosseguiu Hyacinthe, pondo o chapéu diante do espelho –, meu marido rompeu relações com esse homem que o amedronta; ele já não vai à nossa casa como antes.

— Essa não seria uma razão para...

— Para o quê? – indagou ela, virando-se para ele.

— Para... nada.

Durtal silenciou a seguinte reflexão: para você ter deixado de frequentá-lo.

Ela não insistiu. Ajeitando os cabelos sob o véu, disse:

— Meu Deus, em que estado me encontro!

Ele lhe tomou as mãos e as beijou:

— Quando nos veremos?

— Pensei que não deveria mais voltar.

— Ora, vamos. Você sabe muito bem que eu a amo como a uma boa amiga. Diga quando voltará.

— Depois de amanhã, a menos que isso o incomode.

— De modo algum!

— Até logo, então.

Eles se beijaram na boca.

— E, sobretudo, não vá sonhar com o cônego Docre – acrescentou ela, com um dedo ameaçador, no instante em que partia.

Que o Diabo a carregue com suas reticências, pensou Durtal, fechando a porta.

XVI

Quando eu penso, refletiu Durtal no dia seguinte, que na cama, no exato instante em que a mais pertinaz vontade sucumbe, eu resisti, recusando-me a ceder às instâncias de Hyacinthe, que queria fincar pé aqui, e que, após o declínio da carne, no momento em que o homem combalido se recupera, eu lhe implorei que continuasse a me visitar, não entendo mais nada! No fundo, não mudei de ideia quanto a romper nossa relação; e, ao mesmo tempo, não podia dispensá-la como uma rapariga, disse a si mesmo, a fim de justificar a incoerência de seu comportamento. Eu esperava também conseguir informações sobre o cônego. Ah! Nesse ponto, ela ainda não está livre de mim, será preciso que se resolva a falar, e não responder por monossílabos ou frases cautelosas como fez ontem!

Mas, afinal de contas, o que terá ela feito com esse abade que foi seu confessor e, como reconheceu, a iniciou no incubato? Foi sua amante, isso é certo; e quantos, entre os demais eclesiásticos que frequentou, foram também seus amantes? Pois isso ficou bem claro quando, exaltada, confessou que é essa gente que ela ama! Ah! Talvez, frequentando o mundo clerical, poderiam ser descobertas particularidades curiosas sobre ela e o marido. Ainda assim, é muito estranho que Chantelouve, que desempenha um papel singular nesse casamento, tenha adquirido reputação deplorável, e ela, não. Jamais ouvi falar de suas escapadas. Não, como sou parvo! Nada há de estranho. O marido dela não se limitou a círculos religiosos e mundanos; ele frequenta literatos e por isso se expõe a todas as maledicências, ao passo que ela, se arruma um amante, escolhe-o com certeza nas sociedades religiosas nas quais pessoa alguma das que conheço seria admitida; ademais, os padres são seres discretos. Mas como então explicar que ela venha aqui? Pelo simples fato de provavelmente ter tido indigestão de batinas, e eu servi de pausa nas saias pretas. Represento apenas um intervalo laico em sua sina religiosa!

Dá no mesmo, ela é em todo caso bastante singular e, quanto mais a vejo, menos a compreendo. Convivem nela três seres distintos:

Primeiro, a mulher sentada ou de pé que conheci em seu salão, reservada, quase arrogante, que se tornou boa moça na intimidade, afetuosa, até carinhosa.

Em seguida, há a mulher deitada, com modos e voz completamente alterados, uma rameira, vomitando indecências sem a menor vergonha.

Por fim, a terceira, que notei ontem, uma impiedosa libertina, mulher realmente satânica, uma verdadeira obscena.

Como amalgamar e unir tudo isso? Ignoro. Através da hipocrisia, sem dúvida. Não, nada disso, ela demonstra com frequência uma franqueza desconcertante; talvez sejam, na verdade, momentos de relaxamento e esquecimento. No fundo, de que serve tentar compreender o caráter dessa beata lúbrica? Resumindo, o que eu podia temer não se realiza; ela não me pede que saia em sua companhia, não me força a jantar em sua casa, não exige de mim alguma prebenda, não me solicita compromisso algum de aventureira mais ou menos suspeita. Jamais encontrarei melhor. Sim, mas é que agora eu preferiria não encontrar nada; seria o bastante depositar em mãos mercenárias minhas petições carnais; e assim, por 20 francos, eu compraria os mais refinados cuidados! Porque, não há a menor dúvida, somente as profissionais sabem cozinhar os excelentes pratos dos sentidos!

O que me parece estranho, pensou ele, repentinamente, após um silêncio cheio de reflexões, é que, guardadas as devidas proporções, Gilles de Rais, tal como ela, divide-se em três seres diferentes.

Primeiramente, o guerreiro corajoso e devoto.

Depois, o artista refinado e criminoso.

Enfim, o pecador que se arrepende, o místico.

Essas reviravoltas são todas feitas de excessos! Contemplando-se o panorama de sua vida, descobre-se diante de cada um de seus vícios uma virtude que o contradiz; porém, nenhum elo visível os reúne.

O orgulho dele era tempestuoso; a soberba, imensa; e, quando foi tomado pela contrição, ele caiu de joelhos diante do povo e chorou com a humildade de um Santo.

Sua ferocidade ultrapassou os limites da capacidade humana e, entretanto, foi um homem caridoso e adorava seus amigos, aos quais tratava como se fossem irmãos, tão logo o Demônio os afligia.

Impetuoso nos desejos e, ainda assim, paciente; corajoso nas batalhas, covarde diante do além, ele foi despótico e violento, porém frágil quando os elogios de seus parasitas inflaram. Uma hora no topo, outra no abismo, jamais na planície percorrida nos pampas da alma. Suas confissões não chegam a esclarecer esses antípodas invariáveis. E, aos que lhe perguntam quem o insuflava com a ideia de tais crimes, ele responde: "Ninguém, apenas minha imaginação me impulsiona; tal ideia veio exclusivamente de mim mesmo, de meus devaneios, de meus prazeres diários, de meu gosto pela devassidão".

E recrimina-se pelo ócio, afirma constantemente que as refeições refinadas e as bebidas robustas ajudaram a libertar a fera acorrentada dentro de si.

Alheio às paixões medíocres, ele se entrega, alternadamente, tanto ao bem como ao mal, mergulhando de cabeça nos abismos opostos da alma. Morre aos 36 anos, mas conseguira exaurir o fluxo das alegrias desordenadas, o refluxo das dores que não serenam jamais. Adorou a morte, amou o vampiro, apaixonou-se por inimitáveis expressões de dor e pavor, e foi também oprimido por infrangíveis remorsos, por medos insaciáveis. No plano terreno, nada mais lhe restava para experimentar, nada mais para aprender.

Vejamos, disse Durtal, folheando suas anotações, eu o deixei no momento em que se inicia sua expiação; conforme escrevi num dos capítulos precedentes, os habitantes das regiões vizinhas aos castelos do marechal sabem agora quem é o monstro inconcebível que rapta as crianças e as degola. Mas ninguém ousa falar. E sempre que, numa curva do caminho, surge a alta estatura do carniceiro, todos fogem, escondem-se atrás das sebes, trancam-se nos casebres.

E Gilles passa, altivo e sinistro, pelo deserto das aldeias soluçantes e clausuradas. A impunidade lhe parece garantida, posto que nenhum camponês seria louco a ponto de confrontar um senhor capaz de conduzi-lo à força ante a primeira palavra de protesto.

Por outro lado, se os humildes desistem de atacá-lo, seus pares não têm a intenção de combatê-lo, favorecendo assim os broncos que eles desdenham; e, aquele que está acima de todos, o duque da Bretanha, João V, o afaga e adula, a fim de lhe extorquir as terras por preço baixo.

Uma única força podia levantar-se e, acima das cumplicidades feudais, vingar os oprimidos e os fracos: a Igreja. E foi ela, de fato, que, na pessoa de Jean de Malestroit, se insurgiu diante do monstro e o abateu.

Jean de Malestroit, bispo de Nantes, pertencia a uma linhagem ilustre. Parente próximo de João V, era dotado de tão incomparável misericórdia, assídua sabedoria, arrebatada generosidade e ciência infalível que o próprio duque o venerava.

O pranto dos campos dizimados por Gilles tinha chegado aos seus ouvidos; silenciosamente, ele começava uma investigação, espionava o marechal, decidido, tão logo fosse possível, a iniciar a luta.

E Gilles cometeu de repente um inexplicável atentado que permitiu ao bispo dirigir-se diretamente a ele e o golpear.

Para reparar as avarias em sua fortuna, Gilles vende seu domínio senhorial de Saint-Etienne de Mer Morte a um súdito de João V, Guillaume le Ferron, que delega ao seu irmão Jean a posse dessas terras.

Alguns dias mais tarde, o marechal reúne os duzentos homens de seu regimento militar e, pondo-se à sua frente, dirige-se para Saint-Etienne. Lá, no dia de Pentecostes, enquanto o povo reunido assiste à missa, ele se precipita. Empunhando sua espada para dentro da igreja, varre com um gesto as fileiras tumultuosas de fiéis e, diante do padre perplexo, ameaça matar Jean le Ferron, que está rezando no local. A cerimônia é interrompida, a assistência foge. Gilles arrasta Jean le Ferron, que lhe pede misericórdia, até o castelo, ordena que abaixem a ponte levadiça e, à força, ocupa a praça-forte, enquanto seu prisioneiro é levado dali e jogado no fundo de uma masmorra em Tiffauges.

Com isso, ele acabava de violar a tradição bretã que proibia a todos os barões de acionar suas tropas sem o consentimento do duque, e cometia dois sacrilégios, profanando uma capela e sequestrando Jean le Ferron, que era um clérigo tonsurado da Igreja.

O bispo toma conhecimento dessa emboscada e convence João V, ainda hesitante, a investir contra o rebelde. Então, enquanto um exército avança para Saint-Etienne, abandonado por Gilles, que se refugiou com sua pequena tropa no palácio fortificado de Machecoul, outro exército sitia Tiffauges.

Enquanto isso, o prelado acumula e acelera as investigações. Sua atividade torna-se extraordinária, e ele envia comissários e procuradores a todas as aldeias onde as crianças desapareceram. Ele mesmo deixa seu palácio de Nantes, percorre os campos, recolhe os depoimentos das vítimas. O povo, finalmente, fala, suplicando-lhe de joelhos que o proteja, e o bispo, revoltado com as atrocidades que lhe são reveladas, jura fazer justiça.

Bastou um mês para que todos os relatórios fossem concluídos. Por meio de cartas patentes, Jean de Malestroit estabelece publicamente a *infamatio* de Gilles e, assim que as fórmulas do procedimento canônico se esgotam, emite uma ordem de prisão.

Nesse documento, redigido em forma de mandado e baixado em Nantes no dia 13 de setembro do ano do Senhor 1440, ele cita os crimes imputados ao marechal e, em seguida, num estilo enérgico, convoca sua diocese a investir contra o assassino e capturá-lo.

> "Assim, pelas presentes cartas, injungimos todos vós e cada um em particular a intimar imediatamente e de maneira definitiva, sem contardes um com outro, sem deixardes tal cuidado a cargo de outrem, a comparecer diante de nós ou do juiz eclesiástico de nossa igreja catedral, na segunda-feira, dia da Exaltação da Santa Cruz, 19 de setembro, Gilles, o nobre barão de Rais, submetido ao nosso poder e nosso jurisdicionado, e nós o intimamos, pessoalmente, por meio destas cartas, a comparecer em nosso tribunal, a fim de responder pelos crimes que pesam sobre ele. Que estas ordens sejam, pois, executadas e que cada um de vós as façais executar."

E no dia seguinte, o capitão Jean Labbé, agindo em nome do duque, e Robin Guillaumet, tabelião, agindo em nome do bispo, apresentaram-se, escoltados por uma pequena tropa, diante do castelo de Machecoul.

O que terá se passado no espírito do marechal? Demasiadamente enfraquecido para um enfrentamento em campo aberto, ele ainda pode defender-se atrás das muralhas que o abrigam, e assim mesmo se rende!

Roger de Bricqueville, Gilles de Sillé, seus conselheiros habituais, fugiram. Ele fica sozinho com Prelati, que tenta em vão salvar a si mesmo.

Em seguida, assim como Gilles, é acorrentado. Robin Guillaumet vasculha inteiramente a fortaleza. No interior, descobre roupas ensanguentadas, ossos mal calcinados, cinzas que Prelati não teve tempo de despejar nas latrinas e nos fossos.

Em meio a maldições e gritos de horror medonhos que brotam por onde passam, Gilles e seus servidores são levados para Nantes e encarcerados no castelo de Tour Neuve.

Nada disso, no fim das contas, está muito claro, refletiu Durtal. Considerando o homem perigoso que o marechal havia sido, como admitir que tenha se rendido sem esboçar a menor reação?

Estaria amolecido, enfraquecido pelas noitadas libertinas, erodido pelas abjetas delícias dos sacrilégios, destruído, moído pelos remorsos? Estaria cansado de viver daquela maneira e desistia, como tantos assassinos atraídos pelo castigo? Ninguém sabe. Talvez acreditasse que sua posição era tão elevada que o tornaria invulnerável. Esperaria, por fim, desarmar o duque, contando com sua venalidade, oferecendo-lhe um resgate na forma de residências e prados senhoriais?

Tudo é plausível. Também é possível que soubesse o quanto João V hesitara, temendo contrariar a nobreza de seu Ducado, em ceder à objurgação do bispo e em arregimentar tropas para persegui-lo e capturá-lo.

O certo é que documento algum responde a essas perguntas. Tudo isso ainda pode ser de algum modo organizado num livro, pensava Durtal, mas bem mais enfadonho e obscuro, do ponto de vista das jurisdições criminais, é o processo em si.

Tão logo Gilles e seus companheiros foram presos, organizaram-se dois tribunais: um, eclesiástico, para julgar os crimes que fossem do âmbito da Igreja; outro, civil, para julgar os que fossem da alçada do Estado.

Na verdade, o tribunal civil que acompanhou os debates eclesiásticos eclipsou-se completamente nessa causa; realizou, pró-forma, apenas uma pequena sindicância, mas decretou a pena de morte que a Igreja se impedia de proferir, em razão do velho adágio: *Ecclesia abhorret a sanguine*[3].

Os procedimentos eclesiásticos duraram um mês e oito dias; os civis, 48 horas. Ao que parece, a fim de se proteger atrás do bispo, o duque da Bretanha voluntariamente reduziu o papel da justiça civil, que, em geral, lutava melhor contra as ingerências da corte eclesiástica.

Jean de Malestroit preside as audiências; escolhe como assessores os bispos de Le Mans, Saint-Brieuc e Saint-Lô; depois, além desses altos dignitários, cerca-se de uma tropa de juristas que se alternam nas intermináveis audiências do processo. Os nomes da maior parte deles aparecem nos autos; são eles: Guillaume de Montigné, advogado do tribunal secular; Jean Blanchet, bacharel em Direito; Guillaume Groyguet e Robert de la Rivière, diplomados *in utroque jure*[4]; Hervé Lévi, senescal de Quimper. Pierre de l'Hospital, chanceler da Bretanha, que deve presidir as audiências civis após o julgamento canônico, assiste Jean de Malestroit.

---

3 A Igreja abomina o derramamento de sangue.
4 Em ambos os direitos (religioso e secular).

O promotor, que desempenhava então funções do Ministério Público, foi Guillaume Chapeiron, pároco de Saint-Nicolas, homem eloquente e astuto; para abrandar-lhe a fadiga das leituras, foi assistido por Geoffroy Pipraire, decano de Sainte-Marie, e por Jacques de Pentcoetdic, juiz eclesiástico da igreja de Nantes.

Finalmente, junto à jurisdição episcopal, a Igreja instituíra o tribunal extraordinário da Inquisição para reprimir o crime de heresia, que compreendia então o perjúrio, a blasfêmia, o sacrilégio, todos os delitos da magia.

Ao lado de Jean de Malestroit, esse tribunal contava com a temível e douta pessoa de Jean Blouyn, dominicano designado pelo grande Inquisidor de França, Guillaume Mérici, para o cargo de vice-inquisidor da cidade e da diocese de Nantes.

Constituído o tribunal, o processo tem início logo de manhã, pois, consoante o costume da época, juízes e testemunhas devem estar em jejum. Dá-se a palavra aos pais das vítimas, e Robin Guillaume, ocupando as funções de meirinho, o mesmo que capturou o marechal em Machecoul, procede à leitura da intimação de comparecimento expedida a Gilles de Rais. Ele é trazido e declara com desdém que não reconhece a competência do tribunal; no entanto, como quer o procedimento canônico, o promotor indefere imediatamente a argumentação – "para que por esse meio a correção do malefício não seja impedida" –, por ser nula de direito e "frívola", obtendo assim do tribunal permissão para passar à formalidade seguinte. Começa a ler para o réu os principais artigos da acusação contra ele; Gilles grita, dizendo que o promotor é mentiroso e traidor. Então, Guillaume Chapeiron estende o braço em direção ao Cristo, jura dizer a verdade e convida o marechal a fazer o mesmo juramento. Mas aquele homem, que não recuou perante nenhum sacrilégio, perturba-se e recusa-se a perjurar diante de Deus, e a audiência é suspensa em meio ao tumulto dos ultrajes que Gilles vocifera contra o promotor.

Concluídos esses preâmbulos, alguns dias depois têm início os debates públicos. A acusação, constituída na forma de requisitório, é lida em voz alta diante do réu e do povo, que estremece quando Chapeiron, com paciência, enumera os crimes um por um e acusa formalmente o marechal de ter conspurcado e matado crianças, de ter praticado operações de feitiçaria e magia, de ter violado, em Saint-Etienne de Mer Morte, as imunidades da Santa Igreja.

Depois de uma pausa, retoma seu discurso e, deixando de lado os assassinatos para considerar apenas os crimes cuja punição, prevista pelas leis canônicas, podia ser pronunciada pela Igreja, ele pede que Gilles sofra a pena de dupla excomunhão: em primeiro lugar, como evocador de demônios, herético, apóstata e reincidente; em segundo, como sodomita e sacrílego.

Ouvindo esse libelo conturbado e cerrado, áspero e denso, Gilles se exaspera. Insulta os juízes, trata-os de simoníacos e impudicos e recusa-se a responder às perguntas que lhe fazem. Promotor e assessores não desistem; convidam-no a apresentar sua defesa. Novamente, ele se recusa, injuria-os e, depois, quando é hora de refutá-los, permanece mudo.

Então, o bispo e o vice-inquisidor declaram-no contumaz e pronunciam contra ele a sentença de excomunhão, que é logo promulgada.

Além disso, fica decidido que os debates prosseguirão no dia seguinte.

Um som de sineta interrompeu a leitura que Durtal fazia de suas anotações. E Des Hermies entrou.

— Acabo de visitar Carhaix, que está doente – disse ele.
— É mesmo? O que tem ele?

— Nada de grave, um pouco de bronquite; estará de pé em dois dias, se consentir em permanecer tranquilo.

— Vou vê-lo amanhã – disse Durtal.

— E você, o que anda fazendo? – retomou Des Hermies. — Trabalhando?

— Sim, claro. Vasculho o processo do nobre barão de Rais. Acho que descrevê-lo será tão entediante quanto foi a sua leitura!

— E você ainda não sabe quando concluirá o livro?

— Não – respondeu Durtal, espreguiçando-se. — Ademais, não desejo chegar ao término. O que será de mim, então? Serei obrigado a procurar outro assunto, recomeçar a preparação dos capítulos iniciais, algo tão maçante; passarei horas de ócio mortal. Realmente, quando penso nisso, a literatura só tem uma razão de ser: salvar do asco de viver aquele que a pratica!

— E também para, generosamente, aliviar a angústia de alguns que ainda amam a arte.

— E estes são poucos!

— Cada vez menos; a nova geração só se interessa por jogos de azar e corridas de cavalos!

— Exatamente; hoje, os homens jogam e não leem; são as chamadas mulheres da sociedade as únicas a comprarem livros e determinarem o sucesso ou o revés dos autores; por isso, é à dama, como dizia Schopenhauer, a essa tolinha, como prefiro qualificá-la, que devemos essa enxurrada de romances tépidos e viscosos tão enaltecidos! Anuncia-se assim uma bela literatura no futuro, pois, para agradar às mulheres, naturalmente, é preciso exprimir, num estilo desatravancado, ideias já digeridas e caducas.

— Ah! Além do mais – prosseguiu Durtal após uma pausa –, talvez seja melhor assim; os raros artistas que sobraram não têm mais de cuidar do público; vivem e trabalham longe dos salões, longe da turba dos costureiros de letras; o único ressentimento que podem ter honestamente, quando suas obras são impressas, é vê-las expostas à imunda curiosidade da multidão!

— O fato – disse Des Hermies – é que se trata de uma verdadeira prostituição; pôr um livro à venda é aceitar a indecorosa familiaridade do primeiro que apareça; é a profanação, o estupro consentido do pouco que nos resta!

— Sim, é o nosso orgulho impenitente e também a necessidade do miserável dinheiro que nos impedem de manter nossos manuscritos ao abrigo dos patifes! A arte deveria ser tal qual a mulher que amamos: estar fora de alcance, no espaço, distante; afinal de contas, assim como a oração, ela é a única ejaculação espiritual realmente pura! Por isso, quando um de meus livros é publicado, eu o rejeito, horrorizado. Tanto quanto possível, mantenho-me afastado das ruas onde ele roda sua bolsinha. Só me preocupo um pouco com ele depois de alguns anos, quando já desapareceu das vitrines, quando já está moribundo; isso explica por que não tenho pressa de terminar o livro sobre Gilles, que, infelizmente, está quase concluído; o destino que ele terá me é indiferente, e meu desinteresse será absoluto quando for publicado!

— E então, vai fazer alguma coisa hoje à noite?

— Não, por quê?

— Poderíamos jantar juntos?

— Claro!

E, enquanto Durtal calçava as botinas, Des Hermies disse:

— O que me choca também no mundo pretensamente literário de nossos dias é a qualidade da sua hipocrisia e de sua baixeza; o termo "diletante", por exemplo, terá servido para encobrir muitas torpezas!

— Certamente, pois ele permite proveitosas deferências; porém, o mais impressionante é que todo crítico que o emprega atualmente o faz como um elogio, sem sequer suspeitar que se trata de um insulto; pois, no fim das contas, tudo isso se resume a um ilogismo. O diletante não tem temperamento pessoal, já que não execra nada e gosta de tudo; ora, se alguém não tem temperamento pessoal, tampouco tem talento.

— Então – continuou Des Hermies, pondo o chapéu –, todo autor que se vangloria de ser diletante admite ao mesmo tempo que é um escritor nulo.

— Exatamente!

XVII

No fim da tarde, Durtal interrompeu o trabalho e subiu a torre de Saint-Sulpice.

Encontrou Carhaix acamado num quarto contíguo à sala onde faziam habitualmente as refeições. Os cômodos eram parecidos, com paredes de pedra, sem forrações e tetos abobadados; o quarto, porém, era mais escuro. A janela se abria parcialmente não para a praça Saint-Sulpice, mas para a parte posterior da igreja, cujo telhado a cobria de sombras. O compartimento tinha como mobília uma cama de ferro provida de um estrado sonoro e um colchão, duas cadeiras de palha, uma mesa coberta com um velho tapete. Na parede nua, um crucifixo ordinário, florido de buxos secos, e nada mais.

Carhaix estava sentado na cama e folheava papéis e livros. Seus olhos pareciam mais aquosos, o rosto mais pálido do que de costume; a barba, há vários dias por fazer, crescia em tufos grisalhos sobre as faces encovadas; mas um belo sorriso tornava afetuoso, quase acolhedor, seus traços esquálidos.

Às perguntas que lhe fez Durtal, ele respondeu:

— Isso não é nada. Des Hermies me autorizou a levantar a partir de amanhã; mas que remédio terrível! – exclamou o homem, mostrando-lhe uma poção da qual ele ingeria uma colher de hora em hora.

— O que você está tomando? – perguntou Durtal.

Mas o sineiro ignorava. Sem dúvida para evitar gastos, Des Hermies trouxera pessoalmente o frasco com a medicação.

— Ficar acamado deve ser maçante para você, não?

— Nem me fale! Sou obrigado a confiar meus sinos a um auxiliar que não vale nada. Ah! Se você os escutasse... O som me deixa arrepiado e nervoso...

— Ora, não deixe que isso o atormente – disse-lhe a mulher. — Dentro de dois dias você poderá tocar seus sinos!

Mas ele continuou se queixando.

— Vocês não fazem ideia; esses sinos estão acostumados a ser bem tratados; esses instrumentos são como os bichos, só obedecem ao dono. Agora, parecem desarrazoados, balançam e soam sem sentido; mal consigo reconhecer suas vozes daqui!

— O que está lendo? – perguntou Durtal, com intenção de mudar de assunto, pois aquele o aborrecia.

— Livros escritos sobre eles! Olhe, Durtal, veja essas inscrições que são de uma beleza realmente rara. Ouça – disse ele, abrindo um volume crivado de marcadores de páginas. — Escute bem esta frase escrita em relevo sobre o manto de bronze do grande sino de Schaffouse: "Chamo os vivos, choro os mortos, destruo os raios". E esta outra, inscrita sobre um velho sino do campanário de Gand: "Meu nome é Roland; quando retino, é um incêndio; quando soo, é a tempestade em Flandres".

— A essa não falta estilo – concordou Durtal.

— Pois é! Também estragaram isso! Agora, são os ricaços que fazem com que seus nomes e virtudes sejam inscritos sobre os sinos que doam às igrejas; mas eles têm tantas virtudes e títulos que não sobra lugar para as divisas. Vivemos um tempo em que as pessoas carecem de humildade!

— Se só lhes faltasse a humildade! – suspirou Durtal.

— Arre! – recomeçou Carhaix, voltando aos seus sinos. — Se fosse apenas esse o problema! Parados, os sinos enferrujam, o metal bate a frio e não vibra direito; antigamente, aqueles magníficos auxiliares de culto soavam as horas canônicas: matinas e laudes, antes de o dia raiar; prima, quando amanhece; sexta, ao meio-dia; nona, às três horas; e também as vésperas e as completas; hoje em dia, a missa do padre é anunciada com três ângelus, de manhã, à tarde e à noite, às vezes soam a bênção do Santíssimo e, certos dias, algumas badaladas para as cerimônias prescritas, e nada mais. Só nos conventos os sinos não dormem, pois lá, ao menos, os ofícios noturnos subsistem!

— Deixe isso de lado – disse a esposa, colocando um travesseiro atrás de suas costas. — Não adianta continuar se exaltando assim, isso não servirá de nada e vai lhe fazer mal.

— É verdade – disse ele, resignado. — Mas o que fazer? Continuo sendo um homem revoltado, um velho pecador que nada é capaz de apaziguar – e sorriu para a mulher, que lhe trazia uma colher com a poção médica.

A campainha soou. A sra. Carhaix foi abrir a porta e fez entrar um padre alegre e corado que, com voz grossa, exclamou:

— É a escada do Paraíso! Estou ofegante! – deixou-se cair numa poltrona, a abanar-se. — E então, meu amigo – disse ele após ter-se levantado e, enfim, entrando no quarto –, soube pelo sacristão que você estava doente e vim vê-lo.

Durtal o examinou. Uma alegria incompreensível irrompia de seu rosto sanguíneo, de bochechas estriadas de linhas azuis. Carhaix os apresentou; o padre fez a Durtal uma saudação desconfiada e este retribuiu com uma saudação fria.

Ele sentia um incômodo imenso ao ver as efusões do afinador de sinos e da esposa, que agradeciam de mãos juntas o abade por ter subido. Era evidente que, para o casal, que, entretanto, não ignorava as paixões sacrílegas ou medíocres do clero, o eclesiástico era um eleito, um homem tão superior que sua presença ofuscava a dos demais.

Durtal despediu-se; descendo a escada, dizia a si mesmo: esse padre jubiloso me aterroriza. Aliás, padres, médicos e literatos alegres são, indubitavelmente, seres ignóbeis, pois, afinal, são eles que veem de perto as misérias humanas, que as consolam, as tratam ou descrevem. Se, depois disso, desopilam o fígado gargalhando, é o cúmulo! O que, aliás, não impede que alguns inconscientes deplorem que o romance observado, vivido, verdadeiro, seja triste como a vida que ele representa. Queriam-no jovial, divertido e maquiado, ajudando-os em seu vil egoísmo a esquecer as desastrosas existências que vivem!

Não tem importância, Carhaix e sua esposa são, assim mesmo, pessoas singulares! Curvam-se sob o despotismo paternal dos padres – e em alguns momentos isso não deve ser muito engraçado – e os reverenciam e adoram! Pois é, são as almas puras dos crentes e humildes! Não conheço aquele padre, mas ele é redundante e rubicundo, é obeso como um porco e explode de alegria. Apesar do exemplo de São Francisco de Assis, que era alegre – o que por sinal o diminui na minha opinião –, custa-me imaginar que esse eclesiástico seja um ser superior. O certo é que, no fundo, é melhor para ele que seja medíocre. De que maneira, se não fosse assim, conseguiria se fazer entender pelas suas ovelhas? E depois, se fosse um ser superior, seria odiado pelos colegas e perseguido pelo bispo!

Falando a si mesmo dessa maneira desordenada, Durtal alcançou a base das torres. Sob o pórtico, parou. Achei que ficaria mais tempo lá em cima, pensou; são apenas cinco horas; preciso matar o tempo por pelo menos meia hora antes do jantar.

O tempo estava quase agradável, a neve tinha sido varrida; ele acendeu um cigarro e vagou pela praça.

Olhando para cima, procurou a janela do sineiro e a reconheceu; era a única que dispunha de uma cortina, entre os demais arcos envidraçados que se abriam acima do terraço. Que construção abominável, pensou, contemplando a igreja; e pensar que essa forma quadrada, ladeada de duas torres, ousa inspirar-se na fachada de Notre Dame!

E que desperdício, prosseguiu Durtal, detendo-se nos detalhes. Do átrio ao primeiro piso há colunas dóricas; do primeiro ao segundo, colunas jônicas com volutas; finalmente, da base ao cume da torre, colunas coríntias com folhas de acanto. O que pode significar essa mixórdia de ordens pagãs para uma igreja? Além do mais, isso diz respeito somente à torre provida de sinos; a outra, que nem sequer foi concluída e ficou no estado de cilindro grosseiro, é menos feia!

E foram empregados cinco ou seis arquitetos para erigir esse amontoado indigente de pedras! No entanto, no fundo, Servandoni e Oppenord foram os equivalentes de Ezequiel na construção civil, verdadeiros profetas; a obra que realizaram é visionária, à frente do século XVIII, pois trata-se do esforço divinatório da alvenaria, simbolizando, numa época em que as estradas de ferro não existiam, as futuras plataformas de embarque ferroviário. Saint-Sulpice, de fato, não é uma igreja, mas uma estação de trem.

E o interior do monumento não é mais religioso ou mais artístico do que o exterior; realmente, de tudo isso, só a gruta suspensa do bom Carhaix me apraz! Em seguida, olhou derredor. Essa praça é bem feiosa, mas provinciana e íntima! Sem dúvida, nada se compara à fealdade desse seminário, que exala odor rançoso e glacial de asilo. A fonte, com suas bacias poligonais, os vasos em forma de caldeirões, os leões que serviriam para ornamentar trasfogueiros, os prelados metidos em nichos, nada disso é uma obra-prima, assim como essa Maria, de estilo burocrático, que nos cobre os olhos de cinza; mas nesta praça, assim como nas ruas vizinhas, Servandoni, Garancière, Férou, respira-se uma atmosfera feita de silêncio benévolo e suave umidade. Tudo recende a armário esquecido e um pouco de incenso. Esta praça está em perfeita harmonia com as casas das ruas velhas que a confinam, com a beatice do bairro, as fábricas de imagens e cibórios, as livrarias religiosas cujos livros têm capa cor de pevide, de macadame, de noz-moscada, de azul-anil!

Sim, caduca e discreta, concluiu. A praça estava então quase deserta. Algumas mulheres subiam as escadas da igreja, diante de mendigos que murmuravam padres-nossos, sacudindo moedas dentro de copos; um eclesiástico, levando debaixo do braço um livro encapado com pano preto, saudava as senhoras de olhares inexpressivos; alguns cães perseguiam uns aos outros; um punhado de crianças corria ou pulava corda; os enormes ônibus cor de chocolate de La Villette e o pequeno ônibus amarelo-mel da linha de Auteuil partiam quase vazios, ao passo que, reunidos em frente de suas carroças, sobre a calçada, próximos de um sanitário público, cocheiros conversavam. Nenhum barulho, nenhuma turba, e as árvores pareciam as de uma silenciosa praça pública do interior.

Vejamos, pensou Durtal, observando novamente a igreja, algum dia, quando fizer menos frio e o céu estiver mais claro, preciso subir até o alto da torre; depois, balançou a cabeça: para quê? Paris, vista de cima, era interessante na Idade Média, mas agora! Só veria, como de outras alturas, um amontoado de ruas cinzentas, as artérias mais claras dos bulevares, as manchas verdes dos jardins e das pracinhas e, bem longe, fileiras de casas que se assemelham a dominós alinhados em pé e cujos pontos negros são as janelas.

Além disso, os edifícios que emergem desse charco irregular de telhados – Notre Dame, Sainte-Chapelle, Saint-Séverin, Saint-Etienne-du-Mont, a torre Saint-Jacques – estão afogados na massa deplorável de monumentos mais recentes; e tampouco faço a menor questão de admirar, ao mesmo tempo, aquela espécie de arte de vendedoras de bricabraque, que é o Opéra, nem aquele vão de ponte que é o Arco do Triunfo e aquele candelabro oco que é a Torre Eiffel!

Já me basta vê-los separadamente, de baixo, na calçada, das esquinas.

E se eu fosse jantar? Pois, afinal de contas, tenho encontro marcado com Hyacinthe e preciso estar de volta antes das oito horas.

E dirigiu-se a uma adega de vinhos da vizinhança que, despovoada às seis horas, permitia-lhe discutir consigo mesmo com toda a tranquilidade, comendo carnes que continuavam saudáveis e bebendo líquidos razoavelmente tingidos. Ele pensava na sra. Chantelouve e, sobretudo, no cônego Docre. Esse padre misterioso o intrigava. O que podia se passar no cérebro de um homem que fez com que lhe desenhassem um Cristo na sola do pé para poder pisoteá-lo o tempo todo?

Quanto ódio isso revelava! Será que o desprezava por não lhe ter dado os êxtases bem-aventurados dos santos ou, mais humanamente, por não o ter elevado às altíssimas dignidades do sacerdócio? Não havia dúvida, o ressentimento daquele padre era excessivo e seu orgulho, imenso. Talvez nem se aborrecesse por ser alvo de terror e repugnância, pois assim ele era alguém. E depois, para uma alma essencialmente celerada, como a sua parecia ser, quanta satisfação em poder fazer definhar seus inimigos com muito sofrimento, por meio de feitiços impuníveis! Enfim, o sacrilégio exalta com alegrias furiosas, volúpias demenciais inigualáveis. Desde a Idade Média, este é o crime dos covardes, pois a justiça humana deixou de condená-lo, e é possível cometê-lo sem temer castigo; no entanto, ainda é o crime mais desmedido de todos para quem crê, e Docre crê em Cristo, visto que o odeia!

Que padre monstruoso! E que relações ignóbeis ele sem dúvida manteve com a mulher de Chantelouve! Mas como fazer essa mulher falar? Em resumo, ela me notificou com plena clareza, no outro dia, sua recusa em dar explicações sobre esse assunto. Enquanto isso, como não tenho a menor vontade de me submeter esta noite aos pecados de seus desvairos, vou informar-lhe de que estou adoentado e preciso de repouso absoluto.

E foi o que fez, quando ela chegou, uma hora após ele ter voltado para casa.

Ela lhe propôs uma xícara de chá e, diante da negativa dele, Hyacinthe fez-lhe muitos afagos, deu-lhe beijos. Em seguida, afastou-se e disse:

— Você trabalha demais; precisaria se distrair um pouco. Vamos ver. E se, para matar o tempo, você me seduzisse? Afinal de contas, sou eu que interpreto sem cessar esse papel. Não? Essa ideia não o diverte? Vamos procurar outra coisa. Que tal começar a brincar de esconde-esconde com o gato? Você dá de ombros. Pois bem, visto que nada é capaz de espairecer sua expressão rabugenta, falemos de seu amigo, Des Hermies; o que ele anda fazendo?

— Nada em particular.

— E suas experiências com a medicina de Mattei?

— Ignoro se continua.

— Ora, posso ver que esse assunto já se esgotou. Saiba que suas respostas não são nada encorajadoras, meu caro.

— Mas pode acontecer a qualquer um não responder longamente às perguntas – protestou ele. — Conheço até certa pessoa que às vezes abusa desse laconismo quando indagada sobre certa questão.

— Sobre um cônego, por exemplo.

— Foi você quem disse.

Ela cruzou tranquilamente as pernas.

— Essa pessoa tinha sem dúvida razões para se calar; mas, se essa pessoa pretende de fato fazer um favor àquela que a interroga, talvez, desde o último encontro, tenha se esforçado bastante para satisfazer sua curiosidade.

— Ora, minha querida Hyacinthe, explique-se melhor – disse ele, com uma expressão jovial, apertando-lhe as mãos.

— Admita que, se eu estivesse somente deixando-o com água na boca com o único objetivo de não ver à minha frente um rosto ranzinza, meu sucesso teria sido total.

Ele se mantinha em silêncio, indagando se ela estava zombando ou se, realmente, consentia agora em falar.

— Ouça – recomeçou ela –, mantenho a decisão da outra noite: não permitirei que você se relacione com o cônego Docre; mas, em dado momento, sem que você entre em contato com ele, poderei levá-lo para assistir à cerimônia que mais deseja conhecer.

— A Missa Negra?

— Sim. Em menos de oito dias, Docre terá partido de Paris; se você o vir uma vez comigo, nunca mais voltará a vê-lo. Assim sendo, guarde suas noites livres pelos próximos oito dias; quando chegar o momento, eu o avisarei; mas pode me agradecer, meu amigo, pois, para ser-lhe útil, infrinjo as ordens de meu confessor, que não ousarei voltar a ver, e me censuro por isso!

Ele a beijou delicadamente, acariciou-a e disse:

— Então, é sério mesmo, esse homem é um verdadeiro monstro?

— Ele me dá medo. De qualquer maneira, não desejo a ninguém tê-lo como inimigo!

— Com certeza! Se é capaz de enfeitiçar gente como Gévingey!

— Exatamente, e eu não queria estar no lugar do astrólogo.

— Então acredita nisso! Mas como ele procede? Com sangue de camundongos, picadinhos ou óleos?

— Ora, você está a par. De fato, ele utiliza essas substâncias; é mesmo uma das únicas pessoas capazes de manipulá-las, pois são altamente venenosas; assim como os explosivos, são de manejo perigoso para aqueles que as preparam; mas com frequência, quando investe contra pessoas sem defesa, ele usa receitas mais simples. Ele destila os extratos dos venenos e acrescenta ácido sulfúrico para fazer ferver a ferida; então, mergulha nesse composto a ponta de uma lanceta e ordena a um espírito volante ou a uma larva que a use para picar sua vítima. É o enfeitiçamento ordinário, conhecido pelos rosa-cruzes e por outros iniciantes no Satanismo.

Durtal se pôs a rir.

— Mas, minha cara, pelo que está dizendo, é tão fácil expedir a morte à distância, como se fosse uma carta.

— E algumas doenças, como o cólera, não são enviadas por cartas? Pergunte aos serviços sanitários, que desinfetam as remessas postais durante as epidemias!

— Eu não disse o contrário, mas não é o mesmo caso.

— É, sim, considerando que é a questão de transmissão, de invisibilidade, de distância que o surpreende!

— O que mais me surpreende é ver os rosa-cruzes envolvidos nessa história. Confesso que sempre os considerei como dóceis simplórios ou farsantes funerários.

— Mas todas as sociedades são formadas de simplórios e, no comando, há sempre farsantes que os exploram. Ora, é o caso dos rosa-cruzes; o que não impede que seus chefes cometam crimes secretamente. Não precisa ser erudito ou inteligente para praticar o ritual dos malefícios. Em todo caso, e isso posso afirmar, há entre eles um velho homem de letras que conheço. Esse homem vive com uma mulher casada, e os dois passam o tempo tentando matar o marido por meio de feitiços.

— Veja só, é um sistema bem superior ao divórcio!

Ela olhou para ele e fez uma careta.

— Não direi mais nada – disse ela. — Estou vendo que você está zombando de mim, não acredita em coisa alguma...

— Nada disso. Não estou rindo, pois não tenho ideia definitiva sobre isso. Confesso que, para começar, tudo me parece pelo menos improvável; mas, quando penso que todos os empenhos da ciência moderna confirmam as descobertas feitas pelas magias de antigamente, fico pasmo. É verdade – continuou ele, após breve pausa. — Para citar um único feito: já não se deu muita risada das mulheres transformadas em gatas na Idade Média? Pois bem, recentemente, levaram ao senhor Charcot uma garotinha que, de repente, se punha a correr de quatro patas, saltando, miando, arranhando e brincando, tal qual uma gata. Essa metamorfose é, portanto, possível! Não, nunca será demais repetir, a verdade é que não conhecemos nada e não temos o direito de negar seja o que for; mas, para voltar aos seus rosa-cruzes, eles se desobrigam do sacrilégio com suas fórmulas puramente químicas?

— Isso quer dizer que os venefícios deles – supondo que saibam prepará-los de modo correto para que funcionem, algo de que duvido – são facilmente anulados; entretanto, não significa que esse grupo, do qual faz parte um padre de verdade, não se valha, em caso de necessidade, de Eucaristias maculadas.

— Esse aí também deve ser um padre interessante! Mas, já que está tão bem informada, sabe também como se conjuram esses malefícios?

— Sim e não. Sei que, quando os venenos são lacrados para o sacrilégio, quando a operação foi realizada por um mestre, por Docre ou por um dos príncipes da magia, em Roma, é muito difícil combatê-los com um antídoto. Entretanto, falaram-me de certo abade, em Lyon, que, praticamente sozinho, consegue realizar esses tratamentos difíceis hoje em dia.

— O dr. Johannès!

— Você o conhece?

— Não, mas Gévingey, que foi encontrá-lo para se curar, me falou dele.

— Muito bem. Ignoro como ele procede; o que sei é que os malefícios não associados a sortilégios podem ser evitados, na maioria das vezes, pela lei do retorno. Lança-se de volta o golpe àquele que o desferiu; atualmente ainda existem duas igrejas, uma na Bélgica e outra na França, onde quem vai orar diante de uma estátua da Virgem consegue fazer o feitiço que o lesou retornar e atingir seu adversário.

— Não diga!

— Sim. Uma das igrejas fica em Tougres, a 18 quilômetros de Liège, e tem até o nome de Nossa Senhora do Retorno; outra é a igreja de L'Epine, aldeola perto de Châlons. Essa igreja foi outrora construída para conjurar os venefícios praticados com os espinhos que cresciam nessa região e serviam para perfurar as imagens recortadas em forma de coração.

— Próximo a Châlons – disse Durtal, tentando lembrar-se de algo. — Parece-me, com efeito, que, falando a respeito do enfeitiçamento com sangue de camundongos brancos, Des Hermies mencionou a existência de círculos diabólicos instalados nessa aldeia.

— Exatamente, esse território sempre foi um dos focos mais intensos do Satanismo.

— Você está bem instruída nesse assunto; foi por influência de Docre?

— Devo-lhe, de fato, o pouco que estou expondo; ele se tomou de afeição por mim, queria até fazer de mim sua aluna. Recusei e sinto-me agora contente, pois me preocupo muito mais do que antes por estar em constante estado de pecado mortal.

— E à Missa Negra, você assistiu?

— Assisti e digo-lhe antecipadamente: vai lamentar ver coisas tão terríveis. É uma lembrança que permanece e horroriza, até mesmo... principalmente... quando não se toma parte pessoalmente desses ofícios.

Ele a observou. Estava pálida e seus olhos diáfanos piscavam.

— Você pediu, portanto, não reclame, caso o espetáculo o assuste ou revolte.

O tom surdo e triste de sua voz o deixou confuso.

— Mas esse homem, digo, esse Docre, de onde vem, o que fazia antes, como se tornou um mestre do Satanismo?

— Ignoro completamente. Conheci-o quando era padre em Paris, depois, confessor de uma rainha no exílio. Houve histórias horrendas na época do Império que, graças a protetores, foram abafadas. Ele foi internado em La Trappe, em seguida expulso do clero, excomungado por Roma. Descobri também que diversas vezes foi acusado de envenenamento, mas absolvido, pois os tribunais jamais conseguiram provar coisa alguma. Hoje em dia vive, não sei como, confortavelmente e viaja bastante com uma mulher que lhe serve de vidente; para todo mundo, é um celerado, mas é um homem douto e perverso; e, além disso, tão encantador!

— Ah! – exclamou ele. — Como sua voz e seus olhos se transformam! Admita que o ama!

— Não. Não o amo mais, porém, por que não lhe dizer? Estávamos loucos um pelo outro em dado momento!

— E agora?

— Agora, acabou, juro; permanecemos amigos, nada mais.

— Mas então você esteve frequentemente em sua casa.

Essa morada devia ser pelo menos curiosa, tinha um interior heteróclito?

— Não, era confortável e limpa. Ele possuía um laboratório de química, uma biblioteca imensa; o único livro interessante que me mostrou foi um ofício em pergaminho da Missa Negra. Continha iluminuras admiráveis, encadernação confeccionada com a pele curtida de uma criança morta sem batismo, que trazia estampada, na forma de florão, uma grande hóstia consagrada numa Missa Negra.

— E o que continha esse manuscrito?

— Não o li.

Eles ficaram em silêncio, até ela lhe tomar as mãos.

— Enfim, você se recompôs – disse ela. — Eu sabia que o curaria daquele aspecto sombrio. Você deve reconhecer que me comportei bem e não me irritei.

— Irritar-se? Por quê?

— Ora, porque é muito pouco lisonjeiro para uma mulher, penso eu, só conseguir alegrar um homem falando de outro!

— Não, não, nada disso – reagiu Durtal, beijando-a delicadamente sobre os olhos.

— Deixe para lá – disse ela bem baixinho. — Isso me faz fraquejar e preciso ir embora, pois já é tarde.

Com um suspiro, ela se foi, deixando-o aturdido, perguntando-se novamente em que lodaçal a vida daquela mulher se metera.

XVIII

No dia seguinte àquele em que vomitara furiosíssimas imprecações sobre o tribunal, Gilles de Rais compareceu novamente perante os juízes.

Apresentou-se de cabeça baixa e mãos unidas. Mais uma vez, ele passara subitamente de um excesso a outro; algumas horas tinham sido suficientes para serenar o energúmeno, que agora declarava reconhecer os poderes dos magistrados e pedia perdão pelos seus ultrajes.

Estes lhe afirmaram que, pelo amor de Nosso Senhor, esqueceriam as injúrias e, em sua oração, o bispo e o inquisidor revogaram a sentença de excomunhão que lhe haviam imposto na véspera. Essa e outras audiências transcorreram com o comparecimento de Prelati e de seus cúmplices; em seguida, com base no texto eclesiástico que atesta não poder se contentar com a confissão se ela for *dubia*, *vaga*, *generalis*, *illativa*, *jocosa*, o promotor afirmou que, para se certificar da sinceridade da confissão, Gilles deveria ser submetido à questão canônica, ou seja, à tortura.

O marechal suplicou ao bispo que aguardasse até o dia seguinte e exigiu o direito de confessar-se primeiramente aos juízes que o tribunal houvesse por bem designar, jurando que depois repetiria as confissões diante do público e da corte.

Jean de Malestroit deferiu esse pedido, e o bispo de Saint-Brieuc e Pierre de l'Hospital, chanceler da Bretanha, foram encarregados de ouvir Gilles em sua cela; quando ele terminou o relato de suas devassidões e assassinatos, eles ordenaram que Prelati fosse trazido à sua presença.

Ao vê-lo, Gilles se debulhou em lágrimas e quando, após o interrogatório, iam conduzir o italiano de volta ao cárcere, ele o abraçou, dizendo: "Adeus, Francesco, meu amigo, nunca mais voltaremos a nos ver neste mundo. Imploro a Deus que lhe dê grande paciência e sabedoria, e esteja certo de que, se dispuser de grande paciência e esperança em Deus, nós voltaremos a nos ver em júbilo no Paraíso. Reze por mim, que eu rezarei por você".

Depois, foi deixado sozinho para meditar sobre suas atrocidades, que deveriam ser confessadas publicamente na audiência do dia seguinte.

E esse dia chegou, o dia solene do processo. A sala do tribunal estava lotada, e a multidão, contida nas escadas, se estendia sinuosamente até os pátios, enchia as ruelas vizinhas, interditava as ruas. De 20 léguas ao redor, os camponeses tinham vindo para ver a memorável fera cujo nome bastava, antes da captura, para que fossem trancadas as portas das casas onde, em inquietas vigílias, as mulheres choravam em surdina.

O tribunal ia se reunir integralmente. Todos os assessores que, de costume, se revezam durante as longas audiências estavam presentes.

A sala, compacta e escura, sustentada por pesados pilares romanos, rejuvenescia parcialmente, perfilando-se como uma ogiva, projetava para o alto, como uma catedral, os arcos de sua abóbada, que, tal como as partes das mitras abaciais, encontravam-se formando um vértice. Era iluminada por uma luz desbotada, filtrada por vidraças estreitas através de suas tiras de chumbo. O azul do teto escurecia, e suas estrelas pintadas, naquela altura, não cintilavam mais do que cabeças de alfinetes; nas trevas das abóbadas, a insígnia das armas ducais aparecia, confusa, nos brasões que se assemelhavam a grandes dados brancos mosqueados de pontos pretos.

De repente, os clarins soaram, a sala se iluminou, os bispos entravam. Fulgurantes em suas mitras douradas, cingia-lhes o pescoço um colar de chamas formado pela gola bordada e coberta de rubis de suas capas. Em silenciosa procissão, avançavam apesentados pela rígida capa de asperges que lhe caíam dos ombros, alargando-se como sinos de ouro fendidos na frente; empunhavam o báculo do qual pendia o manípulo, espécie de faixa verde.

Flamejavam, a cada passo, como braseiros sob o efeito de foles, iluminando a sala com sua presença, refletindo o sol pálido de um outubro chuvoso que se avivava em suas joias, extraindo delas novas chamas para refleti-las e dispersá-las até a outra extremidade da sala, onde se achava o povo emudecido.

Banhados pela cintilação de galões e pedrarias, os trajes dos demais juízes pareciam mais dissonantes e mais sombrios; o vestuário preto dos assessores e do juiz eclesiástico, o hábito preto e branco de Jean Blouyn, as samarras de seda, os mantos de lã vermelha, os chapeirões escarlates guarnecidos de pelarias, da justiça secular, pareciam desbotados e toscos.

Os bispos, sentando-se na primeira fila, cercaram, imóveis, Jean de Malestroit, que, de um assento mais elevado, dominava a sala.

Escoltado por soldados, Gilles entrou.

Sua aparência estava pálida, macilenta, envelhecida vinte anos numa única noite. Seus olhos ardiam sob as pálpebras crestadas, e as faces tremiam.

Obedecendo à injunção que lhe foi dirigida, ele começou a relatar seus crimes.

Com uma voz surda, obscurecida pelas lágrimas, contou os raptos de crianças, os horrendos estratagemas, seus impulsos infernais, os assassinatos impetuosos, os estupros implacáveis; obcecado pela visão de suas vítimas, descreveu as agonias lentas ou aceleradas às quais as submetera, os apelos e estertores destas; confessou ter-se comprazido na tepidez elástica dos intestinos; admitiu ter arrancado corações pelas chagas dilatadas, abertas como frutas maduras.

E, com um olhar sonâmbulo, observava os próprios dedos, sacudindo-os, como se deles escorresse sangue.

Horrorizada, a audiência mantinha-se em silêncio macambúzio, subitamente lacerado por alguns breves gritos; desmaiadas ou enlouquecidas pelo terror, algumas mulheres eram levadas dali.

Gilles, por sua vez, parecia não ouvir nada, nada ver; continuava desfiando a assustadora litania de seus crimes.

Então, sua voz ficou mais rouca. Falava agora de suas efusões sepulcrais, do suplício das criancinhas que ele mimava a fim de lhes cortar a garganta após um beijo.

Desvendou os detalhes, citando-os todos. Aquilo foi tão assustador e atroz que, sob suas mitras douradas, os bispos empalideceram; aqueles sacerdotes, temperados no fogo das confissões, aqueles juízes que, numa época de demonomanias e assassinatos, tinham ouvido as mais aterradoras revelações; aqueles prelados, que já não se surpreendiam com nenhum delito, nenhuma abjeção dos sentidos, nenhum estrume da alma, fizeram o sinal da cruz, e Jean de Malestroit levantou-se e cobriu com um véu, por pudor, a face de Cristo.

Depois, todos baixaram a cabeça e, sem que houvesse a menor troca de palavras, escutaram o marechal, que, com semblante atormentado, banhado de suor, observava o crucifixo, cuja cabeça invisível avultava sob o véu com sua coroa ouriçada de espinhos.

Gilles concluiu o relato, e a tensão diminuiu; até então, ele permanecera de pé, falando como se estivesse envolto em neblina, contando para si próprio, em voz alta, as lembranças de seus crimes imperecíveis.

Ao terminar, suas forças o abandonaram. Ele caiu ajoelhado e, sacudido por terríveis soluços, gritou: "Oh, Deus, meu Redentor, peço-vos misericórdia e perdão!". Em seguida, aquele cruel e arrogante barão, sem dúvida o primeiro de sua casta, humilhou-se. Voltou-se para o povo e disse, chorando: "Vós, pais daqueles que eu, de forma hedionda, levei à morte, dai-me, ah, dai-me o socorro de vossas piedosas orações!".

E então, com seu alvo esplendor, a alma da Idade Média irradiou-se naquela sala.

Jean de Malestroit saiu de seu posto e ergueu o réu, que batia desesperadamente a testa no chão; e o juiz que era cedeu a vez ao padre; ele consolou o culpado que se arrependia e lastimava seus erros.

A audiência estremeceu quando Jean de Malestroit disse a Gilles, que, de pé, apoiava a cabeça em seu peito: "Reza para que a justa e temível cólera do Altíssimo se cale; chora para que tuas lágrimas depurem os sepulcros de loucura de teu ser!".

E todos na sala se ajoelharam e oraram pelo assassino.

Quando as preces se calaram, houve um instante de agitação e tumulto. Extenuada pelo horror, exaurida pela piedade, a multidão se alvoroçava; o tribunal, silencioso e esgotado, recobrou-se.

Com um gesto, o promotor interrompeu as discussões, varreu as lágrimas.

Ele disse que os crimes eram "claros e patentes", que as provas eram manifestas, que a corte podia agora, em sua alma e consciência, castigar o culpado; e pediu que fosse fixado o dia do julgamento. O tribunal o marcou para dois dias depois.

No dia escolhido, o juiz eclesiástico da Igreja de Nantes, Jacques de Pentcoetdic, leu, uma após outra, as duas sentenças: a primeira, decidida pelo bispo e pelo inquisidor com base nos fatos da alçada de sua jurisdição comum, assim começava: "Em nome do Cristo, nós, Jean, bispo de Nantes, e frei Jean Blouyn, bacharel em nossas Santas Escrituras, da ordem dos frades pregadores de Nantes e delegado do inquisidor da heresia pela cidade e diocese de Nantes, em sessão do tribunal e tendo em vista somente a vontade do Senhor..."

Após enumerar os crimes, concluiu: "Afirmamos, decidimos e declaramos que tu, Gilles de Rais, intimado por este tribunal, és vergonhosamente culpado de heresia, apostasia, invocação dos demônios; que, por esses crimes, incorres na sentença de excomunhão e em todas as demais penas previstas pela lei".

A segunda sentença, proferida somente pelo bispo, pelos crimes de sodomia, sacrilégio e violação das imunidades da Igreja, que eram mais particularmente de sua alçada, chegava às mesmas conclusões e cominava a mesma pena, de forma quase idêntica.

Gilles ouvia, cabisbaixo, a leitura das sentenças. Quando esta terminou, o bispo e o inquisidor lhe disseram: "Agora que abominas teus próprios erros, tuas evocações e teus outros crimes, queres ser reincorporado à Igreja, nossa mãe?".

E, diante das preces ardentes do marechal, eles o absolveram da excomunhão e o autorizaram a participar dos sacramentos. A justiça de Deus estava satisfeita, o crime estava reconhecido e punido, porém apagado pela contrição e a penitência. Só restava a justiça humana.

O bispo e o inquisidor entregaram o culpado à corte secular, que, considerando os raptos de crianças e os assassinatos, decretou a pena de morte e o confisco dos bens. Prelati e os demais cúmplices foram ao mesmo tempo condenados à forca e à fogueira.

"Pede a misericórdia de Deus!", disse Pierre de l'Hospital, que presidia os debates civis. "E prepara-te para morreres em bom estado, com um imenso arrependimento por teres cometido tais crimes!"

Essa recomendação era inútil.

Agora, Gilles contemplava o suplício sem o menor assombro. Depositava humildes e ávidas esperanças na misericórdia do Salvador; a expiação terrena, a fogueira, ele desejava com todas as forças para se redimir das chamas eternas após a morte.

Longe de seus castelos, sozinho numa masmorra, ele se abrira e visitara a cloaca que por tanto tempo fora alimentada pelas águas residuárias evacuadas dos abatedouros de Tiffauges e de Machecoul. Vagou e soluçou, buscando desesperadamente estancar o fluxo desse lodo hediondo. E, fulminado pela graça, com um grito de horror e de alegria, ele transformara sua alma; lavara-a com lágrimas, secara-a no fogo das preces torrenciais, nas chamas dos impulsos insanos. O carniceiro de Sodoma renegara-se, o companheiro de Joana d'Arc reaparecera, o místico cuja alma se elevava até Deus, em meio a balbucios de adoração, a prantos caudalosos!

Depois, pensou nos amigos, quis que eles também morressem em estado de graça. Pediu ao bispo de Nantes que não fossem executados nem antes nem depois dele, mas ao mesmo tempo. Asseverou ao bispo que era ele o maior culpado e que precisava adverti-los sobre a salvação, assisti-los no momento em que subissem sobre a pira.

Jean de Malestroit acolheu essa súplica.

O que é curioso, pensou Durtal, interrompendo a escrita para acender um cigarro, é que...

A campainha soou suavemente; a sra. Chantelouve entrou.

Ela declarou que não ficaria por mais de dois minutos, um veículo a aguardava embaixo.

— Será esta noite – disse ela. — Passarei para apanhá-lo às nove horas. Mas, antes, escreva uma carta mais ou menos nesses termos – concluiu, entregando-lhe uma folha de papel dobrada.

Ela continha simplesmente a seguinte declaração: "Confesso que tudo o que eu disse e escrevi sobre a Missa Negra, sobre o sacerdote que a celebra, sobre o local onde pretensamente a assisti, sobre as supostas pessoas que lá encontrei, é pura invenção da minha parte. Afirmo que esse relato foi fruto da minha imaginação e, consequentemente, tudo o que contei é falso".

— Foi Docre que escreveu isto? – indagou ele, observando a escrita miúda, pontuda e retorcida, quase agressiva.

— Foi; e ele quer, além disso, que essa declaração não datada seja feita em forma de carta endereçada a uma pessoa que você tenha consultado sobre esse assunto.

— Esse seu cônego desconfia um bocado de mim!

— Claro, você escreve livros!

— Não me agrada muito assinar isto – murmurou Durtal. — E se eu recusar?

— Você não assistirá à Missa Negra.

A curiosidade foi mais forte do que a repulsa. Ele redigiu e assinou a carta, que a sra. Chantelouve guardou na bolsa.

— E em que rua essa cerimônia será realizada?

— Rue Olivier de Serres.

— Onde fica?

— Perto da Rue de Vaugirard, lá no alto.

— É lá onde reside Docre?

— Não; vamos a uma casa particular que pertence a uma de suas amigas. Dito isso, se não for incômodo, você retomará seu interrogatório em outro momento, pois estou apressada e já vou indo. Às nove horas, certo? Esteja pronto.

Mal teve tempo de beijá-la antes que ela saísse.

Enfim, refletiu ele, quando ficou sozinho, eu já tinha informações sobre íncubos e feitiços; só me faltava conhecer a Missa Negra para ficar totalmente a par do Satanismo, tal qual é praticado em nossos dias, e agora vou vê-la! Que um raio me parta se eu suspeitava de que Paris continha semelhantes segredos! E como as coisas se atraem e se ligam; precisei me dedicar a Gilles de Rais e ao Diabolismo na Idade Média para que o Diabolismo contemporâneo me fosse revelado!

Ainda pensando em Docre, disse a si mesmo: que crápula safado é esse padre! No fundo, entre esses ocultistas que fervilham hoje em dia na decomposição das ideias de nosso tempo, esse é o único que me interessa.

Os outros, magos, teosofistas, cabalistas, espíritas, hermetistas, rosa-cruzes, quando não são simples ladrões, me parecem crianças que brincam e brigam, tropeçando num porão; e, se descermos ainda mais, às tendas das adivinhas, videntes e bruxos, o que encontramos senão agências de prostituição e chantagem? Todos esses pretensos adivinhos do futuro são extremamente sórdidos; é a única coisa no ocultismo de que temos certeza!

Tocando a campainha, Des Hermies interrompeu essas reflexões. Vinha anunciar a Durtal que Gévingey estava de volta e que deviam jantar juntos, dois dias depois, na casa de Carhaix.

— E a bronquite, sarou?

— Sim. Completamente.

Preocupado com a ideia de comparecer à Missa Negra, Durtal não conseguiu ficar calado e admitiu que, naquela mesma noite, assistiria a uma; e, diante da expressão estupefata de Des Hermies, acrescentou que prometera guardar segredo e não poderia, por ora, contar-lhe nada mais.

— Com os diabos! Que sorte a sua! – exclamou Des Hermies. — Seria indiscreto lhe perguntar o nome do padre que presidirá esse ofício?

— Não. É o cônego Docre.

— Ah! – exclamou Des Hermies e calou-se, procurando evidentemente adivinhar com que tramoias o amigo conseguira encontrar aquele padre.

— Certa vez, você me contou – retomou Durtal – que na Idade Média a Missa Negra era celebrada sobre as nádegas de uma mulher, que no século XVII era rezada sobre o ventre, e atualmente?

— Creio que é realizada como nas igrejas, diante de um altar. Além disso, no fim do século XV, às vezes, era rezada desse modo, em Biscaia. Mas é verdade que na época o Diabo atuava pessoalmente. Vestido de trajes episcopais, rasgados e sujos, ele comungava com rodelas cortadas de sapatos velhos, proclamando: este é meu corpo! E aquelas hóstias repugnantes eram dadas aos fiéis, que as mastigavam, tendo-lhe previamente beijado a mão esquerda, a genitália e as nádegas. Espero que você não seja obrigado a render tão vil homenagem ao seu cônego.

Durtal começou a rir.

— Não, não creio que ele exija tais emolumentos; mas, diga-me, você não acha que essas criaturas que assistem de modo devoto e ignóbil a esses ofícios são um pouco loucas?

— Loucas! E por quê? O culto ao Demônio não é mais insano que o dedicado a Deus; um é purulento e outro, resplandecente, mais nada; sendo assim, todas as pessoas que imploram a uma divindade qualquer seriam dementes! Não, os afiliados do Satanismo são místicos de uma ordem imunda, mas são místicos. Agora, é bem provável que seus impulsos em direção ao além do Mal coincidam com as tribulações furiosas dos sentidos, pois a Luxúria é o mosto do Demonismo. A medicina classifica como pode essa fome de obscenidade nas regiões incógnitas da Neurose; e com todo o direito, pois ninguém sabe ao certo o que é essa doença de que todos sofrem; não há dúvida de que neste século os nervos vacilam com mais facilidade do que outrora diante do mínimo choque. Por exemplo, você se lembra dos detalhes divulgados pelos jornais sobre a execução dos condenados à morte? Eles nos revelaram que o carrasco trabalha intimidado, à beira do desmaio, em estado de grande nervosismo ao decapitar alguém. Que desgraça! Quando o comparamos aos invencíveis torturadores dos velhos tempos! Aqueles envolviam a perna do torturado numa meia feita de pergaminho molhado, que ia encolhendo diante do fogo e moendo lentamente as carnes; ou, então, enfiavam-lhe uma cunha nas coxas e lhe fraturavam os ossos; quebravam-lhe os polegares em morsas, rasgavam tiras de epiderme das nádegas ou arregaçavam como um avental a pele de sua barriga; esquartejavam-no, aplicavam-lhe a estrapada, assavam-no, regavam-no com aguardente em chamas, e tudo isso com rosto impassível e nervos serenos, que nenhum berro, nenhum lamento abalava. Como esses exercícios eram um tanto cansativos, após a operação eles sentiam apenas muita sede e uma fome de lobo. Eram caracteres sanguíneos bem equilibrados, ao passo que agora! Mas, voltando aos seus companheiros de sacrilégio desta noite, se eles não são loucos, não resta dúvida de que são devassos, extremamente repulsivos. Observe-os. Tenho certeza de que, invocando Belzebu, eles pensam nas prelibações carnais. Não tenha medo, vá; nesse grupo, não haverá gente que imite aquele mártir de que fala Tiago de Voragine, em sua história de São Paulo, o Eremita. Você conhece essa lenda?

— Não.

— Pois bem, para refrescar seu espírito, vou contá-la. Esse mártir, ainda bem jovem, foi estendido com os punhos e os pés atados sobre um leito; depois lançaram sobre ele uma soberba criatura que queria violentá-lo. Como ele ardia de desejos e sabia que ia pecar, dilacerou a própria língua com os dentes e a cuspiu no rosto daquela mulher; dessa forma, "a dor pôs a correr a tentação", disse o bom Voragine.

— Meu heroísmo não chegará a esse ponto, admito; mas... você já vai embora?

— Tenho um compromisso.

— Que época estranha! – prosseguiu Durtal, acompanhando-o. — Justamente no momento em que o positivismo atinge seu auge, o misticismo desperta e têm início as loucuras do oculto.

— Mas sempre foi assim; os fins de século se assemelham. Todos hesitam e estão perturbados. Quando o materialismo grassa, a magia se ergue. Esse fenômeno reaparece a cada cem anos. Para não ir mais longe, basta ver o declínio do século passado. Ao lado dos racionalistas e dos ateus, você encontra Saint-Germain, Cagliostro, Saint-Martin, Gabalis, Cazotte, as Sociedades Rosa-cruzes, os círculos infernais, como agora! E, por falar nisso, adeus, passe uma boa noite e boa sorte.

Certo, refletiu Durtal, fechando a porta, os Cagliostros tinham ao menos certa postura e, provavelmente, também certa ciência, ao passo que os magos destes tempos, que estúpidos farsantes!

XIX

Aos solavancos, eles subiam a Rue de Vaugirard dentro de um fiacre. Retraída num canto, a sra. Chantelouve nada dizia. Durtal a observava quando, passando diante de algum poste de luz, um breve facho iluminava o véu sobre seu rosto e logo se apagava. Ela lhe parecia inquieta e nervosa sob aquela mudez exterior. Ele lhe tomou a mão, e ela não reagiu, mas podia senti-la regelada dentro da luva, e seus cabelos louros lhe pareceram mais revoltos, mais espessos e secos do que de costume.

— Estamos chegando, querida amiga?

Com um sussurro angustiado, ela responde:

— Não diga nada.

Muito aborrecido com aquela taciturnidade, quase hostil, ele voltou a examinar a rua pelos vidros da janela.

A rua se estendia, interminável, já deserta, e tão mal calçada que as molas do fiacre gemiam ao avançar. Clareavam-na apenas os bicos de gás que se esparsavam cada vez mais, à medida que a via se alongava na direção das muralhas da cidade. Que aventura singular!, pensava ele, preocupado com a fisionomia fria, contida de Hyacinthe.

Enfim, o veículo entrou bruscamente numa rua escura, fez uma curva fechada e parou.

Ela desceu do fiacre; aguardando o troco que o cocheiro devia lhe restituir, Durtal inspecionou de relance o derredor; encontrava-se numa espécie de beco. Casas baixas e tristes bordejavam uma rua de pavimento desconjuntado e sem calçadas; ao virar-se, depois de o cocheiro ter partido, ele se viu diante de um muro alto e longo, acima do qual farfalhavam à sombra as folhas das árvores. Uma pequena porta dotada de um postigo enfurnava-se na espessura daquele muro sinistro, manchado de traços brancos pelas riscas de gesso que tapavam suas fissuras e encobriam suas brechas. Subitamente, mais adiante, uma claridade jorrou de um frontispício, e, sem dúvida atraído pelo ruído do fiacre, um homem, usando um avental preto de comerciante de vinhos, assomou à porta de uma loja e cuspiu no chão.

— É aqui – disse a sra. Chantelouve.

Hyacinthe tocou a campainha, e o postigo se abriu. Ela ergueu o véu, e um facho de luz iluminou seu rosto; a porta foi aberta sem ruído e eles penetraram num jardim.

— Boa noite, senhora.
— Boa noite, Maria. Estão na capela?
— Estão. A senhora quer que eu a acompanhe?
— Não, obrigada.

A mulher com o candeeiro examinou Durtal; sob o capuz, ele notou as mechas grisalhas e crespas sobre um rosto descuidado e envelhecido; mas ela não lhe deu tempo de escrutá-la, pois retornou para um casebre próximo ao muro, que lhe servia de portaria.

Ele seguiu Hyacinthe, atravessando aleias escuras com aroma de buxeiras, até o alpendre de uma residência. Ela agia como se estivesse em casa, abrindo portas, fazendo estalar os saltos do sapato sobre as lajes.

— Tome cuidado com os degraus – advertiu ela, após terem atravessado um vestíbulo.

Eles chegaram a um pátio e pararam diante de uma casa antiga; ela tocou a campainha. Um homem baixo apareceu, deu-lhes passagem e perguntou como ela estava, com voz afetada e cantante. Hyacinthe passou por ele, cumprimentando-o, e Durtal deu com um rosto acabado, de olhos lacrimejantes e cabelos gomosos, maçãs do rosto empoadas, lábios pintados, e pensou ter penetrado num covil de sodomitas.

— Você não me avisou que se tratava de tal companhia –

disse ele a Hyacinthe, seguindo-a num corredor iluminado por uma lamparina.

— Você achava que encontraria Santos aqui?

Dando de ombros, ela abriu uma porta. Estavam no interior de uma capela de teto baixo, atravessado por vigas de madeira mal pintadas de alcatrão, janelas escondidas atrás de pesadas cortinas, paredes rachadas e desbotadas. Durtal deu os primeiros passos e recuou. As saídas de ar quente sopravam como trombas; um odor abominável de umidade, bolor e aquecedor novo, exasperado por um cheiro forte de álcalis, resinas e ervas queimadas, comprimia-lhe a garganta, apertava-lhe as têmporas.

Ele avançava às cegas, explorando aquela capela clareada apenas por lamparinas de santuário brilhando dentro de lustres de bronze dourado e vidro rosa. Hyacinthe fez um gesto para que ele sentasse e dirigiu-se para um grupo de pessoas instaladas em divãs, num canto coberto de sombras. Um tanto embaraçado por ter sido assim posto de lado, Durtal observou que na assistência havia pouquíssimos homens e muitas mulheres; mas sua tentativa de discernir as feições foi vã. Intermitentemente, contudo, sob o luzir mais intenso das lamparinas, podia notar um morena gorda de aspecto junonal, em seguida, o rosto escanhoado e triste de um homem. Observando todos, ele constatou que as mulheres não tagarelavam entre si; suas conversas pareciam temerosas e sérias, já que não se escutavam risos nem elevação de voz, somente um cochicho hesitante, furtivo, sem a menor gesticulação.

Com os diabos!, pensou ele, Satã parece incapaz de fazer felizes os seus fiéis!

Um coroinha vestido de vermelho avançou para o fundo da capela e acendeu uma fileira de círios. Então o altar se revelou, um altar de igreja ordinário sobre o qual havia um tabernáculo sustentando um Cristo irrisório, infame.

Tinham-lhe levantado a cabeça, alongado o pescoço, e rugas pintadas sobre suas faces transformavam o rosto dorido num focinho retorcido por um ignóbil sorriso. Estava nu e, no lugar do pano que lhe cingia a cintura, seu membro viril se projetava em meio a um tufo de crina. Em frente ao tabernáculo, estava pousado um cálice coberto pela pala; o coroinha alisava o mantel com as mãos, rebolando, erguendo-se sobre um único pé, como se pronto a alçar voo, bancando o querubim, a pretexto de alcançar os círios pretos, cujo odor de betume e piche agora se adicionava às pestilências abafadas do ambiente.

Durtal reconheceu sob o traje vermelho o "menino Jesus" que vigiava a porta quando ele entrou e compreendeu o papel reservado àquele homem cuja obscenidade sacrílega substituía a pureza infantil pretendida pela Igreja.

Depois, apareceu outro coroinha, ainda mais medonho. Esquelético, doentio, pesadamente maquiado de carmim e branco, entrou mancando e cantarolando. Aproximando--se dos tripés ao lado do altar, atiçou as brasas incubadas nas cinzas e sobre elas lançou pedaços de resina e folhas.

Durtal começava a se entediar, quando Hyacinthe veio ter com ele; desculpou-se por tê-lo deixado só durante tanto tempo, convidou-o a mudar de lugar e conduziu-o para trás de todas as fileiras de cadeiras, num lugar bem afastado.

— Estamos de fato numa verdadeira capela? – indagou ele.

— Estamos. Esta casa, esta igreja, este jardim que atravessamos são o resto de um antigo convento das ursulinas, hoje destruído. Durante um bom tempo, guardavam a forragem nesta capela; a casa pertencia a um locador de veículos, que a vendeu, veja só, àquela senhora – e apontou para uma morena encorpada cuja presença Durtal notara de relance.

— É casada essa senhora?

— Não, é uma ex-religiosa que foi outrora pervertida pelo cônego Docre.

— Ah, e aqueles senhores que parecem preferir as sombras?

— São Satânicos... Entre eles, há um que foi professor na escola de medicina; em sua casa há um oratório onde ele reza diante da estátua da Vênus Astarte, em pé sobre um altar.

— Ora!

— Exatamente. Ele está envelhecendo, e essas orações demoníacas aumentam consideravelmente suas forças, que ele utiliza com criaturas desse tipo – e ela designou com um gesto os coroinhas.

— Você está segura sobre a veracidade dessa história?

— Eu invento tão pouco que você poderá encontrá-la de cabo a rabo num jornal religioso, *Anais da Santidade*. E, ainda que tenha sido claramente designado no artigo, esse senhor não ousou processar o jornal! Mas o que você tem? – indagou Hyacinthe, olhando para ele.

— Eu... estou asfixiando aqui, o cheiro desses defumadores é insuportável!

— Mais alguns segundos, e você se acostumará.

— Mas o que estão queimando para que o fedor seja tão intenso?

— Arruda, folhas de meimendro e de datura, de solanáceas secas e mirra; são os perfumes que agradam a Satã, nosso mestre!

Ela disse isso com aquela voz gutural, alterada, com que se exprimia nalguns momentos, na cama.

Ele a examinou; seu rosto empalidecera, os lábios estavam cerrados, e os olhos pluviosos piscavam.

— Ali está ele – murmurou ela de repente, enquanto as mulheres saíam correndo, indo ajoelhar-se ao lado de suas cadeiras.

Precedido pelos coroinhas, com a cabeça coberta por um barrete escarlate, sobre o qual despontavam dois chifres de bisão em tecido vermelho, o cônego entrou na sala.

Durtal o observou enquanto ele se dirigia para o altar. Era um homem alto, mas de compleição irregular, todo busto. A testa desnuda prolongava-se sem curvas e transformava-se num nariz retilíneo; em torno dos lábios e nas faces cresciam os pelos bastos e rígidos comuns aos ex-padres que se barbearam por muito tempo; os traços eram sinuosos e pronunciados; os olhos tinham forma de semente de maçã, pequenos, pretos, próximos do nariz, pareciam fosforejar. Resumindo, sua fisionomia era malvada e perturbada, mas enérgica, e seus olhos severos e fixos em nada se assemelhavam às pupilas fugidias e fingidas que imaginara Durtal.

Ele se inclinou solenemente perante o altar, subiu os degraus e deu início à sua missa.

Durtal então viu que, sob seus trajes sacrificatórios, ele estava nu. Suas carnes, marcadas pelas jarreteiras presas no alto, emergiam das meias pretas. A casula tinha a forma ordinária das casulas, mas a sua era de um vermelho escuro como sangue seco, e, no seu centro, dentro de um triângulo em torno do qual se derramava uma vegetação de lírios-verdes, sabinas, azedeiras, eufórbias, um bode preto, em pé, apresentava os chifres.

Docre fazia genuflexões, reverências rasas ou profundas, especificadas pelo ritual; ajoelhados, os coroinhas declamavam os responsórios em latim com voz cristalina e cantada no fim das palavras.

— Ora, mas trata-se apenas de uma missa baixa – disse Durtal à sra. Chantelouve.

Com um gesto, ela disse que não. Com efeito, naquele momento, os coroinhas se deslocaram para trás do altar, e um deles voltou com braseiros de cobre, e o outro, com incensórios, que foram distribuídos entre os presentes. Todas as mulheres foram envoltas pela fumaça, algumas encostaram a cabeça contra o braseiro, aspiraram o odor a plenos pulmões, e depois, desfalecentes, desabotoaram-se, soltando suspiros roucos.

Então, o sacrifício foi interrompido. O padre desceu de costas os degraus, ajoelhou-se sobre o último e, com uma voz trepidante e aguda, exclamou:

— Senhor dos Escândalos, Semeador das graças do crime, Intendente de suntuosos pecados e grandes vícios, Satã, é a ti que adoramos, Deus lógico, Deus justo!

"Legado superadmirável dos falsos transes, tu acolhes a mendicidade de nossas lágrimas; tu salvas a honra das famílias por meio do aborto dos ventres fecundados em meio ao desvairo dos bons orgasmos; tu insinuas às mães a pressa dos abortamentos naturais, e tua obstetrícia poupa as angústias da maturidade, a dor das quedas às crianças que morrem antes de nascer!

"Arrimo do Pobre exasperado, Cordial dos vencidos, és tu que os dotas de hipocrisia, ingratidão e orgulho, a fim de que possam defender-se dos ataques dos filhos de Deus, dos Ricos!

"Soberano dos desprezos, Contador das humilhações, Capataz dos velhos ódios, só tu fertilizas o cérebro do homem que a injustiça esmaga; tu lhe sopras as ideias de vinganças premeditadas, de malefícios seguros; tu o incitas aos assassinatos, tu lhe dás a exuberante alegria das represálias obtidas, a boa ebriedade dos suplícios consumados, dos prantos, dos quais ele é a causa!

"Esperança de virilidades, Angústia de úteros vazios, Satã, tu nunca exiges provas inúteis de castos genitais, não elogias a demência das quaresmas e das sestas; só tu acatas as súplicas carnais e as petições junto às famílias pobres e gananciosas. Tu determinas que a mãe venda a filha, ceda o filho, tu ajudas os amores estéreis e reprovados, Tutor das estridentes Neuroses, Torre de Chumbo das Histerias, Vasa ensanguentada dos Estupros!

"Mestre, teus fiéis servidores, de joelhos, te imploram. Suplicam-te que lhes assegures a alegria dos deleitáveis delitos que a justiça ignora; suplicam-te que ajudes nos malefícios cujas pistas ignotas desnorteiam a razão humana; suplicam-te que os atendas, quando eles desejam a tortura de todos aqueles que os amam e os servem; eles te pedem, finalmente, glória, riqueza, poder, a ti, Rei dos deserdados, o Filho expulso pelo inexorável Pai!"

Em seguida, Docre se ergueu e, de pé, com a voz límpida e rancorosa, vociferou de braços estendidos:

— E tu, tu que, na minha qualidade de sacerdote, exijo, queiras ou não, que desças sobre esta hóstia, que te encarnes neste pão, Jesus, Artesão das trapaças, Ladrão de homenagens, Gatuno de afetos, escuta! Desde o dia em que saíste das entranhas complacentes de uma Virgem, fracassaste em teus compromissos, descumpriste tuas promessas; séculos choraram, esperando-te, Deus fujão, Deus Mudo! Devias redimir os homens e nada resgataste; devias aparecer em tua glória e adormeces! Vai, mente, diz ao miserável que te chama: "Espera, tem paciência, sofre, o hospital das almas te acolherá, os anjos te ajudarão, o Céu se abre". Impostor! Sabes bem que os anjos, enojados de tua inércia, se afastam! Devias ser o Intérprete de nossas queixas, o Camarista de nossos prantos, devias apresentá-los ao Pai e nada fizeste, porque sem dúvida essa intercessão incomodaria teu sono de Eternidade beata e farta!

"Tu esqueceste a Pobreza que pregavas, Vassalo enamorado dos Bancos! Viste os fracos sendo moídos sob a prensa do ágio, ouviste os estertores dos tímidos tolhidos pela fome, mulheres estripadas por um pouco de pão e, por intermédio da Chancelaria de teus Simoníacos, de teus representantes comerciais, de teus papas, mandaste como resposta desculpas dilatórias, promessas evasivas, Rábula de sacristia, Deus dos negócios!

"Monstro, cuja inconcebível ferocidade engendrou a vida e a infligiu a inocentes que ousas condenar, em nome de não se sabe que pecado original, que ousas punir, em virtude de não se sabe que cláusulas, apesar de tudo gostaríamos muito de fazer-te confessar por fim tuas impudentes mentiras, teus inexpiáveis crimes! Gostaríamos de bater sobre teus pregos, apertar teus espinhos, trazer de volta o sangue doloroso à beirada de tuas chagas secas!

"E isso podemos e iremos fazer, violentando a quietude de teu Corpo, Profanador de vastos vícios, Teórico de purezas estúpidas, Nazareno maldito, Rei preguiçoso, Deus covarde!"

— Amém – gritaram as vozes cristalinas dos coroinhas.

Durtal escutava aquela torrente de blasfêmias e insultos; a imundice daquele padre o pasmava; um silêncio sucedeu os urros; a capela fumegava na neblina dos incensórios. As mulheres, até então taciturnas, agitaram-se quando, de volta ao altar, o cônego se virou para elas e as benzeu com um amplo gesto da mão esquerda.

Subitamente, os coroinhas fizeram soar as sinetas.

Foi como um sinal; as mulheres, caídas nos tapetes, rolaram ao chão. Uma delas, parecendo impulsionada por uma mola, deitou de bruços, remou o ar com os pés; outra, repentinamente afetada por um estrabismo horrendo, cacarejou e, depois, afônica, ficou com o maxilar aberto, a língua arregaçada com a ponta contra o palato; outra ainda, inchada, lívida, com as pupilas dilatadas, deixou a cabeça pender sobre o ombro, depois a reergueu com um gesto brusco e, emitindo sons roucos, começou a arranhar o peito com as unhas; outra, deitada de costas, desfez-se das saias, exibiu a pança nua, inflada de flatulência, enorme, em seguida se contorceu com caretas medonhas, pôs para fora da boca ensanguentada, plantada de dentes vermelhos, uma língua branca, rasgada nas bordas, e não a guardou mais.

E então, Durtal levantou-se para ver melhor e, distintamente, pôde ouvir e discernir o cônego Docre.

Ele contemplava o Cristo em cima do tabernáculo e, com os braços abertos, vomitava ultrajes horrendos, berrando, no limite das suas forças, injúrias de cocheiro embriagado. Um dos coroinhas ajoelhou-se diante dele, dando as costas ao altar. Um arrepio percorreu a espinha do padre. Em tom solene, mas com voz hesitante, disse: *Hoc est enim corpus meum*[5]; depois, em vez de se ajoelhar após a consagração diante do precioso Corpo, encarou a assistência e exibiu o rosto intumescido, bravio, banhado de suor.

Ele titubeava entre os dois coroinhas, que, erguendo sua casula, deixaram à mostra seu ventre nu e o seguraram, enquanto a hóstia que ele levava consigo caía, maculada e conspurcada, sobre os degraus.

Durtal foi então tomado de tremor, pois um sopro de loucura varreu a sala. A aura da grande histeria seguiu-se ao sacrilégio, levando as mulheres a se curvarem; enquanto os coroinhas incensavam a nudez do pontífice, algumas mulheres se precipitaram sobre o Pão Eucarístico e, rastejando ao pé do altar, meteram nele as unhas, arrancando fragmentos úmidos, bebendo e comendo aquela divina imundice.

Uma outra mulher, agachada sobre um crucifixo, começou a rir de modo lancinante e gritou: "Meu padre! meu padre!". Uma velha, arrancando os próprios cabelos, deu

---
[5] Este é o meu corpo.

um pulo, girou em torno de si mesma e se inclinou, equilibrada num único pé, desabando perto de uma moça que, encolhida contra a parede, era sacudida por convulsões, babava água gasosa e, chorando, soltava horríveis blasfêmias. Apavorado, Durtal viu através da cortina de fumaça os chifres vermelhos de Docre, que, agora sentado, espumava de raiva, mastigava os pães ázimos, tirava-os da boca, limpava-se com eles e os distribuía às mulheres; e estas os enterravam em si aos berros ou caíam umas sobre as outras na ânsia de profaná-los.

Era um cárcere enfurecido de hospício, uma monstruosa estufa de prostitutas e loucas. Então, enquanto os coroinhas se uniam aos homens e a dona da casa subia no altar com a saia arregaçada e, brandindo com uma das mãos a vara do Cristo, enfiava com a outra o cálice sob as pernas nuas, no fundo da capela, na sombra, uma menina que até então não se mexera, curvou-se bruscamente para a frente e uivou feito uma cadela!

Extremamente enojado, meio asfixiado, Durtal quis fugir. Procurou Hyacinthe, porém ela não estava mais por lá. Acabou vendo-a ao lado do cônego; pulou por cima dos corpos enlaçados sobre o tapete e aproximou-se dela. Com as narinas trêmulas, ela aspirava as exalações dos perfumes e dos casais.

— O cheiro do sabá! – sussurrou ela com os dentes trincados.

— Ah! Vamos embora de uma vez!

Parecendo despertar, ela hesitou um instante e depois, sem nada responder, o seguiu.

A cotoveladas, Durtal livrou-se das mulheres que agora exibiam seus dentes arreganhados; empurrou a sra. Chantelouve em direção à porta, atravessou o pátio, o vestíbulo e, vendo a portaria vazia, puxou ele mesmo o cordão e saiu para a rua.

Ali, parou e respirou profundamente; imóvel e alheia a tudo, Hyacinthe apoiava-se contra o muro.

Ele a observou.

— Confesse que você quer entrar novamente – lançou ele num tom que transpirava desdém.

— Não – respondeu ela com muito esforço. — Mas essas cenas me aniquilam. Estou atordoada, preciso de um copo de água para me recompor.

E, ajudada por ele, ela começou a subir a rua na direção de um comércio de vinhos cuja porta estava aberta.

Era uma sórdida espelunca, uma salinha com mesas e bancos de madeira, um balcão de zinco, um tabuleiro de dados e jarras cor de violeta; no teto, um bico de gás em forma de U; dois operários escavadores jogavam baralho; eles se viraram e riram; o dono do estabelecimento tirou o cachimbo da boca e cuspiu numa escarradeira; não parecia nem um pouco surpreso de ver aquela mulher elegante em seu pardieiro. Observando-o, Durtal acreditou até ter surpreendido um piscar de olhos entre ele e a sra. Chantelouve.

O homem acendeu uma vela e disse em voz baixa:

— Cavalheiro, os senhores não poderão beber sem se fazerem notar, com essa gente aí; vou conduzi-los a uma sala onde poderão ficar a sós.

— Tudo isso por um copo de água! – disse Durtal a Hyacinthe enquanto ela subia por uma escada em espiral.

Mas ela já entrava num cômodo com papel de parede rasgado, bolorento, coberto de ilustrações de jornais presas às paredes por grampos de cabelo, com chão revestido de ladrilhos soltos, cheio de rachaduras, mobiliado com uma cama de dossel sem cortina, um penico esbeiçado, uma mesa, uma bacia e duas cadeiras.

O homem trouxe uma jarra de aguardente, açúcar, uma garrafa de água e copos, depois desceu. Então, com um olhar enlouquecido, sinistro, ela abraçou Durtal.

— Não! Pare com isso! – protestou ele, furioso por ter caído numa armadilha. — Para mim, basta! E, além disso, é tarde e seu marido a espera. Está na hora de voltar para ele!

Ela nem sequer o ouvia.

— Eu quero possuí-lo – disse ela, pegando-o desprevenido e obrigando-o a ceder.

Então, Hyacinthe despiu-se, jogou o vestido e as saias no chão, descobriu o leito abominável e, erguendo sua blusa, esfregou-se no tecido áspero dos lençóis, com os olhos extasiados, rindo de prazer!

Agarrando-o, ela lhe revelou hábitos obscenos e torpezas cujas existências nem sequer imaginava; apimentou tudo com fúrias de vampira; e ele, quando enfim conseguiu escapar, sentiu um calafrio ao ver sobre o leito fragmentos de hóstia.

— Ah! Você é horrível – disse-lhe ele. — Ande, vista-se e vamos embora!

Enquanto ela se vestia, silenciosa, com o olhar extraviado, ele se sentou numa cadeira, e a fetidez do quarto deu-lhe náuseas; Durtal tinha algumas dúvidas sobre a transubstanciação; não acreditava totalmente que o Salvador pudesse residir naquele pão maculado, mas, apesar de tudo, o sacrilégio do qual ele participara sem querer o entristeceu. E se fosse verdade, pensou ele, se a Presença fosse real, como Hyacinthe e aquele padre maldito afirmam? Não, basta, já estou encharcado dessa imundice; acabou; a ocasião é ótima para eu romper com essa criatura que, desde nosso primeiro encontro, não faço senão tolerar, enfim vou fazê-lo agora!

Ao passar pelo andar inferior, ele precisou se submeter aos sorrisos complacentes dos cavadores; pagou e, sem esperar o troco, fugiu apressadamente. Alcançando a Rue de Vaugirard, fez sinal para um fiacre. A caminho, eles nem sequer se olharam, perdidos nas próprias reflexões.

— Até breve – disse a sra. Chantelouve, num tom quase tímido, quando saltou à sua porta.

— Não – respondeu ele. — Definitivamente, não conseguimos nos entender; você quer tudo e eu não quero coisa alguma; melhor rompermos; nossa relação se arrastaria, terminando em amarguras e repetições. Além disso, depois do que acaba de acontecer esta noite, não, entende? Não!

E ele informou seu endereço ao cocheiro e encolheu-se no fundo do fiacre.

XX

— Esse cônego gosta mesmo de se divertir – disse Des Hermies após Durtal ter-lhe contado os detalhes da missa negra. — É um verdadeiro harém de histeroepilépticas e de erotômanos que ele reuniu; mas tudo isso carece de grandeza. Decerto, do ponto de vista das ofensas atrozes e das blasfêmias, dos atos sacrílegos e das mixórdias sensoriais, esse padre parece exorbitante, talvez único; mas o aspecto sangrento e incestuoso dos velhos sabás não está presente; em suma, Docre é bem inferior a Gilles de Rais; suas obras são inconclusas, insípidas, enfadonhas, pode-se dizer.

— Você tem razão, mas não é fácil encontrar crianças que se possam impunemente degolar, sem que os pais se ponham a chorar e sem que a polícia acabe se metendo!

— Com certeza, são às dificuldades desse tipo que convém evidentemente atribuir a celebração pacífica dessa missa. Mas fico pensando nessas mulheres que você descreveu, estas que se jogam de cabeça nos braseiros para aspirar o vapor das resinas e das plantas; elas utilizam o procedimento dos aissauas, que também mergulham de cara nos braseiros quando a catalepsia, necessária aos seus exercícios, tarda a vir; quanto aos demais fenômenos que citou, eles são conhecidos nos hospícios e, salvo a emanação demoníaca, não há nisso novidade alguma. Agora, outra coisa – prosseguiu ele –, não diga nenhuma palavra sobre isso diante de Carhaix, pois, se ele souber que você assistiu a um ofício em honra do Diabo, é bem possível que bata a porta na sua cara!

Saíram da residência de Durtal e encaminharam-se para as torres de Saint-Sulpice.

— Não me preocupei com as provisões para o jantar, já

que você disse que se encarregaria – disse Durtal. — Mas hoje pela manhã enviei à esposa de Carhaix, além das sobremesas e do vinho, um verdadeiro pão de especiarias da Holanda, dois licores de fato surpreendentes, um elixir de longa vida que tomaremos à guisa de aperitivo, antes da refeição, e uma garrafa de creme de aipo. Encontrei tudo isso no comércio de um destilador íntegro.

— Ora, ora!

— Pois é, meu amigo, íntegro; você verá, esse elixir de longa vida é fabricado segundo uma fórmula antiquíssima do Códice, com aloés socotrina, cardamomo, açafrão, mirra e vários outros aromas. É desumanamente amargo, mas excelente!

— Ótimo; e, além do mais, celebraremos a recuperação de Gévingey.

— Você voltou a vê-lo?

— Sim; ele está muito bem; pediremos que nos conte como se curou.

— Eu me pergunto do que ele vive.

— Ora, de recursos provenientes de sua ciência de astrologia.

— Há então gente rica que lhe pede mapas astrais?

— Pois é, difícil acreditar. Para falar a verdade, acho que não deve viver com muito conforto. No tempo do Império, foi astrólogo da imperatriz, que era muito supersticiosa e acreditava – como Napoleão, por sinal – em profecias e sortilégios; mas, desde a queda do Império, a situação dele decaiu bastante. Ele é tido, contudo, como o único na França a ter conservado os segredos de Cornelius Agrippa, Gerardo de Cremona, Cosme Ruggieri, Luca Gaurico, do espadachim Sinibaldi e Johannes Trithemius.

Sem parar de conversar, escada acima, tinham chegado à porta do sineiro.

O astrólogo já estava instalado, e a mesa, posta. Todos

fizeram algum tipo de careta ao degustarem o licor negro e enérgico que lhes serviu Durtal.

Alegre por reencontrar seus antigos convivas, a dona Carhaix trouxe a sopa de carne.

Ela encheu os pratos e, como acompanhava uma travessa de legumes e Durtal se servia de alho-poró, Des Hermies disse, rindo:

— Cuidado! Um taumaturgo do final do século XVI, chamado Porta, ensina que essa hortaliça, por muito tempo considerada emblema da virilidade, é capaz de perturbar o sossego dos mais castos!

— Não lhe dê ouvidos – disse a mulher do sineiro. — E o sr. Gévingey, quer uma cenoura?

Durtal observava o astrólogo. Ele continuava com sua cabeça ovalada, cabelos de um castanho cansado, sujos, cheios de hidroquinona e ipeca, olhos assustadiços de passarinho, mãos enormes cobertas de anéis, modos obsequiosos e solenes, tom sacerdotal; mas a fisionomia exibia maior frescor; a pele se desenrugara, os olhos pareciam mais claros, mais brilhantes, desde seu retorno de Lyon.

Durtal felicitou-o pelo bom resultado do tratamento.

— Já estava na hora de recorrer aos bons cuidados do dr. Johannès, pois minha saúde estava bem afetada. Não possuindo o dom da vidência e não conhecendo nenhum cataléptico extralúcido que pudesse me instruir sobre os preparativos clandestinos do cônego Docre, eu me encontrava na impossibilidade de me defender lançando mão da lei dos contrassignos e do choque reverso.

— Mas – indagou Des Hermies – admitindo que, por intermédio de um espírito volante, o senhor tivesse conseguido compreender as operações desse padre, como teria conseguido frustrá-las?

— A lei dos contrassignos consiste no seguinte: conhecendo-se o dia e a hora do ataque, é possível antecipar-se a ele fugindo de casa, o que desorienta e anula o venefício; ou então em dizer, meia hora antes: atinja-me, estou aqui! Este último método tem por objetivo arejar os fluidos e paralisar os poderes do agressor. Na Magia, todo ato conhecido, publicado, está perdido. Quanto ao choque reverso, também é preciso ser prudente, para, antes de ser atingido, rechaçar os sortilégios e fazê-los incidir sobre a pessoa que os despacha.

"Eu não tinha dúvidas de que me achava à beira da morte; já havia decorrido um dia de meu enfeitiçamento; mais dois, e meus ossos seriam enterrados em Paris."

— Por quê?

— Porque todo indivíduo atingido por via de magia dispõe apenas de três dias para se proteger. Passado esse prazo, o mal torna-se, muito frequentemente, incurável. Assim, quando Docre me anunciou que, por iniciativa própria, me condenava à pena de morte e, duas horas mais tarde, voltando para casa, me senti bem adoentado, não hesitei, fiz a mala e viajei para Lyon.

— E em lá chegando? – indagou Durtal.

— Lá, encontrei o dr. Johannès; contei a ameaça de Docre, o mal que me afligia. Ele me disse simplesmente: esse padre sabe revestir o mais virulento dos venenos nos sacrilégios mais espantosos; a luta será árdua, mas eu a vencerei; e logo em seguida ele chamou uma senhora que mora em sua casa, uma vidente.

"Ele a fez dormir e ela, obedecendo às injunções dele, explicou a natureza do sortilégio que sofri; reconstituiu a cena e me viu, literalmente, sendo envenenado pelo sangue menstrual de uma mulher alimentada com hóstias profanadas e com drogas habilmente dosadas e misturadas a suas bebidas e refeições; esse tipo de enfeitiçamento é tão terrível que, exceto o dr. Johannès, nenhum taumaturgo da França ousa tentar esses tratamentos!

"Por isso, o doutor acabou por me dizer: 'Sua cura só pode ser obtida por um poder infrangível; sem mais demora, vamos imediatamente recorrer ao sacrifício de glória de Melquisedeque'.

"E ele fez com que fosse instalado um altar composto de uma mesa, um tabernáculo de madeira em forma de casinha encimada por uma cruz, em cujo frontão havia a figura circular do tetragrama, como o mostrador de um relógio. Mandou trazerem o cálice de prata, os pães ázimos e o vinho. Vestiu sozinho seus trajes sacerdotais, enfiou no dedo o anel que recebera as bênçãos supremas, depois começou a ler num missal específico as preces do sacrifício.

"Quase no mesmo instante, a vidente exclamou: 'Aí estão os espíritos invocados para o malefício, que trouxeram o veneno, segundo a ordem do mestre da invocação maligna, o cônego Docre!'.

"Eu estava sentado perto do altar. O dr. Johannès colocou sua mão esquerda sobre minha cabeça e, estendendo a outra mão ao céu, suplicou ao Arcanjo São Miguel que o ajudasse; em seguida, adjurou as gloriosas legiões dos Gladiadores e dos Invencíveis a que dominassem e acorrentassem aqueles Espíritos do Mal.

"Eu me sentia aliviado; a sensação de dor asfixiada que me atormentava em Paris diminuía.

"O dr. Johannès continuou a recitar suas orações e, depois, quando chegou o momento da prece deprecatória, ele tomou minha mão, pousou-a sobre o altar e, por três vezes, clamou:

"'Que sejam destruídos os projetos e os desígnios do autor da iniquidade que lançou o feitiço sobre você; que toda influência pela via satânica seja esmagada; que todo e qualquer ataque dirigido contra você seja anulado e despojado de efeitos; que todas as maldições de seu inimigo sejam transformadas em bênçãos dos mais altos cumes das colinas eternas;

que esses fluidos de morte sejam convertidos em fermentos de vida... enfim, que os Arcanjos das Sentenças e dos Castigos decidam sobre a sorte desse miserável padre que depositou confiança nas obras das Trevas e do Mal!'

"'Quanto a você', continuou ele, 'está livre, o Céu o curou; que seu coração devolva ao Deus vivo e ao Cristo Jesus as mais ardentes ações de graça, pela gloriosa Maria!'

"E me ofereceu um pedaço de pão ázimo e um pouco de vinho. Eu estava de fato salvo. O sr. Des Hermies, que é médico, pode atestar que a ciência humana era impotente para me curar; e, agora, olhem para mim!"

— Sim – disse Des Hermies, embaraçado –, eu constato, sem me aprofundar nos meios, o resultado dessa cura, e, admito, não é a primeira vez, pelo que sei, que efeitos semelhantes se produzem! Não, obrigado – respondeu ele à mulher de Carhaix, que o convidava a servir-se novamente de uma travessa de purê de ervilha sobre o qual se estendiam linguiças temperadas com raiz-forte.

— Mas – disse Durtal – permita-me fazer algumas perguntas. Certos detalhes me interessam. Como eram os ornamentos sacerdotais de Johannès?

— Seus trajes se compunham de uma longa túnica de caxemira vermelha, ajustada na cintura por um cordão branco e vermelho. Vestia por cima dessa túnica um manto branco do mesmo tecido, recortado no peito em forma de cruz de cabeça para baixo.

— De cabeça para baixo! – exclamou Carhaix.

— Sim, a cruz invertida como a figura do Enforcado no Tarô significa que o sacerdote Melquisedeque deve morrer no velho homem e viver em Cristo, a fim de se tornar poderoso com a potência do próprio Verbo feito carne e morto por nós.

Carhaix não parecia à vontade. Seu catolicismo intransigente e desafiador recusava-se a admitir cerimônias não prescritas. Ele se calou, não se metendo mais na conversa, limitando-se a encher os copos, temperar a salada e distribuir os pratos.

— E esse anel de que falou, como era ele? – perguntou Des Hermies.

— Um anel simbólico de ouro puro. Tem a imagem de uma serpente cujo coração, em relevo e incrustado com um rubi, é atado por uma correntinha a uma pequena argola que fecha as mandíbulas do bicho.

— O que eu gostaria muito de saber – disse Durtal – é a origem e o propósito desse sacrifício. O que Melquisedeque tem a ver com isso?

— Ah! – exclamou o astrólogo. — Melquisedeque é uma das figuras mais misteriosas existentes nos Livros Santos. Era o Rei de Salém, Sacrificador do Deus Forte. Ele abençoou Abraão, e este lhe cedeu o dízimo dos despojos dos Reis vencidos de Sodoma e Gomorra. Tal é o relato do Gênese. Mas São Paulo também o citou. Ele o declara sem pai, sem mãe, sem genealogia, não tendo nem começo de dias nem fim de vida, sendo, portanto, feito à semelhança do Filho de Deus e Sacrificador para todo o sempre.

"Por outro lado, Jesus é chamado nas Escrituras não somente de Pai Eterno, mas também, diz o Salmista, ao modo e segundo a ordem de Melquisedeque.

"Tudo isso é bastante obscuro, como podem ver; entre os exegetas, alguns reconhecem nele a figura profética do Salvador; outros, a de São José; e todos admitem que o sacrifício de Melquisedeque, oferecendo a Abraão o pão e o vinho com os quais fizera antes oblação ao Senhor, prefigura, segundo a expressão de Isidoro de Damietta, o exemplar dos mistérios divinos, ou seja, da Santa Missa."

— Muito bem – interveio Des Hermies –, mas isso nada explica as virtudes do alexifármaco, do antídoto que o dr. Johannès atribui a esse sacrifício.

— Vocês querem saber demais! – exclamou Gévingey. — Seria preciso que o próprio doutor respondesse a isso; todavia, os senhores podem admitir o seguinte:

"A teologia nos ensina que a Missa, tal como é celebrada, é a renovação do Sacrifício do Calvário; mas o Sacrifício de Glória não é nada disso; é, de certo modo, a Missa futura, o Ofício glorioso que será conhecido na terra pelo Reino do Divino Paracleto. Esse sacrifício é ofertado a Deus pelo homem regenerado, redimido pela efusão do Espírito Santo, do Amor. Ora, o ser hominal cujo coração foi assim purificado e santificado é invencível, e os feitiços do Inferno não conseguirão se abater sobre ele se ele fizer uso desse sacrifício para lapidar os Espíritos do Mal. Isso explica o poder do dr. Johannès, cujo coração se une ao divino coração de Jesus nessa cerimônia."

— Essa demonstração não é muito límpida – objetou tranquilamente o sineiro.

— Seria necessário então admitir – retomou Des Hermies – que Johannès é um ser melhorado, à frente de seu tempo, um apóstolo que o Espírito Santo vivifica.

— E é isso mesmo – confirmou com segurança o astrólogo.

— Por favor, passe-me o pão de especiarias – pediu Carhaix.

— Veja como é preciso prepará-lo – disse Durtal. — Corte uma fatia, bem fina, em seguida apanhe uma fatia de pão comum também fina, unte de manteiga, ponha uma sobre a outra e pode comê-las; e diga se esse sanduíche não tem o gosto requintado de avelãs frescas!

— Mas, enfim – inquiriu Des Hermies –, afora isso, como vai o dr. Johannès? Faz tanto tempo que não o vejo.

— Leva uma existência ao mesmo tempo cômoda e atroz. Vive com amigos que o veneram e adoram. Junto a eles, repousa de todos os tipos de adversidades que sofreu.

Seria quase perfeito, se não tivesse de rechaçar quase cotidianamente as investidas que os magos tonsurados de Roma intentam contra ele.

— Mas por quê?

— Demoraria muito para lhes explicar. Johannès recebeu do Céu a missão de combater as tramoias infecciosas do Satanismo e pregar a vinda do Cristo glorioso e do Divino Paracleto. Ora, a Cúria diabólica que assedia o Vaticano tem o maior interesse em livrar-se de um homem cujas preces impedem suas conjurações e aniquilam seus feitiços.

— Ah! – exclamou Durtal. — E seria indiscreto perguntar-lhe como esse ex-padre prevê e reprime esses espantosos atentados?

— De modo algum. É pelo voo e pelo pio de certos pássaros que o doutor é prevenido sobre esses ataques. Os falcões e os gaviões são suas sentinelas. Dependendo de voarem na sua direção ou de se afastarem dele, de se dirigirem para o Oriente ou o Ocidente, de soltarem um pio ou vários de uma vez, ele toma conhecimento da hora do combate e fica atento. Certa vez, ele me contou que os gaviões são facilmente influenciados pelos Espíritos e os utiliza como o magnetizador se vale da sonâmbula, como os espíritas se valem das lousas e das mesas.

— São os fios telegráficos dos despachos mágicos – disse Des Hermies.

— Exato. Além disso, esses procedimentos não são novidade alguma, pois se perdem na noite dos tempos; a ornitomancia é secular; encontram-se vestígios dela nos Livros Santos, e o Zohar afirma que poderemos receber inúmeros avisos se soubermos observar os voos e os pios dos pássaros.

— Mas por que o gavião, e não outros voláteis? – indagou Durtal.

— Porque, desde as eras mais remotas, ele sempre foi

o mensageiro dos feitiços. No Egito, o deus com cabeça de gavião era o deus que possuía a ciência dos hieróglifos; antigamente, nesse país, os hierogramatistas engoliam o coração e o sangue dessa ave a fim de se prepararem para os ritos mágicos; ainda hoje, os feiticeiros dos reis africanos fincam na cabeleira uma pena de gavião; e esse volátil, como diz o senhor, é sagrado na Índia.

— E como esse seu amigo faz – perguntou a sra. Carhaix – para criar e abrigar esses animais, que são, afinal de contas, aves de rapina?

— Ele não os cria nem abriga. Esses gaviões fizeram seus ninhos nos altos penhascos que margeiam o rio Saône, perto de Lyon. Eles veem até ele quando necessário.

Observando a sala de jantar, tão tépida e singular, Durtal pensava nas extraordinárias conversas que aquela torre havia testemunhado: como aqui estamos longe das ideias e da linguagem da modernidade parisiense! E concluiu o raciocínio em voz alta:

— Tudo isso nos remete à Idade Média.

— Felizmente – exclamou Carhaix, levantando-se para ir dobrar os sinos.

— Sim – disse Des Hermies –, mas, neste momento de realidade positiva e brutal, o que é muito estranho são essas batalhas travadas no vazio, para além dos humanos e acima das cidades, entre um padre de Lyon e prelados de Roma.

— E, na França, entre esse padre e os rosa-cruzes e o cônego Docre.

Durtal lembrou-se de que a sra. Chantelouve, de fato, havia lhe assegurado de que os líderes dos rosa-cruzes esforçavam-se para estabelecer relações com o Diabo e preparar malefícios.

— Você acha que esses indivíduos são capazes de satanizar? – perguntou ele a Gévingey.

— Eles gostariam, mas não conhecem coisa alguma. Limitam-se a reproduzir de forma mecânica algumas operações fluídicas e veneníferas que lhes foram reveladas pelos três brâmanes que vieram a Paris alguns anos atrás.

— Quanto a mim – lançou a mulher de Carhaix, despedindo-se dos convidados para ir dormir –, fico muito satisfeita por não estar envolvida em todas essas aventuras que me dão medo e por poder orar e viver em paz.

Então, enquanto Des Hermies preparava o café como de costume e Durtal apanhava os cálices, Gévingey encheu o cachimbo e, quando o som dos sinos cessou, dispersando-se como se fosse absorvido pelos poros dos muros, aspirou uma longa tragada e disse:

— Passei alguns dias deliciosos naquela família em que vive Johannès, em Lyon. Após todos os abalos que sofri, foi para mim um inegável prazer terminar minha convalescença naquele ambiente de dileção tão sossegado. Além disso, Johannès é um dos maiores entendidos em teologia e ciências ocultas que eu conheço. Ninguém sondou dessa forma os arcanos do Satanismo, a não ser seu antípoda, o abominável Docre; pode-se mesmo dizer que, atualmente, na França, eles são os únicos que transpuseram o limiar terreno e, do ponto de vista do sobrenatural, obtiveram resultados seguros, cada qual em seu campo. Mas, além do interesse de sua conversa tão hábil e rica, que me surpreendia até quando ele abordava a Astrologia judiciária, na qual, porém, sou tão versado, Johannès me encantava pela beleza de suas exposições sobre a transformação futura dos povos.

"É realmente um homem de bem, garanto, o profeta cuja missão de sofrimento e de glória foi homologada cá embaixo pelo Altíssimo."

— Não duvido – disse Durtal, sorrindo –, mas essa teoria do Paracleto, se não me engano, é a antiquíssima heresia de Montanus que a Igreja condenou formalmente.

— Certo, mas tudo isso depende do modo como se concebe a vinda do Paracleto – lançou o sineiro, ao voltar. — É também a doutrina ortodoxa de Santo Irineu, São Justino, Escoto Erígena, Amalrico de Bena, Santa Dulcina, do admirável místico que foi Joaquim de Fiore! Era essa a crença da Idade Média inteira, e confesso que ela me obceca, que ela me extasia, que ela corresponde aos meus mais ardentes desejos. Na verdade – prosseguiu ele, sentando-se e cruzando os braços –, se o terceiro Reino é ilusório, que consolação restará aos cristãos diante do total desnorteio de um mundo que a caridade nos obriga a não odiar?

— Quanto a isso, sou obrigado a admitir que, apesar do sangue do Calvário, não me sinto pessoalmente resgatado – disse Des Hermies.

— Existem três reinos – retomou a palavra o astrólogo, comprimindo com o dedo a cinza dentro do cachimbo. — O do Antigo Testamento, do Pai, o reino do medo. O do Novo Testamento, do Filho, o reino da expiação. E o do Evangelho Joanino, do Espírito Santo, que será o reino da redenção e do amor. São o passado, o presente e o futuro; o inverno, a primavera, o verão. Joaquim de Fiore disse: "um deu a erva, outro a espiga, o terceiro dará o trigo". Dois entes da Santa Trindade já se mostraram; a Terceira deve logicamente aparecer.

— Sim, e os textos bíblicos são abundantes, prementes, categóricos, irrefutáveis – disse Carhaix. — Todos os profetas, Isaías, Ezequiel, Daniel, Zacarias, Malaquias, falam sobre isso. Os Atos dos Apóstolos, nesse ponto, são bem claros. Abra-os e lerá no primeiro capítulo estas linhas: "Este Jesus que, separando-se de vós, elevou-se ao céu voltará da mesma maneira como vós o vistes subir". Da mesma forma, São João anuncia essa nova no Apocalipse, que é o Evangelho do segundo advento de Cristo: "Cristo virá e reinará mil anos". São inesgotáveis as revelações dessa natureza de São Paulo. Na Epístola a Timóteo, ele evoca o Senhor "que julgará os vivos e os mortos no dia de seu glorioso advento e de seu reinado". Na sua Segunda Epístola aos Tessalonicenses, ele escreve que, após a vinda do Messias, "Jesus vencerá o Anticristo pelo brilho de seu advento". Ora, ele declara que esse Anticristo ainda não veio; portanto, o advento que ele profetiza não é o advento já realizado pelo nascimento do Salvador, em Belém. No Evangelho segundo São Mateus, Jesus responde a Caifás, que lhe pergunta se ele é mesmo Cristo, Filho de Deus: "Tu o disseste e também vos digo que vereis depois o Filho do Homem, sentado à direita do poder de Deus, vindo das nuvens do céu". E, em outro versículo, o apóstolo acrescenta: "Por isso, estai também vós preparados porque o Filho do Homem virá numa hora em que menos pensardes".

"E muitos outros há cujos textos eu encontraria, abrindo o Santo Livro. Não, não há o que discutir, e os defensores do Reino glorioso apoiam-se com segurança em passagens inspiradas e, em certas condições e sem temerem cometer heresia, podem sustentar essa doutrina, que, como confirma São Jerônimo, no século IV era um dogma de fé reconhecido por todos. Mas, vejamos, e se provássemos um pouco desse frasco de creme de aipo do qual se gaba Durtal?"

Era um licor espesso, adocicado como o anisete, porém ainda mais feminino e mais suave; com a diferença de que, ao se sorver aquela substância inerte, pelas partes remotas das papilas passava um leve aroma de aipo.

— Nada mau – exclamou o astrólogo –, mas é bem fraco – e ele despejou em seu copo um vigoroso trago de rum.

— Pensando bem – disse Durtal –, o terceiro reinado é também anunciado pelas seguintes palavras do Pai: "Venha a nós o vosso Reino!".

— Exatamente – assentiu o sineiro.

— Vejam bem – lançou Gévingey –, haveria heresia, e então ela se tornaria ao mesmo tempo demente e absurda, se admitíssemos, como alguns paracléticos, uma encarnação autêntica e carnal. Lembram-se do fareinismo, que, a partir do século XVIII, grassou em Fareins, aldeia na região de Doubs, onde se refugiou o jansenismo expulso de Paris, depois do fechamento do cemitério de Saint-Médard? Lá, um padre, François Bonjour, reinicia as crucificações dos miraculados, cenas galvânicas que infestaram o túmulo do diácono Pâris; e, depois, esse abade se enamora de uma mulher que alega estar grávida das obras do profeta Elias, que, após o Apocalipse, deverá preceder a derradeira vinda de Cristo. A criança vem ao mundo e depois vem uma segunda que outro não é senão o Paracleto. Este exerceu o ofício de negociante de lãs em Paris, foi coronel da Guarda Nacional no reinado de Luís Filipe e morreu no conforto, em 1866. Era um Paracleto de butique, um Redentor com dragonas e topete!

"Depois dele, em 1866, certa sra. Brochard, de Vouvray, afirma a quem a quiser ouvir que Jesus reencarnou nela. Em 1889, um doido manso chamado David publicou em Angers uma brochura intitulada *A voz de Deus*, na qual se outorga o modesto título de "Messias único do Espírito Santo Criador" e revela que é empresário de obras públicas e tem uma barba loura de 1 metro e 10 de comprimento. Hoje em dia, sua sucessão não ficou sem herdeiro; um engenheiro chamado Pierre Jean percorreu recentemente a cavalo as províncias do sul da França anunciando que era ele o Espírito Santo; em Paris, Bérard, um condutor de transporte público da linha Panthéon-Courcelles, atesta igualmente que incorpora o Paracleto, enquanto um artigo de revista afirma que a esperança da Redenção fulgura na pessoa do poeta Jhouney; finalmente, na

América, de tempos em tempos, aparecem mulheres que afirmam ser o Messias e recrutam adeptos entre os iluminados das assembleias religiosas."

— Isso aí equivale à teoria daqueles que confundem Deus e a criação – disse Carhaix. — Deus é imanente em suas criaturas; é seu princípio de vida suprema, a fonte do movimento, a base de sua existência, disse São Paulo; mas é distinto da vida, dos movimentos e da alma delas. Ele tem seu Eu pessoal, ele é Aquele que é, como disse Moisés.

"O Espírito Santo também, através do Cristo em glória, vai ser imanente dentro dos seres. Será o princípio que os transforma e regenera; mas isso não requer sua encarnação. O Espírito Santo procede do Pai pelo Filho; é enviado para agir, mas não pode materializar-se; sustentar o contrário é pura loucura! É incidir no cisma dos gnósticos e dos *fraticelli*, nos erros de Dolcino de Novara e de sua mulher, Margarida, nas imundices do padre Beccarelli, nas abominações de Segarelli de Parma, que, a pretexto de se tornar criança para melhor simbolizar o amor simples e inocente do Paracleto, se fazia enfaixar e deitava nos braços de uma ama de leite para mamar, antes de se deleitar com a escória!"

— Ainda assim, tudo isso me parece pouco claro – interveio Durtal. — Se entendi bem, o Espírito Santo agirá por meio de efusão em nós; ele nos transmutará, nos renovará a alma por meio de uma espécie de purgação passiva, para falar na língua teológica.

— Exatamente, deve purificar nossa alma e nosso corpo.
— Como o corpo?
— A ação do Paracleto – prosseguiu o astrólogo – deve estender-se ao princípio da geração; a vida divina deve santificar esses órgãos que, a partir de então, só poderão procriar seres de eleição, isentos dos pecados originais, seres que não precisarão passar pela prova das fornalhas da humilhação,

conforme diz a Bíblia. Tal era a doutrina do profeta Vintras, aquele iletrado extraordinário que escreveu páginas tão solenes e tão ardentes. Ela foi continuada e amplificada, após a morte dele, por seu sucessor, o dr. Johannès.

— Mas então é o Paraíso terrestre – exclamou Des Hermies.

— Sim, é o reino da liberdade, da bondade, do amor!

— Vejamos, vejamos – protestou Durtal –, estou confuso. De um lado, o senhor anuncia a chegada do Espírito Santo; de outro, o advento glorioso de Cristo. Esses dois reinos se confundem ou devem se suceder?

— Convém distinguir – respondeu Gévingey – entre a vinda do Paracleto e o retorno vitorioso de Cristo. Aquela precede este. É necessário, primeiramente, que seja criada uma sociedade inflamada pela terceira Hipóstase, pelo Amor, para que Jesus desça, assim como prometeu, das nuvens, e reine sobre os povos formados à sua imagem.

— E o que é feito do papa nisso tudo?

— Ah! Esse é um dos pontos mais curiosos da doutrina joanina. Depois da primeira aparição do Messias, os tempos se dividem, como sabem, em dois períodos: o período do Salvador vitimário e expiatório, este em que vivemos, e o outro, o que aguardamos, o período do Cristo, lavado da sordidez, resplandecente no esplendor adorável de sua Pessoa. Pois bem! Há um papa diferente para cada uma dessas eras; os Livros Santos anunciam, assim como meus horóscopos, por sinal, esses dois Soberanos Pontificados.

"É axioma da teologia que o espírito de Pedro viva em seus sucessores. E ele viverá neles, mais ou menos apagado, até alcançar a expansão desejada do Espírito Santo. Então, João, que foi deixado como reserva, dito Evangelista, iniciará seu Ministério de amor, viverá na alma dos novos papas."

— Não entendo bem a utilidade de um papa, já que Jesus será visível – disse Des Hermies.

— De fato, ele não tem razão de ser e só pode existir durante a época reservada às efluências do divino Paracleto. No dia em que Jesus aparecer, em meio ao turbilhão dos gloriosos meteoros, o Pontificado de Roma cessará.

— Sem nos aprofundarmos em questões sobre as quais poderíamos discutir anos a fio – exclamou Durtal –, eu admiro a placidez dessa utopia que imagina que o homem seja perfectível! Mas não, afinal a criatura humana nasceu egoísta, abusiva, vil. Basta olhar ao redor para ver! Uma luta incessante, uma sociedade cínica e feroz; os pobres, os humildes, perseguidos, esmagados pelos burgueses enriquecidos, pelos carniceiros! Por todo lado, o triunfo dos celerados ou dos medíocres; por todo lado, a apoteose dos velhacos da política e dos bancos! E os senhores acham que é possível nadar contra uma corrente dessas? Não, nunca, o homem não mudou; sua alma já era purulenta na época do Gênese e hoje em dia não é menos intumescida nem menos fétida. Somente a forma de seus pecados varia; o progresso é a hipocrisia que refina os vícios!

— E esta é mais uma razão – reagiu Carhaix. — Se a sociedade é tal qual o senhor descreve, é preciso que ela desmorone! Isso mesmo, eu também acho que ela está putrefata, que seus ossos estão corroídos, que suas carnes estão se soltando; que ela não pode mais ser tratada nem curada. Faz-se então necessário que seja inumada e que outra renasça. Só Deus é capaz de realizar tal milagre!

— Obviamente – interveio Des Hermies –, se admitirmos que a ignomínia destes tempos é transitória, só poderemos contar com a intervenção de um Deus para fazê-la desaparecer, pois não serão o socialismo e outras quimeras dos trabalhadores ignaros e rancorosos que modificarão a natureza dos seres e reformarão os povos. Isso está acima das forças humanas!

— E os tempos esperados por Johannès estão próximos – clamou Gévingey. — E há provas bem manifestas. Raimundo Lúlio afirmava que o fim do velho mundo seria anunciado pela difusão das doutrinas do Anticristo, e definiu essas doutrinas: são o Materialismo e o despertar monstruoso da Magia. Essa previsão aplica-se ao nosso tempo, creio eu. Por outro lado, a boa-nova deverá chegar, disse São Mateus, quando "a abominação estiver no lugar santo". E é o que ocorre agora! Vejam esse papa medroso e cético, insípido e finório, esse episcopado de simoníacos e covardes, esse clero jovial e frouxo. Vejam como são devastados pelo Satanismo e digam-me, digam-me se a Igreja pode decair ainda mais!

— As promessas são categóricas, ela não pode morrer – disse o afinador de sinos. E, com os cotovelos sobre a mesa e os olhos voltados para o céu, murmurou em tom suplicante: — Pai Nosso, venha a nós o vosso reino!

— Já é tarde. Vamos embora – lançou Des Hermies.

Então, enquanto vestiam os agasalhos, Carhaix perguntou a Durtal:

— O que espera, se não tem fé na vinda do Cristo?

— Eu? Não espero coisa alguma.

— Então, tenho pena do senhor; não acredita mesmo em nenhuma melhora no futuro?

— Mas, sim, eu creio! Que o velho Céu divague sobre um mundo esgotado e repetitivo.

Erguendo os braços, o sineiro abanou com tristeza a cabeça.

Quando se despediram de Gévingey ao pé da torre, Des Hermies deu alguns passos em silêncio e disse:

— Não acha surpreendente que todos os acontecimentos dos quais falamos esta noite tenham ocorrido em Lyon?

Durtal o encarou e ele prosseguiu:

— Digo isso porque, você sabe, eu conheço Lyon; lá os cérebros são turvos como as brumas do Ródano que pela manhã cobrem as ruas. Essa cidade parece magnífica para os viajantes que gostam de longas avenidas, pátios gramados, grandes bulevares, toda a arquitetura penitenciária das cidades modernas; mas Lyon também é o refúgio do misticismo, o abrigo das ideias extranaturais e dos privilégios duvidosos. Foi lá que morreu Vintras, no qual encarnou, ao que parece, a alma do profeta Elias; foi lá que restaram os últimos adeptos de Naundorff; é lá que grassam feitiços, pois, no bairro de La Guillotière, é possível enfeitiçar alguém pagando-se 1 luís! Acrescente-se a isso que, apesar da proliferação de radicais e de anarquistas, é um opulento comércio, de um catolicismo protestante e rígido, uma fábrica jansenista, uma burguesia beata e adiposa.

"Lyon é célebre pela charcutaria, pelas castanhas e pelas sedas; e também por suas igrejas! Todas as partes elevadas de suas ladeiras são sulcadas por capelas e conventos; Notre Dame de Fourvière se sobrepõe a todos. De longe, esse monumento assemelha-se a uma cômoda do século XVIII, emborcada, com os pés para o alto, mas o interior, que ainda está por ser terminado, é desconcertante. Você deveria visitá-la um dia. Lá veria a mais extraordinária mistura de assírio, romano e gótico, toda uma barafunda inventada, revestida, renovada, soldada por Bossan, o único arquiteto que, no fim das contas, soube erigir um interior de catedral nos últimos cem anos! Sua nave fulgura de esmaltes e mármores, bronzes e ouro; estátuas de anjos seccionam as colunas, interrompem com graça solene as euritmias conhecidas. É asiático e bárbaro; faz lembrar as arquiteturas que Gustave Moreau erige em torno das suas Herodíades, em sua obra.

"E filas de peregrinos se sucedem sem cessar. Imploram a Nossa Senhora a expansão dos negócios; suplicam-lhe que abra novos mercados para salames e sedas; elogiam suas mercadorias diante da Virgem; consultam-na sobre os meios de vender os produtos vencidos e escoar os tecidos. Até mesmo no centro da cidade, na igreja de Saint-Boniface, reparei um cartaz que convidava os fiéis a não distribuir esmolas aos pobres, em respeito ao Templo. De fato, não convinha que as orações comerciais fossem perturbadas pelas queixas ridículas dos indigentes!"

— Pois é – concordou Durtal –, estranhíssimo também é o fato de que a democracia seja o adversário mais obstinado do pobre. A Revolução, que parecia – não é mesmo? – assumir o dever de protegê-lo, revelou-se para ele o mais cruel dos regimes. Qualquer dia, dou-lhe para ler um decreto do ano II; ele não somente impõe penas àqueles que estendem a mão, mas também àqueles que dão!

— E aí está a panaceia que vai curar tudo – disse Des Hermies, rindo e apontando para enormes cartazes no muro, em que o general Boulanger rogava aos parisienses que votassem nele nas próximas eleições.

Durtal deu de ombros.

— De qualquer maneira – disse ele –, esse povo está bem doente. Carhaix e Gévingey talvez tenham razão quando afirmam que nenhuma terapia seria suficientemente poderosa para salvá-lo!

XXI

Durtal tomara a decisão de não responder às cartas que lhe endereçava a mulher de Chantelouve. Desde a ruptura, todos os dias, ela lhe enviava uma missiva exaltada; mas, como ele logo pôde constatar, aqueles gritos de bacante sossegaram e seguiram-se lamúrias e arrulhos, repreensões e prantos. Ela o acusava agora de ingratidão, arrependia-se de lhe ter dado ouvidos, de convidá-lo a participar dos sacrilégios de que ela teria de prestar contas lá em cima; ela pedia também para vê-lo ainda uma vez; depois, durante uma semana, calou-se; por fim, sem dúvida cansada do silêncio de Durtal, notificou-lhe a separação numa derradeira epístola.

Após ter admitido que, de fato, ele tinha razão, que os dois não combinavam nem em temperamento nem em alma, ironicamente terminava dizendo:

> "Obrigada pelos breves momentos de amor, regrados como uma partitura, que você me ofereceu; mas isso não basta, meu coração almeja muito mais..."

O coração! – ele se pôs a rir e depois prosseguiu:

> "Entendo perfeitamente que não tenha por missão e objetivo saciá-lo, mas poderia ao menos me dedicar a uma camaradagem sincera que me teria permitido deixar o sexo em casa e ir de vez em quando conversar à noite com você; algo assim, aparentemente tão simples, você tornou impossível. Adeus para nunca mais. Resta-me somente fazer um pacto com a solidão, à qual tentei ser infiel..."

Solidão! Ora, e aquele chifrudo finório que é marido dela? Na verdade, neste momento, é dele que mais tenho pena! Eu lhe proporcionava noites silenciosas e lhe devolvia uma mulher serenada e satisfeita; o beatão tirava vantagem do meu cansaço! Ah! Quando penso nisso, nos olhos hipócritas e matreiros dele olhando para mim, tudo fica bem claro!

Enfim, esse pequeno romance está terminado; como é bom ter um coração ocioso! A gente não sofre com os aborrecimentos do amor nem com os rompimentos! Ainda me resta este famigerado cérebro que, de tempos em tempos, se incendeia, mas as bombeiras o apagam num piscar de olhos.

Antigamente, quando eu era jovem e impetuoso, as mulheres não davam a mínima para mim; agora que sou um homem sossegado, sou eu que não lhes dou a mínima. Este é meu verdadeiro papel, bichano – disse ele ao gato, que escutava esse solilóquio de orelhas em pé. No fundo, Gilles de Rais é mais interessante que a sra. Chantelouve; infelizmente, minha relação com ele está chegando ao fim também; mais algumas páginas e o livro estará concluído. Só faltava essa, o horrendo Rateau que vem perturbar minha vida.

E, de fato, o zelador entrou, desculpou-se pelo atraso, tirou o casaco e lançou um olhar desafiador para os móveis.

Depois, precipitou-se para a cama, atracou-se com os colchões, como um lutador, apanhou um deles, ergueu-o, sacudiu-o e, em seguida, revirou-o com força e, ofegante, estendeu-o sobre o estrado.

Durtal, seguido pelo gato, passou para outro cômodo, mas subitamente Rateau interrompeu o pugilato e veio ter com eles.

— O senhor sabe o que me aconteceu? – balbuciou num tom lastimoso.

— Não.

— A sra. Rateau me deixou.

— Ela o deixou! Mas ela tem pelo menos 60 anos!

Rateau ergueu os olhos para o céu.

— E ela partiu com alguém?

Desolado, Rateau abaixou o espanador que trazia na mão.

— Mas com os diabos! Sua mulher então exigia, apesar da idade, algo que você não era capaz de satisfazer?

O zelador sacudiu a cabeça e acabou revelando que era exatamente o contrário.

— Oh! – exclamou Durtal, observando o varapau, curtido pelo ar do sótão e pela aguardente ordinária. — Mas, se ela não deseja mais ser tocada, por que fugiu então com outro homem?

Rateau esboçou uma careta de desprezo e piedade.

— Ele é impotente, não serve para nada, um preguiçoso no que diz respeito a certas coisas.

— Ah!

— Isso é desagradável por causa da minha moradia. O proprietário não quer um zelador sem esposa!

Puxa, que sorte a minha, pensou Durtal.

— Ora, ora, eu estava indo à sua casa – disse ele a Des Hermies, que, encontrando a chave na porta, deixada por Rateau, acabava de entrar.

— Então, vamos! Já que a limpeza ainda não terminou, desça como um Deus de sua nuvem de poeira e venha comigo.

No caminho, Durtal contou ao amigo as desventuras conjugais do zelador.

— Oh! – exclamou Des Hermies. — Quantas mulheres ficariam felizes em pôr uma coroa de louros na cabeça de um velho assim tão inflamável! Mas que coisa nojenta! – emendou ele, mostrando as paredes das casas ao redor cobertas de cartazes.

Era de fato uma orgia de anúncios; por todos os lados, sobre papéis coloridos, exibiam-se em letras garrafais os nomes dos candidatos Boulanger e Jacques.

— Graças a Deus, isso terá fim no domingo!

— Há ainda um recurso – disse Des Hermies – para escapar do horror dessa vida ambiente, basta deixar de erguer os olhos, manter continuamente a atitude receosa dos recatados. Assim, observando apenas as calçadas, o que vemos são as tampas dos bueiros de eletricidade da companhia Popp. Há símbolos, brasões de alquimista em relevo nessas tampas, rodas dentadas, caracteres talismânicos, pentáculos bizarros com sóis, martelos e âncoras; isso nos permite imaginar que vivemos na Idade Média!

— Certo, mas seria necessário, a fim de não ser dizimado pela terrível turba, usar antolhos como os cavalos e, na frente, sobre o crânio, viseiras como as dos quepes usados na conquista da África, que hoje em dia são usados por colegiais e oficiais.

Des Hermies soltou um suspiro.

— Entre – disse ele, abrindo sua porta; instalando-se nas poltronas, eles acenderam seus cigarros.

— Ainda não me sinto totalmente recuperado da conversa que tivemos com Gévingey na casa de Carhaix, na outra noite – disse Durtal, rindo. — Esse dr. Johannès é bastante estranho! Não consigo parar de pensar. Diga-me com sinceridade, você acredita mesmo no milagre dos tratamentos dele?

— Sou forçado a acreditar; eu não lhe disse tudo, pois um médico que conta histórias semelhantes parece até louco; pois bem, saiba que esse padre realiza curas impossíveis.

"Conheci-o quando ele ainda fazia parte do clero parisiense, justamente por causa de um desses resgates sobre os quais, devo admitir, não entendi nada.

"A empregada da minha mãe tinha uma filha já crescida que estava com braços e pernas paralisados, sofria terrivelmente do peito e berrava quando era tocada. Tudo isso apareceu, sem que se saiba o motivo, numa única noite; fazia quase dois anos que se achava nesse estado. Dispensada como incurável pelos hospitais de Lyon, ela veio a Paris, fez um tratamento no La Salpêtrière e foi liberada sem que ninguém jamais soubesse o que tinha e sem que medicação alguma a tivesse jamais aliviado. Um dia, ela me falou desse padre Johannès, que, segundo suas palavras, tinha curado pessoas tão enfermas quanto ela. Não acreditei em nada daquilo, mas, considerando que tal padre não aceitava dinheiro, não a dissuadi de sua intenção de consultá-lo e, por pura curiosidade, acompanhei-a quando foi lá.

"Puseram-na numa cadeira, e o eclesiástico, baixinho, ágil e vivaz, tomou-lhe a mão. Sobre a palma, ele colocou uma, duas, três pedras preciosas, uma de cada vez; depois, tranquilamente, ele lhe disse: 'A senhorita é vítima de um malefício de consanguinidade'.

"Tive de me conter para não rir. 'Lembre-se bem', continuou ele, 'há dois anos, já que se encontra paralisada desde essa época, a senhorita deve ter tido uma discussão com um homem ou mulher de sua família'.

"Era verdade, a pobre Marie havia sido indevidamente acusada pelo roubo de um relógio que, por herança, havia sido dado a uma tia, que por sua vez jurou vingança. 'Essa sua tia morava em Lyon?', perguntou ele.

"Com um gesto da cabeça, ela aquiesceu. Ele prosseguiu: 'Nada de extraordinário; em Lyon, no meio do povo, há um bocado de curandeiros que conhecem a ciência dos sortilégios praticada nos campos; mas fique sossegada, essa gente não tem força. Eles ainda se encontram na infância dessa arte; e então, senhorita, quer ficar curada?'.

"E, depois de ela ter dito que sim, ele continuou: 'Muito bem, é o suficiente; pode partir'.

"Ele não a tocou, não lhe receitou remédio algum. Saí de lá persuadido de que aquele empírico era um mistificador ou um doido; mas quando, três dias depois, seus braços se ergueram, quando o sofrimento da moça cessou ao cabo de uma semana e ela foi capaz de andar, fui obrigado a me render ao óbvio; voltei a visitar o taumaturgo, descobri um jeito de ser-lhe útil em determinada circunstância e foi assim que essa convivência teve início."

— Mas, afinal, de que meios ele dispõe?

— Seu procedimento é o mesmo do Cura de Ars: as preces; em seguida, ele invoca as milícias do Céu, rompe os círculos mágicos, expulsa, "enquadra", segundo sua expressão, os Espíritos do Mal. Sei que isso é desorientador, e, quando falo do poder desse homem aos meus confrades, eles sorriem com ar superior ou então expõem o precioso argumento que inventaram para explicar as curas operadas pelo Cristo ou pela Virgem. Elas consistiriam em impressionar a imaginação do doente, sugerir-lhe a vontade de sarar, persuadi-lo de que ele está bem de saúde, hipnotizá-lo, de certa forma, em estado de vigília; desse modo, as pernas tortas se endireitam, as chagas desaparecem, os pulmões dos tísicos são sanados, os cânceres se tornam dodóis anódinos e os cegos passam a enxergar! E foi só isso que encontraram para negar o sobrenatural de certas curas! É de se perguntar realmente por que eles mesmos não utilizam esse método, visto que é tão simples!

— Mas não terão eles experimentado?

— Sim, para algumas enfermidades. Eu cheguei a assistir às experiências que o dr. Luys tentou. Pois bem, é incrível. Havia, no hospital La Charité, uma pobre moça com ambas as pernas paralisadas. Hipnotizada, ordenavam-lhe que se levantasse; ela se remexia em vão. Então, dois médicos residentes a sustentavam, e ela se curvava, dolorosamente, sobre os pés mortos. Nem preciso dizer que ela era incapaz de andar e que, após ter sido assim arrastada por alguns metros, era deitada outra vez, sem que resultado algum fosse jamais alcançado.

— Ora, vamos, o dr. Johannès não é capaz de curar indistintamente todas as pessoas que sofrem?

— Não, só trata doenças resultantes de malefícios. Ele se considera inapto para cuidar das demais, das quais se ocupam os médicos, segundo diz. É o especialista dos males satânicos; trata sobretudo os alienados, que são, segundo ele, em sua maior parte, gente enfeitiçada, possuída pelos Espíritos e, consequentemente, avessas ao repouso e às duchas!

— E essas pedras de que você falou, que uso ele faz delas?

— Antes de responder, preciso previamente explicar o sentido e a aptidão dessas pedras. Não estarei lhe ensinando nada se disser que Aristóteles, Plínio, todos os sábios do Paganismo lhes atribuíram virtudes medicinais e divinas. Segundo eles, a ágata e a cornalina alegram; o topázio consola; o jaspe cura as doenças causadas pela languidez; o jacinto sara a insônia; a turquesa impede ou abranda as quedas; a ametista combate a embriaguez.

"O simbolismo católico se apodera, por sua vez, das pedras preciosas e vê nelas os emblemas das virtudes cristãs. Assim, a safira representa as aspirações elevadas da alma; a calcedônia, a caridade; a sardônia e o ônix, a candura; o berilo alegoriza a ciência teológica; o jacinto, a humildade; enquanto o rubi acalma a cólera, e a esmeralda lapida a incorruptível fé.

"Além disso, a magia..." e Des Hermies se levantou, apanhando na estante um pequeno volume encadernado como um missal, e mostrou o título a Durtal.

Este leu na primeira página: "A Magia natural, que consiste nos segredos e milagres da natureza, exposta em quatro livros por João Batista Porta, Napolitano"; e, embaixo:

"Paris, Nicolas Bonfous, Rue Neuve Nostre-Dame, sob a insígnia de São Nicolau, 1584".

— E depois – continuou Des Hermies, folheando o livro –, a magia natural ou, antes, a simples terapêutica daqueles tempos empresta novo sentido às gemas; ouça isto.

"Depois de ter iniciado com a celebração de uma pedra desconhecida – o 'Alectorius', que torna invencível aquele que a possui, assim que retirado do ventre de um galo castrado depois de quatro anos, ou arrancado do ventrículo de uma galinha –, Porta ensina que a calcedônia permite ganhar processos, que a cornalina acalma o fluxo de sangue e 'é bastante útil às mulheres em suas doenças', que o jacinto protege de raios e afasta pestilências e venenos, que o topázio doma as paixões lunáticas, que a turquesa vence a melancolia, a febre quartã e as fraquezas do coração. Finalmente, afirma que a safira é uma defesa contra o medo e conserva os membros vigorosos, enquanto a esmeralda, pendurada ao pescoço, salvaguarda do mal-caduco e se parte, caso a pessoa que a ostente não seja casta.

"Como vê, a Antiguidade, o cristianismo e a ciência do século XVI quase não se entendem sobre as virtudes específicas de cada pedra; praticamente em todos os lugares os significados mais ou menos cômicos diferem.

"O dr. Johannès revisou essas crenças, adotando e rejeitando inúmeras delas; por sua vez, admitiu novas acepções. Para ele, a ametista pode muito bem curar a embriaguez, mas sobretudo a embriaguez moral, o orgulho; o rubi erradica os arrebatamentos genésicos; o berilo fortalece a vontade; a safira eleva os pensamentos na direção de Deus.

"Em resumo, ele acredita que cada pedra corresponde a uma espécie de doença e também a uma forma de pecado; e afirma que, quando for possível dominar quimicamente o princípio ativo das gemas, não apenas haverá antídotos como também meio de prevenir diversos males. Enquanto esse sonho, que pode parecer um tanto maluco, não se realiza e os químicos lapidários não derrubam nossa medicina, ele usa pedras preciosas para formular os diagnósticos dos malefícios."

— Mas como?

— Ele assegura que, ao colocar tal ou tal pedra na mão ou na parte enferma do enfeitiçado, da pedra que ele tem entre os dedos emana um fluido que o instrui. A esse respeito, contou-me que, certo dia, entrou em sua casa uma senhora que ele não conhecia dizendo sofrer, desde a infância, de uma doença incurável. Impossível obter dela respostas que fossem precisas. Em todo caso, ele não descobria vestígio de nenhum venefício. Depois de ter experimentado toda a sua variedade de pedras, ele pegou o lápis-lazúli, que na sua opinião corresponde ao pecado de incesto, e, colocando-o na mão dela, apalpou-o e disse: "Sua doença é consequência de um incesto". "Mas eu não vim aqui para me confessar", respondeu a senhora. Assim mesmo, acabou revelando que seu pai a estuprara quando ela ainda era impúbere. Tudo isso é confuso, contrário a todas as ideias preconcebidas, quase insano, mas não é por isso que deixamos de estar diante de um fato: esse padre cura doentes que nós, médicos, consideramos desenganados!

— Tanto é que o único astrólogo que nos sobrou em Paris, o surpreendente Gévingey, estaria morto sem a ajuda dele. Seja como for, é um bom sujeito. Com os diabos, como é possível que a imperatriz Eugênia lhe tenha encomendado mapas astrais?

— Mas eu já lhe disse. Durante o Império, o interesse pela magia era imenso nas Tuileries. O americano Home foi reverenciado por eles como um Deus; além de suas sessões espíritas, era ele quem invocava os espíritos infernais naquela corte. A coisa até acabou mal um dia. Certo marquês lhe suplicara que o deixasse rever sua mulher, que estava morta. Home o conduziu até um leito e o deixou sozinho dentro do quarto. O que aconteceu em seguida? Que fantasmas assustadores, que Ligeias sepulcrais teriam surgido? O fato é que o infeliz foi fulminado ao pé da cama. Essa história foi recentemente publicada no *Le Figaro*, com base em informações incontestáveis.

"Ora, não se deve brincar com as coisas do outro mundo e negar demasiadamente os Espíritos do Mal! Conheci outrora um rapaz rico, apaixonado por ciências ocultas. Foi presidente de uma Sociedade de Teosofia, em Paris, e chegou a escrever um livrinho sobre a doutrina esotérica, na coleção da revista *Isis*. Pois bem, ele não quis, como Péladan e Papus, conformar-se por não saber nada e viajou para a Escócia, onde impera o Diabolismo. Lá, frequentou um homem que, mediante pagamento, inicia as pessoas nos arcanos satânicos, e o rapaz arriscou-se à experiência. Teria ele visto aquele que, em *Zanoni*, Bulwer Lytton chama de 'o guardião do limiar do mistério'? Ignoro, mas o fato é que ele desmaiou de terror e voltou à França esgotado, quase morto."

— Diacho! – exclamou Durtal. — Nem tudo é maravilhoso nessa profissão; mas, diga-me, alguém que enverede por esse caminho só pode evocar os Espíritos do Mal?

— E você acha que os anjos, que em nosso mundo só obedecem aos santos, vão receber ordens do primeiro que aparecer?

— Mas, enfim, deve haver, entre os Espíritos de Luz e os Espíritos das Trevas, um meio-termo, Espíritos que não sejam celestes nem demoníacos, intermediários; por exemplo, aqueles que enunciam bobagens repulsivas nas sessões espíritas!

— Um padre me dizia, certa noite, que as larvas indiferentes, neutras, habitam um território invisível e natural, algo semelhante a uma ilhazinha cercada por todos os lados pelos bons e maus Espíritos. Elas são cada vez mais empurradas, acabando por se fundir num ou noutro campo. Ora, à força de evocarem essas larvas, os ocultistas que não podem, claro, atrair os anjos, acabam por aproximar os Espíritos do mal e, queiram ou não, sem sequer saberem, deslocam-se para o Diabolismo. Em resumo, é aí que o Espiritismo vai dar nalgum momento!

— Certo, e se admitirmos a ideia repugnante de que um médium imbecil pode suscitar os mortos, com mais razão se deve reconhecer a matriz de Satã nessas práticas.

— Sem a menor dúvida; não importa de que lado se observe, o Espiritismo é um lixo!

— Então, no final das contas, você não acredita na teurgia, na magia branca?

— Não, é uma piada! Um ouropel que serve aos licenciosos, tais como os rosa-cruzes, para esconder suas mais repulsivas práticas de magia negra. Ninguém ousa admitir que sataniza. Mas em que consiste a magia branca, apesar das belas frases com as quais os hipócritas ou os tolos a temperam? Aonde quer você que ela conduza? Por sinal, a Igreja, que esses compadrios não conseguirão enganar, condena indiferentemente essas duas magias.

— Ah! – disse Durtal, acendendo um cigarro após um instante de silêncio. — Isto é melhor do que discutir política ou corridas de cavalos. Mas que barafunda! No que acreditar? A metade dessas doutrinas é insana, e a outra é tão misteriosa que impressiona. A confirmação do Satanismo? É grave, no entanto pode parecer quase garantido. Mas então, se formos coerentes, precisaremos acreditar no Catolicismo e, nesse caso, só nos resta rezar; pois, afinal, não serão o Budismo e os demais cultos desse gênero que terão condições de lutar contra a religião do Cristo!

— Pois então, acredite!

— Não posso; ali há tantos dogmas que me desencorajam e me revoltam!

— Eu tampouco tenho certeza de muita coisa – prosseguiu Des Hermies –, contudo, há momentos em que me sinto próximo disso e quase chego a acreditar. De toda maneira, o que é evidente para mim é a existência do sobrenatural, seja ele cristão ou não. Refutá-lo é negar o óbvio, é chafurdar na manjedoura do materialismo, na estúpida tina dos livres-pensadores!

— Não deixa de ser maçante toda essa hesitação! Oh, como invejo a fé robusta de Carhaix.

— Você não é exigente – respondeu Des Hermies. — A fé é o quebra-mar da vida, é a única barragem atrás da qual o homem desorientado pode encalhar em paz!

XXII

— Gostam disso? – indagou dona Carhaix. — Para variar, fiz um cozido ontem e guardei a carne; de modo que, esta noite, servirei um caldo de cabelo de anjo, uma salada de carne fria com arenques defumados e aipo, um bom purê de batatas com queijo e uma sobremesa. E, depois, os senhores vão provar essa nova sidra que recebemos.

— Oh! Oh! – exclamaram Des Hermies e Durtal, que degustavam, à espera da refeição, uma dose do elixir de longa vida.

— Sra. Carhaix deve saber que sua cozinha nos induz ao pecado da gula; em pouco tempo, iremos nos transformar em glutões pantagruélicos!

— Você está troçando de mim, mas estou preocupada com o Louis, que ainda não voltou.

— Alguém está subindo – disse Durtal, ao ouvir passos nos degraus de pedra da torre.

— Não, não é ele – advertiu ela, abrindo a porta. — Esse passo é de Gévingey.

De fato, vestido com sua capa azul e seu chapéu de feltro, o astrólogo entrou, cumprimentou a todos teatralmente, apertou com os anéis de suas manoplas os dedos dos presentes e perguntou pelo sineiro.

— Está no carpinteiro; as traves de carvalho que sustentam os sinos grandes racharam, e Louis teme que venham a desabar.

— Diacho!

— Alguma notícia sobre a eleição? – perguntou Gévingey, apanhando seu cachimbo e soprando no interior.

— Não. Neste bairro só se saberão os resultados do escrutínio esta noite, por volta das dez horas. De toda forma, a votação não deixa dúvida, pois Paris perdeu o juízo; o general Boulanger vencerá facilmente, isso é certo.

— Um provérbio da Idade Média afirma que, quando as favas florescem, os loucos aparecem. Entretanto, não estamos na época!

Carhaix entrou, desculpou-se pelo atraso e, enquanto sua mulher lhe servia a sopa, ele calçou seus tamancos e começou a responder às perguntas que lhe faziam:

— Pois é, a umidade roeu as abraçadeiras de ferro e apodreceu a madeira. As vigas incharam; é hora de o carpinteiro intervir; enfim, ele me prometeu aparecer amanhã, sem falta, com seus homens. Não importa, estou feliz de voltar para casa. Lá nas ruas, me sinto tonto, fico atoleimado, inseguro, ébrio; só fico realmente à vontade quando estou com meus sinos ou nesta sala. Vamos, passe-me isso aí, mulher – ele apanhou a travessa e começou a misturar a salada de aipo, arenque e carne.

— Que aroma! – exclamou Durtal, aspirando o odor incisivo do arenque. — Um perfume cheio de sugestões! Ele me evoca a visão de uma lareira crepitante de sarmentos de junípero, numa sala ao rés do chão cuja porta se abre para um grande porto! Parece que há um halo de alcatrão e de algas salgadas envolvendo esses ouros defumados e ferrugens ressecadas. É sublime – concluiu ele, provando a salada.

— Voltarei a preparar-lhe isso. O sr. Durtal não é uma pessoa difícil de agradar – disse a esposa de Carhaix.

— Infelizmente – acrescentou o marido, sorrindo – é mais fácil satisfazer-lhe o corpo que a alma! Quando penso nos seus aforismos desesperadores na outra noite! Mas nós oramos para que Deus o ilumine. Já sei – disse ele bruscamente à mulher –, vamos rogar a São Nolasco e São Teódulo, que são sempre representados com sinos. Eles fazem um pouco parte do grupo e certamente concordarão em ser intercessores de gente que os reverencia, a eles e a seus símbolos!

— Serão necessários uns milagres portentosos para convencer Durtal – disse Des Hermies.

— No entanto, os sinos operaram alguns milagres – proferiu o astrólogo. — Recordo-me de ter lido, não sei onde, que os anjos fizeram os sinos soar o dobre fúnebre no momento em que Santo Isidoro de Madri morria.

— E há vários outros casos! – bradou o sineiro. — Os sinos repicaram, sozinhos, enquanto São Sigiberto cantava o *De profundis* sobre o cadáver do mártir Plácido; e, quando o corpo de Santo Anemundo, bispo de Lyon, foi jogado por seus assassinos dentro de um barco sem remadores nem velas, eles também soaram, sem que ninguém os acionasse, no momento da passagem da embarcação, que descia o rio Saône.

— Sabem no que estou pensando? – indagou Des Hermies, observando Carhaix. — Que o senhor deveria escrever uma antologia resumida de hagiografia ou preparar um in-fólio competente sobre heráldica.

— Ora, por quê?

— Porque, graças a Deus, o senhor está tão longe de sua época, tão entusiasmado por coisas que ela ignora ou execra, que isso o enaltecerá ainda mais! O senhor, meu bom amigo, será eternamente incompreensível para as gerações futuras. Tocar sinos e adorá-los, entregar-se às tarefas obsoletas da arte feudal ou a trabalhos monásticos sobre as vidas dos Santos se completaria: bem fora de Paris, bem acolá noutros mundos, bem longe nos velhos tempos!

— Ora! – reagiu Carhaix. — Sou apenas um homem simples e não conheço muitas coisas, mas essa pessoa com que o senhor sonha existe. Na Suíça, creio eu, um afinador de sinos vem coligindo há vários anos um memorial heráldico. Resta saber – prosseguiu ele, rindo – se, por exemplo, uma de suas ocupações não prejudica a outra.

— E o ofício de astrólogo, acha que não anda mais depreciado, abolido até? – perguntou Gévingey com amargura.

— Vejamos, o que acham de nossa sidra? – perguntou a mulher do sineiro. — Está um pouco verde, não?

— Não. Tem sabor jovial, mas refrescante – respondeu Durtal.

— Mulher, sirva o purê sem esperar por mim. Eu os atrasei com minhas ocupações na cidade, e a hora do ângelus se aproxima. Não se preocupem comigo, comam, eu os alcançarei quando voltar.

E, enquanto o marido acendia o lampião e saía da sala, a mulher trouxe num prato uma espécie de bolo coberto por uma crosta salpicada de caramelo e glacê dourado.

— Ora, ora! – disse Gévingey. — Mas isso não é um purê de batata!

— É, sim. Só que é gratinado por cima num forno a lenha. Provem; coloquei tudo que era necessário no recheio, deve estar delicioso.

De fato, estava saboroso e foi aclamado por todos; em seguida, calaram-se porque era impossível se ouvirem. Naquela noite, o sino ribombou com mais potência e limpidez. Durtal tentava analisar aquele ruído que parecia pôr a sala a oscilar. Havia uma espécie de fluxo e refluxo de sons; primeiro, o choque formidável do badalo contra o bronze; depois, um tipo de esmagamento de sons que se difundiam, finamente pilados, rotundeando; por fim, o retorno do badalo, cujo novo choque somava, dentro do morteiro de bronze, outras ondas sonoras, as quais ele moía e lançava, dispersas, para o interior da torre.

Em seguida, essas colisões se espaçaram; logo, não restava senão o som de uma enorme roda de fiar a ronronar; como gotas que tardassem a cair; e Carhaix voltou.

— Mas que tempos esquisitos! – disse Gévingey, pensativo. — Não acreditamos em mais nada e ainda assim engolimos tudo. Todas as manhãs, inventam uma nova ciência; agora, é essa obviedade chamada pedagogia que está imperando! E mais ninguém lê o admirável Paracelso, que tudo descobriu, que tudo criou! Digam, pois, ao seu congresso de cientistas que, segundo esse grande mestre, a vida é uma gota da essência dos astros, que cada um de nossos órgãos corresponde a um planeta e dele depende, que nós somos, consequentemente, uma síntese da esfera divina; digam-lhes, pois, e isso é comprovado pela experiência, que todo homem nascido sob o signo de Saturno é melancólico e fleumático, taciturno e solitário, pobre e frívolo; que esse astro pesado, de rasto tardio, predispõe a superstições e fraudes; que provoca epilepsias e varizes, hemorroidas e lepras; que ele é, valha-me Deus, o grande provedor dos hospícios e das prisões; e eles zombarão, darão de ombros, pois são uns asnos juramentados, gloriosos pedantes!

— De fato – disse Des Hermies –, Paracelso foi um dos mais extraordinários nomes da medicina oculta. Conhecia os mistérios, hoje esquecidos, do sangue, os efeitos terapêuticos ainda ignotos da luz. Professando, como os cabalistas, por sinal, que o ser humano é composto de três partes – um corpo material, uma alma e um perispírito, também chamado de corpo astral –, ele tratava principalmente este último e sua reação sobre o envoltório exterior e carnal por meio de procedimentos que são ou incompreensíveis ou desacreditados. Ele não cuidava dos ferimentos tratando os tecidos, mas o sangue que deles saía. Alguns garantem que era capaz de curar certas doenças!

— Graças aos seus profundos conhecimentos sobre a Astrologia – lançou Gévingey.

— Mas, se a influência sideral necessita tanto ser estudada – perguntou-lhe Durtal –, por que não reúne alguns alunos?

— Alunos! Mas onde se há de achar gente disposta a trabalhar por vinte anos, sem lucro e sem glória? Porque, antes de estar em condições de montar um mapa astral, é preciso ser um astrônomo de primeiro nível, conhecer a fundo matemática e ter queimado as pestanas durante muito tempo em cima do latim obscuro dos velhos mestres! E, depois, é necessário também ter vocação e fé, e tudo isso está perdido!

— Como ocorre com os afinadores de sinos – acrescentou Carhaix.

— Não, vejam bem os senhores – prosseguiu Gévingey. — No dia em que as grandes ciências da Idade Média soçobraram na indiferença sistemática e hostil de um povo ímpio, foi o fim da alma na França! Só nos resta agora cruzar os braços e ouvir os insípidos argumentos de uma sociedade que ora ri, ora rosna!

— Ora, vamos, não há razão para desespero; tudo vai melhorar – disse a dona Carhaix em tom conciliador; e, antes de se retirar, apertou a mão de cada um dos seus visitantes.

— O povo – disse Des Hermies, despejando água na cafeteira –, em vez de ser melhorado pelos séculos, é estragado, destruído, imbecilizado! Lembrem-se do Cerco de Paris, da Comuna, dos entusiasmos insensatos, dos ódios tumultuosos e sem causa, toda a demência de um populacho que comeu de menos, bebeu de mais e estava armado! Convenhamos, isso não se compara à ingênua e misericordiosa plebe da Idade Média! Conte, Durtal, o que fez o povo quando Gilles de Rais foi conduzido à fogueira.

— Sim, conte-nos isso – reiterou Carhaix, com os olhos imensos nublados pela fumaça do cachimbo.

— Pois bem! Os senhores sabem que, em consequência de seus delitos inauditos, o marechal de Rais foi condenado à forca e à fogueira. Após o julgamento, ele foi levado de volta ao cárcere, onde fez uma derradeira súplica ao bispo Jean de Malestroit. Implorou-lhe que intercedesse junto aos pais e às mães das crianças que ele havia tão ferozmente estuprado e assassinado para que estes aceitassem assisti-lo em seu suplício.

"E aquele povo, cujo coração ele havia dilacerado e cuspido, soluçou de piedade; não viu naquele nobre demoníaco mais que um pobre homem que chorava por seus crimes e iria enfrentar a assustadora ira divina; e, no dia da execução, a partir das nove horas da manhã, o povo percorreu a cidade numa longa procissão, entoando os salmos pelas ruas, comprometendo-se por juramento nas igrejas a jejuar durante três dias, a fim de tentar garantir dessa forma o descanso da alma do marechal."

— E, como podemos observar, estamos longe da lei americana do linchamento – disse Des Hermies.

— Em seguida – retomou Durtal –, às onze horas, eles foram buscar Gilles de Rais na prisão e o acompanharam até os prados de La Biesse, onde se erguiam patíbulos sobre as altas piras.

"O marechal confortava seus cúmplices, abraçava-os, rogando que sentissem 'grande repugnância e contrição pelos seus erros', e, batendo no próprio peito, implorava à Virgem que os poupasse, enquanto o clero, os camponeses, o povo salmodiavam as sinistras e implorantes estrofes do Hino dos Finados:

Nos timemus diem judicii
Quia mali et nobis conscii
Sed tu, Mater summi concilii
Para nobis locum refugii

O Maria!
Tunc iratus Judex...[6]

"Viva Boulanger!"
Num ruído de enchente que vinha da praça Saint-Sulpice para a torre, gritos incessantes começaram a jorrar: "Boulange! Lange!". Em seguida, uma voz roufenha, enorme, uma voz de vendedora de ostras, de carroceiro, soou acima das outras, dominando todos os urras, e, novamente, berrou: "Viva Boulanger!".

— São os resultados das eleições que essa gente vocifera diante da prefeitura – disse Carhaix com desdém.

Todos se entreolharam.

— É esse o povo de nossos dias – disse Des Hermies.

— Ah! Não aclamaria com o mesmo fervor um sábio, um artista, tampouco um ser sobrenatural que fosse um Santo – resmungou Gévingey.

— No entanto, era o que fazia na Idade Média!

— De fato, mas aquele povo era mais ingênuo e menos tolo – prosseguiu Des Hermies. — E, depois, onde estão os Santos que o salvaram? Nunca será demais repetir: os padres, agora, têm os corações partidos, as almas disentéricas, os cérebros que se decompõem e desaparecem! Ou então, o que é ainda pior, emitem o fogo-fátuo da putrefação e apodrecem o próprio rebanho! São cônegos Docre, satanizam!

— E pensar que este século de positivistas e de ateus derrubou tudo, exceto o Satanismo, que ele foi incapaz de fazer recuar um passo sequer!

---

[6] Nós tememos o dia do juízo/ porque estamos cônscios dos nossos males./ Mas tu, mãe do sumo conselho,/ Prepara-nos um lugar de refúgio,/ Ó Maria!/ Então o juiz irado...

— Isso pode ser explicado – disse Carhaix. — O Satanismo é omitido ou desconhecido. Foi o velho Ravignan que demonstrou, acho, que a maior força do Diabo foi ter conseguido ser negado!

— Meu Deus! Que ciclone de abjeção sopra no horizonte! – murmurou tristemente Durtal.

— Não! – exclamou Carhaix. — Não, não diga jamais isso! Aqui embaixo tudo está decomposto, tudo está morto, mas lá em cima! Ah! Eu admito, a efusão do Espírito Santo, a vinda do Divino Paracleto se faz esperar! Mas os textos que a anunciam são inspirados; o futuro está garantido, a aurora será límpida!

E, olhando para baixo, com as mãos juntas, rezou ardentemente.

Des Hermies levantou-se e deu alguns passos pela sala.

— Sem dúvida – lamentou ele –, mas este século não dá a mínima importância ao glorioso Cristo; ele contamina o sobrenatural e vomita o além. Então como ter esperança no futuro, como imaginar que serão limpas as crianças geradas pela fétida burguesia destes tempos imundos? Criadas desse modo, eu me pergunto: o que irão fazer da vida?

— Elas farão como seus pais, como suas mães – respondeu Durtal. — Encherão as tripas e evacuarão a alma pelo baixo-ventre!

Posfácio
Pedro Paulo Catharina

Não faz muito tempo J.-K. Huysmans voltou às vitrines das livrarias na França, ao lado do polêmico escritor Michel Houellebecq. Na ocasião, a realidade se sobrepunha à ficção, e o atentado fundamentalista em Paris contra a redação do jornal satírico *Charlie Hebdo*, no dia 7 de janeiro de 2015, deu um contorno especial ao romance que estava sendo lançado no mesmo dia. Em *Submissão*, Houellebecq criara uma França islamizada em 2022, com um presidente eleito pelo partido Fraternidade Muçulmana, prevendo de alguma maneira os problemas sociais que viriam a ocorrer em nome da fé.

Na esteira do sucesso do romance de Houellebecq, as editoras programaram o resgate da obra de Huysmans, pois o protagonista de *Submissão* é um professor de Letras da Sorbonne, especialista em Huysmans, escritor convocado inúmeras vezes para o texto. A obra de Huysmans serve de fio condutor para o romance de Houellebecq. Ela alimenta a reflexão contemporânea sobre a religião e a sociedade, enquanto o narrador passa por um processo de conversão religiosa, assim como ocorrera com Huysmans em relação ao catolicismo, mas desta vez cedendo cinicamente aos apelos do islamismo.

Huysmans é visto pela historiografia literária como um escritor excêntrico, secundário em relação aos escritores naturalistas que se tornaram célebres, como Émile Zola e Guy de Maupassant. É pouco lido ou mal compreendido, e sua volta às prateleiras depende do maior ou menor interesse de especialistas ou de manobras midiáticas. Muitos o acham hermético, abusando de uma língua cinzelada, cheia de arcaísmos e neologismos. Assim, é ainda pertinente a pergunta formulada em 1990 por Alain Vircondelet, no fim da introdução da biografia do escritor: "Quem se lembra agora, no vaivém furioso da cidade, de Joris-Karl Huysmans?".

HUYSMANS, O AUTOR DE *ÀS AVESSAS*

Conhecido como a "bíblia do decadentismo", *Às avessas* (*À rebours*, de 1884) é responsável pela sobrevida literária de Huysmans. Em sua edição popular de capa amarela da Bibliothèque Charpentier, o romance teria sido o livro que perverteu Dorian Gray, personagem emblemático de Oscar Wilde. A história do excêntrico dândi Jean Floressas Des Esseintes, que se cerca de objetos de arte, livros raros e produz experiências sensoriais bizarras, dominará a obra de Huysmans. Ela atrai um séquito de discípulos decadentes que atribuem ao romance e ao personagem uma seriedade que ambos não possuem.

A apropriação romântica do livro como obra única na trajetória do autor não considera seu caráter irônico nem a autoironia naturalista. Atenuam-se no romance a fragmentação moderna na recuperação do poema em prosa (gênero com o qual Huysmans inicia sua carreira com *Le Drageoir à épices*, em 1874, e pratica ainda em *Croquis parisiens*, de 1880), o diálogo com a pintura e com o naturalismo dos irmãos Goncourt, através da hipertrofia descritiva e da descontinuidade narrativa. O romance permite que o leitor leia os capítulos fora da ordem, separadamente ou reagrupados por temas – o que o aproxima do antirromance. Ao mesmo tempo, ele contém em germe a obra futura, tanto nas questões temáticas que viriam a ser desenvolvidas quanto nos aspectos formais. Enfim, *Às avessas* é um romance completamente coerente com a obra de Huysmans. Mas as apropriações se fazem à revelia do autor e, se um texto adquire assim tal relevância dentro de um conjunto (como *Madame Bovary* na obra de Flaubert), é sempre louvável que novas luzes tragam o foco novamente para outras obras – caso desta tradução de *Nas profundezas* (*Là-bas*), romance originalmente publicado em 1891.

HUYSMANS NO BRASIL

No fim do século XIX e início do século XX, entre as obras dos escritores naturalistas franceses que circularam no Brasil, com forte acolhida nas décadas de 1880 e 1890, a de Huysmans parece ter tido uma recepção peculiar. Não devemos crer que o escritor fosse um desconhecido, nem o Brasil um local atrasado culturalmente, pois, segundo as informações que hoje possuímos, o país estava completamente integrado a uma comunidade letrada internacional.

Podemos afirmar que nem sempre *Às avessas* teve proeminência na obra de Huysmans. Ao menos no Brasil.

Não eram seus romances da primeira fase naturalista, como *Marthe, histoire d'une fille* (1876) e *Les sœurs Vatard* (1879), nem *Às avessas* que interessavam o leitor brasileiro à época. Este último romance só ganharia tradução no Brasil em 1987, pelas mãos de José Paulo Paes, e o original não parece ter figurado em anúncios de livrarias no fim do século XIX, ao contrário de outros romances que se encontravam à disposição do leitor brasileiro. Assim, quem passasse pela Rua da Quitanda, no Rio de Janeiro, em maio de 1896, poderia comprar na Livraria Católica, de J. A. Savin, exemplares (em francês) de *Nas profundezas* e *En route* (1895), anunciados no jornal *O Apóstolo* por 4 mil-réis cada. Em 1903, são vendidas pela Livraria Econômica, de Manoel de Nogueira de Souza, no Recife, traduções da hagiografia *Sainte Lydwine de Schiedam* (1901) e de *En route* (como *A caminho, confissões*). A tradução de *La Cathédrale* (1898) estava à venda na mesma livraria em maio de 1904, anunciada no jornal *A Província* como "o maior monumento da literatura cristã dos últimos tempos". Na língua original, *Les Foules de Lourdes* (1906) é encontrado, no mesmo ano de sua publicação na França, na Livraria Universal de Porto Alegre, Pelotas e Rio Grande. Como se pode notar, eram sobretudo os romances de temática religiosa que atraíam os brasileiros. Curiosamente, *Nas profundezas* integrava esse conjunto de obras "católicas", apesar de suas cenas de sexo adúltero, torturas, pedofilia e infanticídio em série, vampirismo, necrofilia, sem falar da "sodomia divina", descrita em rituais de missa negra.

Quando Huysmans faleceu, em 12 de maio de 1907, a imprensa brasileira noticiou sem atraso a morte do escritor, que foi o primeiro presidente da Academia Goncourt. *O Paiz*, jornal carioca de grande tiragem, anuncia, na primeira página da edição de 14 de maio, a morte do autor.

Dois dias depois, no mesmo jornal, Artur Azevedo, em sua coluna "Palestra", traz o obituário de Huysmans, passando em revista a obra do autor em seus diversos momentos. Em 10 de junho, o jornal ainda apresenta na primeira página novo perfil do escritor, dessa vez encabeçado por seu nome e uma foto de corpo inteiro diante de um crucifixo. Demais jornais da capital e de outros estados também anunciaram a morte do escritor, mostrando o interesse do público leitor e confirmando que nossos literatos conheciam bem a obra de Huysmans em todas as suas nuances, como comprovam também inúmeras menções e artigos em diversos periódicos ao longo das décadas seguintes.

UM NOME DE AUTOR CONSTRUÍDO ÀS AVESSAS

Quando, em 5 de fevereiro de 1848, nasce Charles-Marie--Georges, filho de Malvina Badin e Godfried Huysmans – litógrafo e miniaturista holandês instalado em Paris –, a França se preparava para mais uma revolução. O rei Luís Filipe abdica e é proclamada a Segunda República. Luís--Napoleão Bonaparte é eleito presidente no mesmo ano, mas, por um golpe de Estado em 2 de dezembro de 1851, impõe à França seu Segundo Império. O período, que durou até 1870, findou-se com a derrocada francesa na Guerra Franco-Prussiana. Nessa fase, a França entra definitivamente na era industrial, erigindo uma sociedade capitalista e moderna. Paris se transforma radicalmente sob a batuta do barão Haussmann. Grandes avenidas são abertas, promovendo-se a destruição da antiga cidade que Huysmans tentará resgatar em *La Bièvre et Saint-Séverin* (1898) e *Les Gobelins* (1901).

Há uma divisão sempre proposta para a carreira deste escritor que adotou um nome às avessas, por identificação com seus antepassados holandeses e sua arte: Joris-Karl. Num primeiro momento, ele engrossa as fileiras de combate pela estética naturalista ao lado de Émile Zola e daqueles que propunham um novo modo de fazer literatura, distante dos romances lacrimejantes de um romantismo gasto e de uma produção voltada para o entretenimento, desenvolvida na esteira do que o crítico Sainte-Beuve havia chamado, em 1839, de "literatura industrial". Em seguida, Huysmans se vê diante de um impasse com *Às avessas* e, a partir de *Nas profundezas*, teria abandonado o naturalismo para se tornar um escritor católico. Prefiro ver a trajetória de Huysmans de uma maneira mais orgânica, com menos rupturas.

Huysmans iniciara sua carreira timidamente com *Le Drageoir à épices*, na esteira de Aloysius Bertrand e de Baudelaire. Em seguida, aproximando-se de escritores como Gustave Flaubert, Edmond de Goncourt e Émile Zola, sem deixar de lado seu traço pictural, lança dois romances alinhados à estética naturalista: *Marthe, histoire d'une fille* e *Les Sœurs Vatard*. Em 1880, então com 32 anos, participa com o conto "Sac au dos" da publicação coletiva *Les Soirées de Médan*, que reunia seis contos com alto teor crítico sobre a Guerra Franco-Prussiana. É dele a ideia de um primeiro título do livro que não vingou – *L'Invasion comique* –, o que aponta para o tom de ironia empregado pelos naturalistas para criticar a inutilidade da guerra. Pouco a pouco, vai encontrando o naturalismo à sua feição, com *En ménage* (1881), *À vau-l'eau* (1882) e *En rade* (1887).

Segue-se a fase dita de "conversão", em que os romances se aproximam ainda mais dos fatos da vida do próprio escritor. Os apelos mundanos e corporais entram em conflito com o desejo de maior espiritualidade. *Nas profundezas* é o primeiro romance do "ciclo de Durtal", obra importante no processo de conversão do personagem que, mergulhado em estudos satânicos, repensará a religião e sua espiritualidade, temas desenvolvidos nos romances seguintes: *En route*, *La Cathédrale* e *L'Oblat* (1903).

As questões da arte nunca deixaram de interessar esse "estilista primoroso", impregnado das imagens do passado e do presente. Em *L'Art moderne* (1883) e *Certains* (1889), Huysmans defende a pintura moderna, os pintores impressionistas, os simbolistas e os artistas de exceção com mesma virulência com a qual ataca a arte acadêmica. Em *Trois primitifs* (1905) e *Trois églises* (1908, póstumo), debruça-se sobre a arte e a arquitetura religiosas. Sua obra literária é indissociável de sua obra como crítico de arte. Elas se alimentam mutuamente. Para ele, literatura e pintura sempre estiveram unidas, como em *Nas profundezas*, cujo primeiro capítulo traz uma transposição da *Crucificação*, do pintor alemão Matthias Grünewald, que servirá para instituir um paradoxal paradigma estético.

NAS PROFUNDEZAS, UM LIVRO FEITO DE LIVROS

Entre 3 de março e 5 de julho de 1891, o jornalista Jules Huret publicou, nas páginas do *L'Écho de Paris*, uma série de entrevistas acerca do estado e dos rumos da literatura. Os 64 escritores que responderam à "Enquête sur l'évolution littéraire" foram ordenados por movimentos literários: os psicólogos; os magos; os simbolistas e decadentes; os naturalistas; os neorrealistas; os parnasianos; os independentes; os teóricos e filósofos. A pergunta norteadora da entrevista era: "O naturalismo está doente? Ou teria acabado?". Huysmans, que começara a publicar *Nas profundezas* em folhetim no mesmo jornal, em 17 de fevereiro, é o entrevistado do dia 7 de abril e não hesita em responder: "Evidentemente, o naturalismo acabou... Ele não podia durar para sempre!". Mais adiante, muito oportunamente, após afirmar que tudo já havia sido estudado pelo naturalismo, ele parece descobrir um filão ainda não explorado (segundo ele): "Ah! Ainda há o padre! Nunca o estudaram!". Ao mesmo tempo, no rodapé da página seguinte, saía mais um capítulo de *Nas profundezas*, "primeiro estudo de observação do real feito a partir de documentos autênticos sobre o satanismo contemporâneo", como informava o anúncio de primeira página do *Écho* de 16 de fevereiro, não deixando dúvida sobre o pertencimento do romance ao naturalismo.

Essa série de entrevistas que inaugurou um gênero é emblemática de um século em que a literatura possuía uma relevância social enorme, em que os romances de folhetim ocupavam os jornais, e os escritores eram verdadeiras celebridades. Nesse contexto, fica mais fácil entender por que *Nas profundezas*, romance ao qual a entrevista de Huret parece fazer eco, se inicia com uma longa discussão literária acerca do naturalismo. O assunto é debatido por Durtal, escritor que trabalha numa biografia de Gilles de Rais, o monstruoso barão do século XV, e Des Hermies, médico descrente da medicina. O diálogo mostra os erros e acertos da estética, mas, nas palavras de Durtal, que "fora do naturalismo, não via um romance possível", tratava-se de buscar um "naturalismo espiritualista", cujo modelo se encontrava no passado, na pintura religiosa do pintor renascentista bávaro Matthias Grünewald, "o mais furioso dos realistas" e, ao mesmo tempo, "o mais furioso dos idealistas".

Nas profundezas, então, se apoia em dois eixos: o espiritual e o material. De estrutura simples, o romance se desenrola em espaços interiores, através de visitas e longas conversas que exploram os pontos de vista dos personagens. Des Hermies visita Durtal, Durtal visita Des Hermies, ambos visitam o casal Carhaix na torre da igreja de Saint-Sulpice, madame Chantelouve visita Durtal, Durtal visita o casal Chantelouve. Entre uma visita e outra, Durtal escreve seu livro sobre o satânico Gilles de Rais e vive longos momentos de introspecção e de combates interiores, que o leitor acompanha pela utilização massiva do monólogo interior. Há três camadas narrativas que se sobrepõem: uma fraca trama de sexo adúltero, ridicularizada por Durtal, que, como Huysmans, rejeita as histórias de adultério, já muito banalizadas literariamente; a biografia de Gilles de Rais, com todos os seus horrores; e a história do processo de escrita dessa biografia.

Nas profundezas se constrói *em abismo* (como a peça dentro da peça, em *Hamlet*), quase sem peripécias, e reflete sobre a escrita literária. Huysmans escreve um livro no qual o protagonista está escrevendo um livro. A documentação – pilar do naturalismo – é fundamental, assim como o estudo feito *d'après nature*, como ocorre no capítulo em que Durtal visita as ruínas do castelo de Gilles de Rais em Tiffauges e recolhe informações. O romance moderno de Huysmans exibe sem pudor suas fraturas, revelando o processo da escrita diante dos olhos do leitor e surpreendendo, talvez, aqueles que esperavam encontrar uma trama bem urdida. Por outro lado, a História factual também decepciona em suas promessas de verdade; resta a Durtal (e a Huysmans) buscar suas próprias vias através de seu *temperamento* criativo, que deve ser capaz de reconstruir, por exemplo, a partir das ruínas do castelo medieval, seus móveis, as roupas da época, os hábitos alimentares, trabalhando nas lacunas do tempo e da documentação.

No processo de escrita da biografia e do próprio romance que se lê, surgem, ao longo dos capítulos, bibliotecas consultadas ou referidas que servem de motor para o texto de Durtal e para as discussões entre os personagens: a biblioteca de Durtal, a de Des Hermies, a biblioteca de campanologia de Carhaix, enfim, a de Gilles de Rais. Multiplicam-se as citações de livros, documentos e páginas de processos, mostrando que romances se compõem de outros livros e textos.

Dentro da proposta do naturalismo, o texto de Huysmans expõe um saber enciclopédico através de inventários de vocábulos de especialidades que animam as conversas, instruem personagens e leitores, constituindo ao fim o próprio texto. Os assuntos são diversos: a simbologia dos sinos e das pedras preciosas, o ofício do sineiro, o ocultismo, a alquimia, a astrologia, a interpretação dos sonhos, o satanismo, os embates entre religião e ciência. Não há palavra final, mas discussões e pontos de vista divergentes ou complementares. Não há desfecho propriamente dito.

Huysmans, que em *Certains* havia rejeitado a nova arquitetura do ferro, chamando a Torre Eiffel de "supositório solitário e cravado de buracos", produz um jogo especular através de seus personagens, multiplicando seu desconforto finissecular diante de uma sociedade capitalista e industrial que ele despreza, primeiramente com Durtal, mas também por meio de Des Hermies, do sineiro Carhaix e do próprio Gilles de Rais, que, por ricochete, remete ao solitário e neurótico Des Esseintes de *Às avessas*, mencionado em autorreferenciação: "Era o Jean Des Esseintes do século XV!". O horror do século os une a todos e encaminha o leitor para a conclusão do diálogo final do romance. Segundo essa lógica da recusa de uma sociedade burguesa americanizada e utilitária, nem mesmo o satanismo escapa. Quando finalmente Durtal consegue assistir à missa negra, ele desqualifica o satanismo contemporâneo, reduzindo-o a uma simples orgia de mulheres histéricas. Por contraste, cresce a sinceridade do satanismo de Gilles de Rais e de seu arrependimento final.

Huysmans, como Durtal, almejará uma nova via para sua literatura, que se realiza nos outros romances do ciclo. Enfim, não se trata apenas de romances de uma conversão que de certa forma espelha personagem e autor. Mas também da procura de novos caminhos para o romance, sempre aliado à pintura – tema da discussão do primeiro capítulo de *Nas profundezas*. O antirromance que busca Huysmans, o livro sobre livros, puro trabalho do estilo, aproxima-o assim do desejo de Flaubert, que aspirava escrever um livro sobre o nada.

De certo modo, ainda não superamos certas questões do século XIX levantadas em *Nas profundezas*. A religião está na ordem do dia. Os crimes bárbaros se multiplicam. Buscamos refúgios, concretos ou abstratos, para escapar do turbilhão urbano e da sociedade cada vez mais massificada. O progresso decepciona. E a literatura, longe do prestígio que gozava outrora e ainda conservando uma visão romântica de si mesma, continua a repisar antigas questões. Huysmans, pessimista sarcástico e provocador, está sempre pronto a nos tirar da zona de conforto. Vale o desafio da leitura.

PEDRO PAULO GARCIA FERREIRA CATHARINA é professor da Faculdade de Letras da Universidade Federal do Rio de Janeiro e membro correspondente da Société Huysmans.

Primeira edição
© Editora Carambaia, 2018

Esta edição
© Editora Carambaia
Coleção Acervo, 2023

Título original
Là-Bas [Paris, 1891]

Preparação
Ivone Benedetti

Revisão
Ricardo Jensen de Oliveira
Floresta
Joelma Santos

Projeto gráfico
Bloco Gráfico

CIP-BRASIL. CATALOGAÇÃO NA
PUBLICAÇÃO/SINDICATO NACIONAL
DOS EDITORES DE LIVROS, RJ/
H989n/2. ed./Huysmans, J.-K., 1848-1907/
Nas profundezas/J.-K. Huysmans; tradução
Mauro Pinheiro; posfácio Pedro
Paulo Catharina. – [2. ed.] – São Paulo:
Carambaia, 2023. / 340 p.; 20 cm.
[Acervo Carambaia, 26]
Tradução de: *Là-bas*
ISBN 978-65-5461-005-6
1. Romance francês. I. Pinheiro, Mauro.
II. Catharina, Pedro Paulo.
III. Título. IV. Série.
23-82935/CDD 843/CDU 82-31(44)

Meri Gleice Rodrigues de Souza
Bibliotecária – CRB-7/6439

Diretor-executivo Fabiano Curi

Editorial
Diretora editorial Graziella Beting
Editoras Livia Deorsola e Julia Bussius
Editora de arte Laura Lotufo
Editor-assistente Kaio Cassio
Assistente editorial/direitos autorais Pérola Paloma
Produtora gráfica Lilia Góes

Relações institucionais e imprensa Clara Dias
Comunicação Ronaldo Vitor
Comercial Fábio Igaki
Administrativo Lilian Périgo
Expedição Nelson Figueiredo
Atendimento ao cliente Meire David
Divulgação/livrarias e escolas Rosália Meirelles

Fontes
Untitled Sans, Serif

Papel
Pólen Bold 70 g/m²

Impressão
Ipsis

Editora Carambaia
Av. São Luís, 86, cj. 182
01046-000 São Paulo SP
contato@carambaia.com.br
www.carambaia.com.br

ISBN
978-65-5461-005-6